JN315395

書下ろし

黒い天使

悪漢刑事《わるデカ》

安達 瑶

祥伝社文庫

目次

プロローグ

男は、夜の国道バイパスを走行していた。

久しぶりに戻った故郷は、かなり変貌《へんぼう》している。十年ちょっと前、彼が棄《す》てるように出て行った町は、道路事情がお話にならないほど悪かった。この町から県庁所在地に向かうメインの国道でさえ二車線しかなく、一日中渋滞《じゅうたい》していた。バイパスに至っては計画が話題になるばかりで実現する気配すらなかった。

隣県とは大違いだった。やがて中学生になった彼が隣のQ県に遊びに行くと、そこにはテレビで見る東京や大阪のような広い道が縦横に走っていて驚かされた。立体交差や高架道路も実物を見たのはその時が初めてだったのだ。

それがどうだ。十年ちょっと留守《るす》にしただけで、まるで様変わりだ。小さな故郷の町は、もとの地形が思い出せないほど区画整理されて新しいバイパスが何本も走り、高速道路までが、一部とはいえ開通しているではないか。

「なんだかなあ」

男はパーラメントの最後の一本をパッケージから咥《くわ》え出して火をつけた。

クソ田舎《いなか》だった故郷が発展したのは良いことなのだろうが、記憶の中にある町がこうも姿を変えてしまっては調子が狂う。中坊の頃は目を瞑《つむ》って無免許でぶっ飛ばしても道に迷いようがない、それほど単純な町だったのに、今やカーナビがないと現在地すら判らない。

ま、ほぼひと仕事終えたとはいえ、最後の詰めというやつが必要だ。まだしばらくは、ここにいなければならない。ならばしばらくノンビリして昔の悪ガキ仲間を訪ねるのも良いかもしれない。ついでに、今の故郷を探検してみるか。

大きなシノギの段取りが山を越したこともあって、男の気持ちは遊びに飛んでいた。フロントガラスの外には、故郷だと思えばまるで馴染《なじ》みのない、だが日本全国、どこにでもある景色が流れている。全国展開のファミレスにファストフード、派手なネオンの格安衣料品チェーン店。

それは彼が東京や大阪方面のロードサイドでさんざん見慣れた景色だ。こういうバイパス沿いは、日本中どこでも同じ、新しい街になっているのだろう。だが、町の中心部にある歓楽街は、もしかしたら変わっていないかもしれない。不良だった彼が、まだ中坊の頃から入り浸《びた》っていた二条町《にじょうまち》だ。食い物だって、こんな郊外の道路沿いより美味《うま》いはずだ。

男の気持ちが緩んだところを見透《みす》かしたように、携帯電話が鳴った。運転しながら液晶画面を見ると、かけて来たのは、一緒にこの町を出た、ガキの頃からの幼なじみだった。そいつは、今手がけている大きな仕事の相棒でもある。

「どうした？　東京のほうで何かあったか」

『いや、何もない。順調だ。使えそうな医者も、もう一人見つけた。そっちはどうだ？　うまく行ったからって、気ィ緩んでるんじゃねえだろうな』

「大丈夫だって。心配すんな。今、ヤツの様子を確認しに行くところだ」

背伸びして悪ぶっていただけの彼を、本物のワルの世界に引き込んだのはこのツレで、相前後して故郷を出てから、というより出るよりほかなくなって以来、いわばずっと腐《くさ》れ縁が続いている。一緒に組んで、というよりそそのかされてやった悪事でヤバいことになったのは、もう何度目になるだろうか……。

なぜかいつもカネの面で切羽《せっぱ》詰まった状態に追い込まれてしまうのだが、それはこのツレと組んでいることが原因だと、男はうすうす気がついてはいる。だが、あまり考えないようにしていた。いつだって何とかなってきたのだ。ツレの言うとおりにしてさえいれば。

どんな窮地《きゅうち》に追い込まれても、ツレは必ずそこを脱する逃げ道を見つけ出す。それは、男の頭ではとても考えつかず、また一人では到底実行できるはずもない、思い切った手段だった。だがツレがいれば、かなり危ない橋でも、なんとか渡りきることが出来ていた。

これまで、一度の例外もなく。

だから縁を切ることなど思いもよらない。何よりも複雑で危険な裏街道の歩き方が、男にはよく判らない。ツレがいてくれなければ駄目なのだ。

その相棒が携帯の向こうから今夜も指示を出してくる。

『お前はツメが甘いからな。これをしくじったら、おれもお前も先がない。カネを拝《おが》むまでは気を抜くな。慎重に行けよ。判ってると思うけど』

「それはもう、判ってるって」

男はリストリングをチャラチャラいわせながら通話を切った。

ずっと女関係の仕事をしていたから、彼はチャラいパターンが抜けない。ツレからは目立つな、地味にしてろ、サラリーマンみたいな格好をしろと言われているが、そういうオッサンくさい服を着るのは耐えられない。だから、目の届かないところでは自然と「自由なスタイル」になってしまう。

ブランドもののセカンドバッグに、胸元には金のチェーン。手首にはリストリング。襟《えり》の大きい派手な色遣いのシャツに、ジャケットも控《ひか》えめとはいえないピンストライプだ。それでもバッグは比較的地味だと思うタイプにしたし、チェーンも自分の持っている中では一番細いものだからかまわないだろう。その辺を歩いている冴《さ》えないオヤジとは明らかに一線を画す格好だ。だが関わる相手によってはアヤをつけたりシメたりする必要もあるから、こういう服装にも意味があるのだ。それ以上にこういう格好だと、目を合わせただけで相手がビビッてくれるから、話が早いし気分もいい。

男はハンドルを切って、バイパスから山道に外れた。この先の山の奥に、彼の目的地がある。

沿道の擬似《ぎじ》都会的な景色は一気に消え失せ、窓外には荒れ果てた休耕田が広がった。そのど真ん中を突っ切るように、山に向かって一車線の道が延《の》びている。

距離で言えば、もっと近道があるのだが、わざわざこのルートを選んだのは、この道にはNシステムが設置されていないからだ。

そうだよ相棒、おれは慎重にやってるぜ、と男は呟《つぶや》いた。

農道のような狭い道だが舗装《ほそう》はされている。彼が運転するトヨタ・マークXは快調に走っていた。

が。

突然、エンジンがノッキングするように、がくがくと不規則な振動を起こし始めた。

「なんだよおい」

周囲は水田もしくは休耕田で、それ以外のものは用水路くらいしかない。こんなところでエンストして立ち往生《おうじょう》するなんて冗談じゃない。もう少し行けば県道にぶつかるから、そこまでなんとか保《も》たせたい。

男はアクセルを踏んだり離したり、ギアをローに入れて吹かしたりと、知っている限りの手段を試してみたが、エンジンは無情にも止まってしまった。

イグニッション・キーを何度も回したが、スターター・モーターが虚《むな》しく動作するだけで、エンジンが再びかかる気配はない。

「ったくよう」

車を降りてボンネットを開けてみたが、故障の原因が判るはずもない。

月も出ていないし街灯もない、真っ暗な田舎の夜空は、漆黒《しっこく》だ。

「くそう……冗談じゃねえぜ！」

男は腹立ち紛《まぎ》れにタイヤを蹴った。

だが、エンストして動かなくなってしまったものは仕方がない。

男は携帯電話を取り出して、救援要請をしようとした。

その時、少し離れた里山の雑木林の中から、一台の車が出てくるのが目に入った。ヘッドライトで車であることははっきりと判った。

実は昨日から、自分の車の後ろを尾《つ》けてくる車があるような気がしていた。警察の尾行ではない。ヤクザを少しやれば判るが、覆面パトカーには軽自動車はほぼ使われない。だが後ろでたびたび見かけたのはスズキの軽だった。それと同じ車なのかどうかは判らない。ヘッドライトで完全に逆光になって、車自体がまったく見えないのだ。

まあいい。あの車に助けて貰おう。引っ張って貰って近所のガソリンスタンドにでも……いや、ちょっと脅《おど》して、ここは車ごと拝借するか。

目的地に着く予定の時間が迫っていた。

男は、こちらに向かってくる車を停止させるべく、農道の真ん中に仁王《におう》立ちになった。

だが……その車は減速するどころか、逆にスピードを上げてくるではないか。

おれが見えないのか？　止まる気なんかないのか？

そう思った瞬間、急に怖くなった。

道の中央から脇に退《さ》がろうとした時、迫ってくる車のエンジン音がにわかに高鳴り、ヘッドライトが一気に視界のすべてを占めた。

次の瞬間、男は激しい衝撃を受け、はね飛ばされて宙を舞っていた。

第一章　悪の片棒

「なにするんですか？」

目の前の女子高生にいきなり糾弾《きゅうだん》されて、中年の男は驚いた。

「痴漢《ちかん》ですっ！」

「馬鹿野郎。おれはただ、あんたが携帯電話で喋《しゃべ》るのがうるさいと言っただけだろ」

「運転手さぁん！　痴漢です！　痴漢ッ！」

昼過ぎの、ほどほどに混んだ市バスの中で、女子高生は声を張り上げた。

黒髪で清純そうな顔立ちの少女だ。しかもキチンとした濃紺ブレザーの制服に身を包んでいるものだから、誰だって痴漢と言われた中年男を疑う。バスの乗客全員がそうだった。

「助けて！　助けて下さいっ！」

少女はさらに声高に叫んだ。

「この人が、この痴漢が私の胸を……胸を触ってきて」

「おい？　おっさん、この子になにしたんだ」

女子高生と中年男の間に、勤め人風の若い男が厳しい表情で割って入った。

「痴漢は感心しないな」

「だからしてねえと言ってるだろ！　おれはこの子に、バスの中で携帯電話使ってキャピキャピ喋るなと注意しただけだ！」

「キャピキャピ、ねえ」

中年男の反論を、若い男は鼻先で嘲笑《ちょうしょう》した。女子高生はといえば、強《こわ》ばった顔で中年男を睨《にら》み付けている。

「運転手さん！　バスを止めろよ！」

他の乗客も口々に声を上げ始めた。

「痴漢がいるんだぞ！」

「この近くに交番があるから、そこで止めろよ。突き出してやる」

今や乗客全員の険しい視線が、その中年男に集まっていた。

「だからおれの言うことも聞け！　おれは痴漢なんかやってないって。そもそも若い女に興味はねえんだ」

「ま。お下劣《げれつ》」

近くに立っていた中年女がわざとらしく嘆《なげ》いてみせた。

「バス止まりま〜す。ご注意くださ〜い」

鼻にかかった運転手の歌うような声が流れて、バスが停車した。

「さ、降りろ。降りておまわりさんに同じことを言え。言えるものならな」

「お前ら、事実無根なのに問答無用で人を痴漢扱いかよ！」

中年男はなおも抵抗したが、乗客たちに無理矢理バスから降ろされてしまった。

「だったら運転手も降りろ。船の船長や飛行機の機長には秩序《ちつじょ》を守る義務がある。バスの場合は運転手だろ」

中年男はなかなかしぶとい。素直に言いなりになる気はないようだ。

「痴漢のくせに屁理屈《へりくつ》こねるな！」

乗客の一人が男を殴《なぐ》ろうとしたが、振り上げたその手を、中年男はとっさに摑んだ。

「あいててて ッ！　放せッ……手首が折れる」

たった一つの動作で中年男は相手の動きを封じてしまった。痴漢と名指しされても一向に悪びれる風のない男の迫力に周りの乗客はざわめき、腰が引けたのか静かになった。

「判りました。では乗客の皆さん、ちょっとお待ちを」

運転手はバスのドアを開けてからエンジンを切り、運転台から降りた。

当の被害者少女は、コトが大きくなったのに当惑したのか、顔色が青白い。若い男が、励《はげ》ますように言った。

「大丈夫だから。僕がきちんと証言するから。こういうことは見逃してはいけないんだ」

正義感を漲《みなぎ》らせた若い男は、少女に勇気を与えるように大きく頷いた。

女子高生も、これで覚悟が決まったのか息を吸い込み、同じように大きく頷いた。

誰もが「卑劣《ひれつ》な犯罪に負けない健気《けなげ》な少女」に喝采《かっさい》を送る表情で、彼女がバスを降りるのを見守り、特に同情的だった乗客の一部も続いて降りた。

バス停でもないところに臨時停車したバスから、運転手を先頭にゾロゾロと十人ほどの集団がやって来たものだから、交番にいた若い巡査も当惑の色を隠せない。

「どうかしましたか」

「バスの中で痴漢行為があったようです。私はバスを運転していたものですが」

制帽を取った運転手は、巡査にコトの次第《しだい》を説明する。

「こちらの女性が被害に遭《あ》われたということで」

人の輪が退《しりぞ》いて、被害者の女子高生が巡査と対面した。

「ええと、あのバスの車内で、ですね？」

「そうです！　そこにいるヒトが、私のお尻に触ってきて、スカートの中に手を入れたんですッ！」

少女は乗客たちの輪の中にいる中年男に震える指を突きつけ、涙ながらに訴えた。

「バスが揺れるのに合わせて、ずっと触られました。我慢できなくなって私が声を上げると、やってない、知らないと言い張って」

「だから、そうじゃねえって。おれはホントにやってないの！　何もしてないのに、痴漢しましたなんて白状するバカがどこにいる？　おれはそのコが車内で携帯電話を使ってたんで注意しただけだって、さっきから言ってるだろうが！」

人の輪の中で中年男が喚《わめ》いた。

「見苦しいぞあんた。だいたい年頃の女の子が、ケータイの通話を注意されたくらいで、

『痴漢された』なんてウソを言うわけないだろ！」

乗客の一人がすぐに言い返し、周囲の者も「そうだそうだ！」と同調した。

「女の子にとって、痴漢されて声を上げるのは勇気がいるんだぞ！」

「そうだ。それにこんな大騒ぎになってるのに、その子は健気に頑張ってるじゃないか！」

「なーにが健気なもんか。単に引っ込みが付かなくなって突っ張ってるだけだろ？　今さ

ら嘘でした、とも言えないからな」

乗客たちの怒りの火に油を注ぐことも意に介さず、中年男はなおも反論を続けた。

「そもそも最初は胸を触られたと言ってたのが、今は尻を触ってスカートの中に手を入れ

られたって話になってる。おかしいだろ！」

「だからこの子は、痴漢されて動転してるんだよ！」

最初にバスの車内で少女に味方した若い男が断言した。

「だがお前は何だ？　やたら冷静なのがかえって怪しい」

「そうだ！　このスケベ野郎が、居直りやがって！」

「ふてえ野郎だ！」

他の乗客が付和雷同《ふわらいどう》した。

「とっとと罪を認めろ！　この薄汚い痴漢野郎が！」

人並みが乱れ、中年男が乗客たちに小突かれている様子だったので、巡査が「まああ」と割って入ろうとした、その時。

「おまわりさんに罪を認めろ！」

ひときわ大きな声がして、痴漢容疑者の中年男が背中をどんと押されて、前に出た。

「何をしやがる」

突き飛ばされた中年男は、髭《ひげ》の剃《そ》り残しがある不機嫌そうな顔にぼさぼさ頭、ヨレヨレのワイシャツに安物のスーツ。

その姿を一瞥《いちべつ》した巡査は、なぜか動揺した。

「あの……この人、いやこの方が痴漢をしたと？」

「そうだよ！」

最初にバスの車内で少女に味方した若い男が胸を張った。

「こいつが痴漢をしたんだ。おれは見た！　この目で、ハッキリと」

若い男はそう言って大きく頷いた。

「ボクらが味方だからね、キミ、もう大丈夫だからね」

彼は被害者の少女の顔を心配そうに覗き込み、肩に手を回さんばかりだ。

一方、少女は顔を赤らめたり蒼白《あおざ》めたり、ひどくおどおどして挙動不審になっている。

「あの……あなたは、佐脇《さわき》……佐脇巡査長でありますね？」

若い巡査が言った。凛《りん》とした声で、今にも敬礼しそうな様子で背筋を伸ばしている。

「いかにも。おれは佐脇だ」

中年男がタバコ臭い息を吐いて安物の背広から警察手帳を出して巡査に見せると、その若い警察官は雷に打たれたように足を揃え、ビシッと敬礼を決めた。

巡査長と言えば巡査の一つだけ上の階級で、ここまで最敬礼することもないのだが、どうやら佐脇と呼ばれるその警官の名は、鳴海《なるみ》署内では知れ渡っているらしい。

若い巡査の態度に、佐脇と呼ばれた巡査長も気をよくしたようだ。

「で、君は？」

「自分は、T県警鳴海警察署地域課、本町《ほんまち》二丁目交番勤務の前園正《まえぞのただし》巡査であります」

この成り行きを見ていた乗客たちの間にどよめきが広がった。

「おい。あんたらどうした？　何をみんなでひそひそ話している」

佐脇と呼ばれた中年男は、そこでおもむろに後ろを振り返った。

「中年のオマワリが痴漢したという驚きと怒りか？　それとも、トロいエロオヤジを懲《こ》らしめたつもりが、どうも勝手が違うようだと戸惑《とまど》ってるってとこか？」

その間にも十人ほどいた乗客は、ぽろぽろと減ってゆく。みんな、知らん顔をしてゆっくり後ずさりすると、そのままあらぬ方向に歩き去って行く。

「何度も言うが、おれは痴漢なんぞしていない。若い女には興味がねえんだ」

「いや。いやしかし、この女性がそう言うんだから」

あくまでも白馬の騎士でいたいらしい若い男が、被害を申し出た女子高生を見た。

「だから。おれはこの子が混んでるバスの車内で携帯電話を使ってたのを注意しただけだ。たぶんそれがムカついたんだろ」

そう言われた女子高生は一瞬ムッとした表情を見せたが、顔色はどんどん蒼白めていく。

「で、どうなの。君は痴漢に遭ったのか？　痴漢したのはマジでおれなのか」

佐脇は女子高生をじっと見つめて訊《き》いたが、「いや、いかん」と手を振った。

「一応被疑者であるおれが訊くのはよくないな。前園君、君が事実の確認をして調書を作れ」

はっ、と敬礼した前園巡査は、女子高生を手招きした。

「じゃあ、被害届を交番の中で。そこの方も目撃者ということで調書を作りますので、こちらにどうぞ」

前園巡査に促《うなが》された若い男は、先ほどまでの正義感を漲らせた表情はどこへやら、狼《ろう》狽《ばい》し始めた。

「いや……僕は……ちょっと時間がないので」

「しかしアンタはついさっきまで、きちんと証言するからとか言ってたじゃないですか。こういうことは見逃してはいけないとか、キッパリと」

ああいや、それは、その場のノリで……と若い男は額に汗を滲《にじ》ませ、視線を泳がせた。

当の女子高生はといえば、ここはどう出るべきか、ひたすら周りの状況をうかがう様子だ。

「おい、あんたら、ちょっと待て。逃げるな。そこのあんた、女子高生が携帯電話を注意されたくらいで『痴漢された』なんてウソを言うわけないだろ！　とか言ってたよな？　そしてあんたも？」

佐脇は立ち去る機会を失して、じりじりと後ずさりしつつあるバスの乗客数人の中から、二人を名指して言った。

「いや、私は言ってません」

「おれも言うてへんよ」

彼らは口々に否定して、顔を伏せた。

「もう一度訊く。おれが彼女に痴漢してたのを見た人はいますか？　いや、警察官として皆さんが協力してくれるのはとても有り難《がた》いことだと思ってるんだよ。見聞きしたことをきちんと証言して、事実の糾明の一助になるのは市民の務《つと》めでもあるしね」

佐脇は、一人一人の顔をゆっくりと見渡していった。

「では、もう一度訊こう。そこのあなた」

佐脇が指名したのは、一貫して女子高生の側に立ってきた若い男だった。

「あなたは証言すると言ってたよね。ワタシが彼女を痴漢したところを目撃したとも」

「あ……それは、正確に言うとちょっと違ってます」

彼は顔から噴き出した汗をハンカチで拭《ぬぐ》った。

「僕が見たのは、彼女が振り返ってアナタに文句を言った姿でして」

「なるほど」

佐脇は、取調室での温厚な人情刑事のように穏《おだ》やかに相槌を打った。

「女の子にとって、痴漢されて声を上げるのは勇気がいる行為だというのはそのとおりかもしれないが……」

そう言いながら、中年の巡査長はねちっこい視線をくだんの女子高生に向けた。

「今どきの女の子は、気にくわないことがあると簡単に女の武器を使う、という事例が多いんでね。ついこの前、痴漢冤罪《えんざい》というテーマで県警の研修があったんだが、被害者の言うことを鵜呑《うの》みにして冤罪を発生させるケースも増えているから、取り調べには慎重さが求められるって習ったばかりなんだ」

「ああもう面倒くさい！　だったら……もういいです」

これまでの可愛《かわい》い声とは打って変わったドスの利《き》いた口調で、女子高生は投げやりに言った。

「そのヒトの言うとおり。そこのオジサンは触ってません」

先ほどまでの清楚《せいそ》で清純な勇気ある少女のイメージは跡形もなく、表情が消えた能面のような顔で、女子高生は佐脇を睨みつけている。

「ちょっとケータイで喋ってただけなのにウルサイって言われて。オッサンのくせに何？　ってムカついたので、つい……」

「……つい、痴漢と叫んでしまったところ、周囲が騒ぎ始めて、後に引けなくなった？」

前園巡査の言葉に、女子高生は黙って頷いた。バツが悪いのを不貞腐《ふてくさ》れたような表情で隠そうとしている。

「はい。これにて一件落着。みなさんお騒がせしました」

佐脇は声を上げてバイバイするように右手を大きく振った。

「あ……なんか、これでは……ちょっと、なんだか……いいんですか？」

若い男が困ったように佐脇を見た。

「いや、あなたのその正義感は大変結構。本物の痴漢の被害者に遭遇した時にも、同じように証言を申し出てください。ただし、本当に目撃したのなら、ね」

はい、と消え入るように答えた若い男は、小走りに去って行った。

「じゃ、ワタシ、バスを出していいですね？」

結構ですよ、と前園巡査が答えたので運転手はバスに戻り、運転手に続いて、残っていた乗客もこれ幸いとバスに向かった。

じゃアタシも、と交番から離れようとした女子高生の腕を、佐脇は摑んだ。

「やだ……ちょっと、なにするんですか！」

反射的に彼女は金切り声を上げた。

「君は、ウソをついて多くの人を惑わし、結果バスの運行を止めたワケだから……おい、こういうのをなんと言うんだっけ？」

急に振られた前園巡査は、慌てて答えを探した。

「ええ、あの、たしか、刑法第百七十二条の虚偽告訴罪に当たると思われます」

人に刑事又は懲戒《ちょうかい》の処分を受けさせる目的で虚偽の告訴告発その他の申告をした者は三月以上十年以下の懲役に処する、と前園巡査は刑法の条文を暗唱した。昇進試験に備えて真面目に勉強しているらしい。

「いや、もしくは軽犯罪法第一条の十六号『虚構の犯罪又は災害の事実を公務員に申し出た者』に当たるかも。しかしこれは、犯人を特定せず単に『強盗に遭って金を盗《と》られた』などと虚偽の申告をした場合なので……今回は無実の巡査長を犯人に仕立て上げて処罰を受けさせようとしたのですから、適用されるのはやはり、刑法第百七十二条の虚偽告訴罪ですか」

「ほう。君はよく勉強してるな。現場の警官が六法全書を暗記してるなんて、凄い」

二人の警官のやりとりを聞いた女子高生は顔面蒼白になっている。

それを見た佐脇は、ニヤリと笑って前園に囁《ささや》いた。

「このお嬢さんをちょっと絞ってやれ。その上で、刑法第百七十三条を適用してやれ」

佐脇はそう言って、交番からすたすたと歩き去ろうとした。

「ねえ！　ちょっと待ってよ！」

泣き声になった女子高生が佐脇を呼び止めた。

「刑法第百七十三条ってなによ！　凄くヤバイの？　謝るから、許して！　こんなこと、もう二度としないから！」

女子高生は、涙と一緒に鼻水まで流して取り乱した。さっきの不貞腐れた顔からまたも変貌《へんぼう》して、ようやく年相応といえる幼さになっている。

「キミはその若いお巡りさんに取り調べて貰え。じゃあな！」

優しくない佐脇は、そんな女子高生を前園に任せて、通りがかったタクシーを拾うと乗り込んで、そのまま走り去った。

＊

「で、刑法第百七十三条ってなんでしたっけ？」

佐脇の相棒、水野《みずの》が首を傾げた。

「そういうのは検事の仕事なものですから、自分はうろ覚えで……」

若くて精悍《せいかん》な刑事は頭を掻《か》いた。

「いかんね、キミ」

佐脇は右手の人差し指を立てて、水野に注意を与えた。

「刑法第百七十三条とは、自白による刑の減免。虚偽告訴の罪を犯した者が、その申告をした事件について、その裁判が確定する前又は懲戒処分が行われる前に自白した時は、その刑を減軽し、又は免除することができる」

そう言って、もっともらしく大きく頷いた。

「おれもさっき調べたんだが。女子高生ってのは世間をナメてるからな。一度くらい締めてやるべきなんだ。ああいう子がそのまま大きくなって女子大生とかＯＬになり、また同じことをして冤罪が起きる」

世を憂《うれ》うもっともらしい顔で喋る佐脇に、水野は怪訝《けげん》そうに訊《たず》ねた。

「でも佐脇さん。どうしてまたバスなんかに？」

「たまたまパトカーが出払ってて、タクシーに乗るのももったいなかったんでな」

佐脇は、国見《くにみ》病院の待合室で焼きそばパンを食べながらコーラを飲んだ。

午前の外来診療《しんりよう》が終了して患者もすべて帰り、待合室は電気も消されて閑散《かんさん》としている。時折り、入院患者がパジャマ姿でヒマそうにぶらつくか、カルテを抱えた看護師がパタパタと走って行くだけだ。

「急ぐこともないしな。今日、事情聴取するのは轢《ひ》き逃げされたヤクザだろう？　両足骨折の全身打撲《だぼく》ってことは、当分動けないんだろ、そのヤクザは」

「君塚剛《きみづかつよし》、三十二歳。本籍はT県鳴海市本庄《ほんじよう》三丁目五番地三号。職業は東京の指定暴力団隅田《すみだ》組傘下《さんか》の田畑《たばた》組組員。この場合、ヤクザってのは職業になるんでしょうか？」

手帳を読み上げながら冗談とも本気ともつかないことを言う水野に、佐脇はアゴを振って続けろと命じた。

「で、昨夜十時三十分頃、鳴海市伊沢《いざわ》の市道四十二号線の原《はら》町交差点近くで轢き逃げされているとの通報があり、救急が出動して通報通りに倒れている君塚を発見し、この国見病院に救急搬送されました。現場にはタイヤの跡と轢き逃げした車両のものと思われる塗装片やプラスティックの破片が残っておりました」

「それって単なる交通事故じゃないのか？」

パンを全部コーラで流し込んで、佐脇は思い出したように訊いた。

「いいえ、君塚の車のエンジンやガソリンから砂糖の成分が検出されたんです。ご承知のように、ガソリンに砂糖が入るとエンストを起こします」

水野は単なる事故ではないと示唆《しさ》した。

「なるほどな。で、救急車を呼んだのは誰なんだ？」

「はい、それは……」

水野は手帳をぱらぱらと繰ったが、答えは書かれていないようだ。

「一一九番受付には、名前を名乗らなかったそうです。轢き逃げしたホシが、通報だけはした可能性があります」

こういうケースはカタギ同士の交通事故でもあることだ。轢き逃げしたが恐ろしくなった犯人が離れたところから救急車を呼ぶ、というパターンだ。もっとも遺留品があれば大概の轢き逃げ犯は捕まってしまうのだが。

一通り話を聞いた佐脇は、面倒くさそうに水野を見た。

「ヤクザのくせになぜ轢き逃げされる？　危機管理がなってないな。おかげで無駄な仕事が増えた。しかし最近、こういう半端な事件ばかり押しつけられてるな。おれたちは何でも屋か？」

病院にもかかわらず、佐脇はタバコを吸い始めた。

「まあ、お前に言っても仕方ないんだが」

二人の刑事は、鳴海署の刑事課長・公原《きみはら》から交通課に手を貸すよう命じられたのだ。

「いやまあ、ウチは小所帯ですから……それに、これ、公原課長がおっしゃるように、単純な轢き逃げじゃないように思えます。ヤクザが被害者になるのは、だいたいの場合」

「抗争事件か？　交通事故じゃなくて殺人未遂ってか？」

はい、と水野は頷いた。

「ウチにあるヤクザ関係者の記録では……君塚剛は鳴海市立本庄小学校、本庄中学校を卒業後、進学せずに地元暴力団関係者とつるんで恐喝などを繰り返して補導歴五回、逮捕歴一回。少年の刑事事件で起訴されて少年院に入っています。退院後は、この件がキッカケで鳴海を離れて知人を頼って上京し、田畑組組長・田畑健二《けんじ》の盃《さかずき》を受けて組員となって現在に至っています。田畑組では主に東京都台東《たいとう》区方面のショバ代の集金と用心棒業務に従事していると」

水野は、被害者である君塚剛についても調べていた。

「この田畑組なんですが、一応、東京の地場ヤクザとのことですが、零細《れいさい》ゆえに、新たな収入源の確保に乗り出しているという話もありまして……その絡《から》みで鳴海に来ていたんじゃないかと」

「それは誰の説だ？　公原か？」

気にくわない刑事課長だが、正しい読みをすることはあるかもしれない。

「とにかく、この線は目下調査中です」

「で、東京から帰ってきたパシリ的なヤツが、故郷で一悶着《ひともんちゃく》を起こして、狙われたと？組抗争なら何があってもおかしくないが、命まで狙うか？　この辺りの組織といえば鳴《めい》龍《りゅう》会だが、連中はそういう揉《も》め事は起こしたくないはずだ」

鳴龍会の鳴海署支部長などと陰口を叩かれるほど幹部と昵懇《じっこん》な佐脇は、内情に詳しい。

「自分もそう思います。抗争と言っても、せいぜい相手は地元のチンピラか暴走族あたりではないかと。この件も目下調査中ですが」

「東京の隅田組と鳴龍会には、まるで接点はないだろ？」

鳴龍会は鳴海市に本拠を置くきわめてローカルな弱小暴力団だが、関西の巨大暴力団と特別な関係にあるので、小さいながらもインデペンデントとして命脈を保っている。

「抗争って線はないと思うがなあ。一般人がヤクザを轢いてしまって、ビビッて逃げた、というあたりが正解だろうよ。あるいは君塚ってそのヤクザが、ロクに確認もせず車を降りて、たまたま通った車が避けきれずに轢いた、とかな。単純な交通事故なんじゃやねえの？　ヤクザが被害者だからって、いちいちおれたちが出張っていく必要はあるのか？」

「とりあえず、それも君塚本人に訊いて確認するのが手っ取り早いんじゃないでしょうか」

理屈をこねて仕事をサボりたい本心が見え見えの佐脇を、水野は追い立てた。

「君塚に話は聞けるのか？　重傷で面会謝絶なんじゃないのか」

「痛み止めが効いて眠っていなければ、話を聞いてもいいと主治医の許可が出てます」

あの病院の主治医ね、と佐脇はある種の含みのある言い方をした。

この国見病院は私立の中堅病院だが、鳴海市では一番大きな拠点病院だ。この地域で唯一の救急指定病院だし、鳴海署指定の警察医が在籍している病院でもあるので、警察との関係は深い。

警察医の主な仕事は、「検視」と呼ばれる変死体の確認。しかし、犯罪に関係していない『非犯罪死体』の検視の場合は、解剖まで行わずに外観の所見だけで済ませる場合がほとんどだ。死因診断のための特別な訓練などは受けていない普通の医師が行うので、殺人現場に臨場する経験の多い警察官が最初に検視した意見を追認するだけという場合が多い。

つまり、「単に形式を整えるために」警察が地元の医者に依頼するケースが大半だ。さらに依頼される医者は無報酬《むほうしゅう》で、勤務時間中であろうがなかろうが必要があれば呼び出される。医者の側から言えば「警察に便利にこき使われる」存在だ。当然、なり手は少ない。

現在、国見病院の医師が交代でやってくれているのは、鳴海署との昔からのつながりに加え、県警が病院側に気を遣っていろいろと便宜《べんぎ》を図っているからだ。

そういうつながりがあるせいか、過去に国見病院ではいくつか不祥事《ふしょうじ》が起きている。たとえば麻酔薬の横流しに絡んだ院長刺殺事件だ。実行犯はヤクザだったが、県警とずるずるべったりな関係にあるこの病院の体質につけ込まれた面は否《いな》めない。別件では死体検案書が警察の言いなりに書かれた結果、殺人が闇に葬《ほうむ》られたこともある。後者に関しては、佐脇が個人的に落とし前をつけたが、殺人犯が「法的に」裁かれることはなかった。

「ま、とりあえず、その君塚とやらに話を聞くか」

佐脇はタバコを消してポケット灰皿に入れると立ち上がった。

国見病院は一棟しかない小規模な病院なので、入院患者は科によってフロアが分かれている。外科フロアは四階だった。

轢き逃げされた被害者・君塚剛は個室に入っている。病室の外には、行動を制限する意味で制服警官を置いてある。

眠そうな目で立っている福田《ふくだ》純一《じゅんいち》巡査をどやしつけてから、佐脇と水野は病室に入った。

「どうなんだ、オレを轢いた犯人は捕まったのかよ?」

二人の刑事を見た途端《とたん》、君塚が言った。

「いきなりそれか。初対面で、ご挨拶《あいさつ》だな」

水野は事前にこの男から話を聞いているが、佐脇とは初めて会う。

「それがお前らの仕事だろ。個室なのはいいとして、外に監視するみたいにオマワリがいるってのはどうしてだ？」

「お前がヤクザだからだよ」

佐脇はあっさりと言った。

「なんだそれは？　おれは被害者だろ！　車に轢かれたんだぞ！　ヤクザだからっていつも悪い側じゃないんだ！　ヤクザは人間として扱われないのかっ？」

「あ？」

佐脇は首を傾げた。

「人間として扱ってるから入院させて個室まで宛《あ》てがってやってるんじゃないか。お前、頭打ってバカになったんじゃないか？　もともとバカなんだろうがな」

いきり立つ君塚を、佐脇は御するどころか挑発した。

「バカとは何だ？　あんたオマワリだろ？　何かというと人をヤクザだヤクザだって、差別だぞ、それは」

「差別おおいに結構。おれはポン引きも差別するし痴漢置き引きカッパライも差別する」

「オマワリが差別していいのか？　それって許されないことだろ！」

「そういうエラそうなことはだな」

佐脇は、君塚の両足を包むギプスの片方をひっぱたいた。

「この足を洗ってカタギになってから言え」

「いってえ！」

衝撃が骨折した骨に伝わったのか、君塚は悲鳴を上げた。

「情けないな。漢《おとこ》が売り物のヤクザが、簡単に悲鳴を上げるな」

やれやれ、という表情でこのやりとりを見ていた水野は、静かに仕事を始めた。

「それでは君塚さん、事故当時の状況について、もう一度話して貰えますか」

「何度も言っただろ。車の調子が悪くなって外に出たところを、いきなり後ろから来た軽みたいな車に轢かれたんだよ」

水野は頷いて、持参したノートパソコンに打ち込んだ。

「轢かれた車種は判らないんですよね？　もちろん、誰が運転していたかも見えなかった」

「闇夜で、車のヘッドライトが向かってきたことしか判らない。逆光になって全然見えなかった」

「エンジン音に聞き覚えは？」

「おれ、車は好きだけど、マニアってわけじゃないから、判らねえよ、そんなこと」

「軽みたいな、と言いましたが、それはどうしてそう思ったんですか？」

「軽って、それっぽい音で走るだろ。マニアじゃないけど、軽か普通の車かトラックか、その辺は判るだろ、普通」

水野は矢継《やつ》ぎ早に質問し、君塚も即座に答えた。

「ところで、君塚サンとやら、あんた、鳴海で何してた？」

横から佐脇が口を挟んだ。

「事故の状況はだいたい判ったが、東京のヤクザがこんな田舎で何してたのか、むしろそっちに興味があってな」

「鳴海はさ、おれのフルサトなんだよ。ヤクザはフルサトに帰って来ちゃいけねえのかよ」

佐脇に噛みつくように、君塚は言い返した。

「この県のオマワリはよ、大体ヤクザ差別が過ぎるんじゃねえのか？」

「あんたは知らないだろうがな、おれくらいヤクザと友好的なオマワリはいねえんだぞ」

佐脇はニヤニヤした。

「それに、おれは里帰りをいけねえとは言ってない。てっきり、血かカネの匂いを嗅《か》ぎつけて、あんたがこの町にやってきたのかと思ってな」

「なんだ、その大昔の西部劇みたいな設定はよ？」

君塚が混ぜっ返す。

「ガキの頃そういうの、テレビの洋画劇場で見たぜ。ガンマンか、おれは」

「しかしお前が、墓参りとか親孝行とか友達と旧交を温めるとか、殊勝《しゅしょう》な理由で里帰りするようには見えねえんだがな」

「人を見かけで判断しちゃいけねえって、学校で習わなかったのか？」

今は入院着で派手なシャツなどは着ていないし、ムースで髪型を決めているわけでもないが、君塚の、本来の派手でチャラい雰囲気は濃厚に漂《ただよ》ってくる。

「習ったが、おれはそういう綺麗事の学校教育には反対でね。むしろ、見かけだけで人を判断する技術を教えるべきだと思ってる」

佐脇はわざと異論を唱《とな》えた。

「その方が、生きてく上で実践的だろ。ほかにもネット詐欺《さぎ》や出会い系サイトの甘い罠に引っかからない方法とか、失敗しない避妊法とか、いじめや親の暴力から逃げる方法なんかを義務教育では教えるべきなんだ。お前らのシノギの邪魔になりそうで悪いが」

「けどよ、そういうのは、てめえが痛い目に遭って学ぶモンじゃねえのか？」

「そういう考えもあるだろう」

佐脇は君塚のギプスをまたも叩くと見せかけたが、今度はぽんと軽く撫《な》でるだけだった。

「で？　中学在学中からずっとワルの修業をして、東京で腕に磨《みが》きをかけたお前さんが、突然里帰りしてる、真の目的はなんだ？」

「なあ」

君塚は、挑戦的な目線で佐脇を正面から睨んだ。

「仮に、なにか理由があるとしても、お前には絶対教えねえ。以上。それよりおれを轢き逃げした腐れ外道《げどう》を早く捕まえろよ。そっちが先だろ？」

「ま、ヤツの言い分も判らないではありませんよね」

病室を出た水野は、不機嫌そうな佐脇を宥《なだ》めるように言った。

「それはそうなんだが、どうにも引っかかるんだよ。刑事課長がおれたちをこの件につけたのも、君塚には何か魂胆《こんたん》があると踏んだからだって気がしてきたぜ。野郎と話をしてみて、おれもそう思った。あいつは何か隠してるな」

「とは言っても、今は動きようがないですね」

「もっと材料を集めんとな。ヤクザが悪だくみをするのは猫が水槽に手を突っ込んで金魚を捕ろうとするようなもんだ。息をするように自然にやってしまうんだな。ただ、未だ計画中の案件では手が出せない。とりあえず普通の轢き逃げで、現時点で背後関係は認められない、ということで収めるしかないか」

待合室でタバコを吸いながら水野と喋っている佐脇の手から、いきなりタバコがぐいっと引ったくられた。

「ここは禁煙です。何してるんですか」

その声の主は、白衣を着た看護師だった。それがとびきりの美女であることに佐脇は目を見張った。

年の頃なら二十代後半。切れ長の目元が涼しげで、目鼻立ちの整った美貌はクールビューティと言うべきか。

「だけど今、ここには誰もいないぜ」

「私がおりますが」

ぴしりとした言葉を吐く唇は、美しいカーブを描いて両端が少し上がっている。微笑《ほほえ》んでいるのではない。怒っているのだ。

氷のような美貌で、Sッ気のあるナース。

胸元から覗《のぞ》く深い谷間を白衣がぴしっと包んでいる。胸は豊かだが、その他の部分はスレンダーで、めったにお目に掛かれない、理想的なプロポーションといえる。

ナースの白衣は特にそうだが、制服には、ストイックであるところが逆に妖《あや》しい雰囲気を醸《かも》し出す、そういう効果があるらしい。裾《すそ》からちらりとのぞくスリップのレースまでが、強烈な印象を与えるのだ。

形のよい乳房ときゅっとくびれた腰と、締まってつんと上を向いたヒップがまた……。

「ちょっと、あなた。なにニヤニヤしてるんですか」

看護師はまたもやぴしっとした口調で佐脇を詰問した。

「もちろん、あんたに見とれてニヤニヤしてるんだが、そのキツい口調がまたたまらないね。おれにはそういう趣味はないが、ここがＳＭクラブであんたが女王さまなら、もっと言ってとせがむところだな」

思わず見惚《みと》れてしまってバツが悪い佐脇は口数の多さで誤魔化《ごまか》そうとした。看護師は意表をつかれたのか一瞬黙ったが、すぐに立ち直り逆襲《ぎゃくしゅう》してきた。

「とにかく、病院での喫煙は非常識です。今度やったら水鉄砲で消火しますから」

キレイな標準語なものだから、余計にきつく感じる。この辺の人間が使う言葉は語尾が曖昧《あいまい》で、その分優しく響くのだが。

実際問題、キツい美貌の女にキツいことを言われるのは嫌いではない佐脇は、ハイハイと言いながらポケット灰皿を差し出した。

「この中へどうぞ、渚《なぎさ》さん」

「どうして私の名を？」

渚と呼ばれた看護師は、ちょっと戸惑った。

「名札を読んだからですよ。国見病院外科看護師・渚恵子《けいこ》さん」

そう言って付け加えた。

「渚恵子って、なんだか売れない演歌歌手みたいだね」

「あら、そうですか?」

そう言った彼女は、唇を曲げた。今度は怒っているのではなく、笑っている。

「みんなも、内心そう思ってるかもしれませんね」

「え? はっきり言ったのはおれが初めてなの?」

冷たい美貌の女が微笑むと、普通の女が笑う、数百倍の輝きが生じる。

佐脇は、またも彼女に見惚れてしまった。それを繕《つくろ》うように、名刺を取り出して渡した。

「佐脇と申します。こっちは同僚の水野。いろいろどうも」

渚恵子は名刺に目を落とし、再び視線を戻すと、佐脇がまだ自分の顔を見つめているのを訝《いぶか》しんだ。

「……なにか? 私ってもしかして、指名手配の誰かに似てます?」

「ああ、いやいや」

ずばりと言われて、曲者《くせもの》刑事は慌てて手を振った。

「何度も言うがアナタの美しさについ、見惚れてしまってね、正直」

「いつもそうやって女を口説《くど》くんですか? 刑事さんは」

刑事と言われて、佐脇はにやけた顔をいくぶん戻した。

「どうして我々が刑事だと？」

恵子に渡した名刺はいわばナンパ用で、名前と携帯電話の番号だけしか印刷していない。

「今日、入院患者に警察から事情聴取があるとミーティングで言われたので。それと、さっきのタバコを吸いながらの会話は、誰が聞いたって刑事さんのモノですよ。いつもああいう話をしてるんですか？　警察の外でも」

言われてみれば、佐脇はラーメン屋でも飲み屋でも、けっこう大声で仕事の話をする。普通のサラリーマンなら別にいいが、話の中身が捜査中のあれこれでは宜《よろ》しくないだろう。

そこに、もう一人の看護師がやってきた。華奢《きやしや》で細身で、険しい目つきのわりには視線の定まらない、神経質そうな雰囲気を発散している女だ。胸の名札には「外科看護師・吉《よし》井和枝《いかずえ》」とあった。年の頃は三十代か。鍵をデザインした金色のペンダントをしているのが印象に残った。

「ちょっと、渚さん。いつまで立ち話してるんです？」

キツい声に、渚恵子はスミマセンと頭を下げた。どうやら吉井和枝のほうが先輩らしい。

「ウチに入ったばかりなのに、もうサボってるわけですか？」

「あ、いえ、申し訳ありません」

恵子は言い訳しないで謝った。

「いくら看護師が不足してるからって、そういう足元を見た働き方はやめてくださいね」

吉井和枝は、明らかに国見病院サイドに立った、刺々《とげとげ》しいモノの言い方をする。

「あの……佐脇さん。我々はこのへんで」

マズいと察した水野が、佐脇の腕を引っ張った。

「署に戻って調べることも多いですし」

「それはそうだな……では、大変失礼しました」

中年刑事はポケット灰皿を仕舞うと、水野とともに、逃げるようにその場を離れた。

＊

君塚が轢き逃げされたという一一九番通報の記録は、鳴海市消防局通信指令室に残っていた。

『こちら消防です。火事ですか、救急ですか』

『救急です』

『交通事故です。轢き逃げされた男性が路上に倒れています』

『詳しい場所を教えてください』

『……鳴海市伊沢の道路です。近くに四差路があって信号があります』

『どの交差点か判りますか』

『信号の下に、原町交差点と書いてあります』

『原町交差点ですね、判りました。倒れているのは男性ですか女性ですか』

『若い男性です。がっしりしたカラダの』

『判りました。ではあなたのお名前、お使いの電話番号を』

ここでプチッという音がして、通話は途切れた。

一一九番通報を受ける指令室とは別の部屋で、佐脇と水野は通話記録を再生して貰っていた。巨大な10インチのオープンリールがゆっくりと廻っていたが、通話が終わったので、担当の阿辺《あべ》係長がテープレコーダーを停止させた。

「アナログですが音質はいいでしょ。これ、今となってはヴィンテージですよ」

そこを自慢するのかと突っ込みたくなる調子で、通信指令室の阿辺係長は胸を張った。

「これワンリールで、二十四時間分が記録出来ます」

彼はマニアックな笑みを浮かべた。たしかに阿辺係長が自慢するだけあって、明瞭《めいりよう》に録《と》れている。しかし、通報してきた人間の声には、金属音のような妙なトーンがある。

「通信状態によって、相手の声が妙な時があるんですが……これはちょっと違いますね」

「佐脇さん、これ、ボイスチェンジャーを使ってますよ」

水野の言葉に、佐脇は頷いた。

「声は変わっているが、感じとしては女だな。女の声。しかも、地元のイントネーションじゃない」

「なんか、大阪弁じゃないし九州でも東北でもないし……標準語っぽいですね」

水野が応じた。

「事故のあった市道は、田圃《たんぼ》のなかを突っ切る寂《さび》しい道だろ？　事故の被害者本人ではない、名前も名乗らない、女であるかもしれない第三者の通報。通りがかった善意の第三者なら、名前を聞かれて電話を切るか？」

「通報はするが、関わりあいになりたくない、という人も、いないことはないですよ」

阿辺係長が横から口を挟んだ。

「もう一度、聴かせてくれ」

佐脇が頼んで、通報の音声がもう一度再生された。

「凄く冷静な口調だな。たとえば轢き逃げしたのがこの人物で、それも轢いちまった直後なら、もっと動揺してるんじゃないか？」

佐脇は阿辺係長を見た。

「事故の通報って、こんなに冷静なもんなのか？」

「そうですね……」

阿辺はしばし考えた。

「完全な第三者であっても轢き逃げの通報の場合は、動転してしまって、正確な場所や、被害者の状態をきちんと言葉に出来ない場合が多いですね」

「そうだよな。救急だけじゃなく、一一〇番への通報でもそうだろ？　だいたいがひっくり返った声で怒鳴《どな》ったりするのが多いよな」

「ボイスチェンジャーのせいで冷静に感じる、ということはないでしょうか？」

水野は、可能性としてですよ、と付け加えた。

「それはないでしょうね」

阿辺係長はオーディオ・マニアとして身を乗り出した。

「私、専門外ですが。ボイスチェンジャーというのは、あくまでも声紋を採《と》られないために声質『だけ』をいじるのですから、口調までを直してしまうわけではありません」

言い切ってから「……だと聞いてます」と少しきまり悪そうに付け足した。

「そうだとすれば、いよいよこの通報は怪しいよな」

佐脇は腕を組んだ。

「被害者はヤクザ。で、たとえば敵対する組の鉄砲玉がハジキの代わりに車を使ったと。次に本当に死んだかどうか確認するために救急車を呼んだと。その通報も、自分がすると足が付くから、ツレのスケに電話させたってのはどうだ?」

　佐脇は仮説を立てた。

「鉄砲玉が何を喋るかレクチャーして、そのまま言わせたから、女の口調は冷静になっているると。そいつらは君塚を追って東京から出張ってきたんじゃないか?」

「……その線でしょうか」

　水野は納得した顔で頷いた。

「この音声、ウチの科捜研で元の声に復元出来るかな?」

　若い刑事は首を捻った。

「どうでしょう……ウチの科捜研は零細ですからね」

　水野が言う通り、T県警の科捜研は零細《れいさい》で、ほとんど有名無実の存在だ。手が足りない鑑識の応援に駆り出されたりして、本来の研究をしているヒマもなければカネもない。

「それに、ウチの科捜研や鑑識には、テレビドラマに出てくるような、超人的な洞察力やテクニックを兼《か》ね備えたヒトはいませんからね」

「それを言やあ、おれたちもテレビドラマに出てくる刑事みたいな超人的推理力と行動力は持ち合わせてないもんな」

とりあえず、当該通話分を普通のカセットテープにリレコして貰う。

「このナカミチのカセットデッキ、年代モノですが、動いてるのが珍しいんですよ」

阿辺は嬉々《きき》として機器を操作した。

あくまでアナログ機材でやりくりする通信指令室の設備は、もしかして係長の阿辺が趣味に走っているのではないかと邪推《じゃすい》したくなるほどだ。

「この後、どうします？　署に戻って書類まとめて、今日はお開きにしますか？」

刑事には聞き込みなどの捜査以外に、膨大《ぼうだい》な書類作成という面倒な事務仕事がある。さっさと手をつけ、要領よく済ませてしまう水野に対して、佐脇はギリギリまで手をつけない。

「小学生の夏休みの宿題と同じだ。お前は早々とやってしまってノンビリ遊ぶタイプ。老後は貯金で悠々自適だろうな。おれは二学期になって担任に怒られるまでやらないガキだった。退職金も利息も先に食いつぶして、路頭に迷う末路が見える」

署には直帰すると電話を入れて、これから酒でも飲もうや、と水野を誘いかけた佐脇だが、急に思い立った様子でまわれ右をした。

「おれ、もう一度国見病院に行ってくるわ。あの看護師、臭わないか？」

そう言われた水野は、キョトンとした。

「あの看護師って……渚さんのことですか?」

「そうだ。あの冷静な口調、標準語、最近あの病院に赴任《ふにん》してきたらしい女性、と条件が揃ってるじゃねえか」

「いやそれは……」

水野は眉間《みけん》に皺を寄せて手を振った。

「いくら何でも強引でしょ。佐脇さん、この前の事件でも市民活動家に強引に任意同行をかけようとして、土壇場《どたんば》でアリバイが判明して、危ないところだったじゃないですか」

「それはお前がハンパな情報をおれに教えたからだろ。お前にも罪があるんだ」

佐脇はムッとした様子で反駁《はんばく》した。

それを見た水野は、なにかを悟ったのか素直に受け入れた。

「了解しました。自分は署に戻りますが、佐脇さんは公務扱いにしますか、直帰扱いにしますか?」

「そりゃお前……聞き込みに行くんだから公務だろ」

若い相棒は、はいはいと応じた。

＊

国見病院は、ちょうど看護師のシフト交代の時間だった。

四階の外科フロアにあるナースステーションに行くと、お目当ての渚恵子は当直の看護師に引き継ぎをしている最中だった。

「あら？　どうしました？　さっきの刑事さん。私もう帰るんですけど」

廊下をウロウロしている佐脇に、彼女の方から声がかかった。

「そいつは都合《つごう》がいい。ちょっとお話し出来ないかと思ってな」

「普通は、他人の時間を使う場合、なにがしかの用意がありますよね。でも刑事さんは相手の時間をタダで自由に使うんですすか」

「これはオオヤケの仕事なんで……とは言っても、取り調べでも何でもないんで、なにかご馳走《ちそう》しますよ。ギャラとか日当は払えないけど、食事なら」

佐脇がしおらしく返したので、渚恵子は唇を歪《ゆが》ませた。微笑んだのだ。

「いいですよ。寮に帰って自炊《じすい》するのも面倒だなあと思ってたところです」

私服に着替えた恵子は、佐脇に言われるままにタクシーに乗りこんだ。着ているワンピースは茶色の、何の変哲もないものだ。これは、この女の趣味ではないな、となぜか佐脇は直観した。まず第一に「目立たないこと」を考えて選んだ服ではないか。

「美味い店をご紹介しますよ。鳴海には最近来たんでしょう？」

「どうしてそれを知ってるんです？」

佐脇は運転手に「二条町」と言って、恵子に笑みを向けた。

「昼に喋った時、感じの悪い先輩の看護師さんがそう言ってたでしょ」

「さすが刑事さんね。よく覚えてること」

なんとなく、いい感じになってきた。

地味な私服も、恵子のプロポーションの素晴らしさと、その強烈な色香を隠しきってはいない。むしろ本来のキツい印象がほどよく薄められて、いやがうえにも佐脇の劣情《れつじょう》をそそる。

「で、私とどんな話がしたいんです？　あの患者さんについてですか？」

「まあそれはともかく。ちょっとお近づきになりたくてね」

「……それって、公私混同？　刑事の立場を利用して」

「まあ、そうです」

佐脇はあっさりと認めた。

「お嫌なら、このままアナタが食事したい店までお送りして、私は帰りますよ」

へえ、と恵子は面白そうに佐脇を見た。

「おれのバックに誰がついてると思ってる、なんて言って強引に口説くのかと思った」

「おれはヤクザじゃないんでね」

そう言った佐脇は自嘲《じちょう》の笑みを浮かべた。

「ま、似たようなモンだが、ヤクザそのものじゃない。評判は耳に入ってると思うが」

恵子は頷いた。

「悪漢刑事。ヤクザよりタチの悪いオマワリ。金と女に汚いクズ。馘《くび》にならない程度に仕事をして犯人を逮捕し、上司の弱みも握ってるので鳴海署に君臨している」

「さすが、警察とナアナアな国見病院にお勤めのことはある。ま、おれとしては、給料以上の仕事はしてると思ってますけどね」

恵子はまたも唇を歪めた。やっぱり笑っているのだ。

「いいわ。堅いことヌキにして、ご馳走になります」


二人は、二条町の中でも怪しくない小料理屋に入った。

「ここも佐脇さんに弱みを握られてるんですか? 飲み食いタダなんでしょ?」

徳利を傾けていた佐脇はさすがに苦笑いした。

「あの病院で、どんな噂が飛び交《か》ってるのか、コワイですな」

「でも、ここは魚が本当に新鮮で……美味《おい》しい！」

恵子は無邪気に喜んだ。美味しい料理は人間を素直にさせる。恵子の、鎧《よろい》のようだったクールな表情がいくぶん崩れて、柔和《にゅうわ》な素顔が顔を覗かせた。

「でしょう？　鳴海は、魚も野菜も美味いんです。海のそばにある田舎の利点です」

ホントそうですね、と恵子は酒でほんのり赤く染まった顔で頷いた。

「こんな田舎、食い物くらいしか特筆すべきものはないんでね」

そこでふと思い浮かんだ疑問を、佐脇は口にした。

「こんな田舎といえば、アナタはどうして鳴海に来たんですか？　好きこのんで」

「今は、看護師も医者も足りなくて、引く手あまたなんです。日本全国、ほとんど言いなりの条件で雇ってくれます。それなら日本中の病院を渡り歩いてみようかなと。見聞が広まって仕事も出来るし、一石二鳥でしょ。それに、病院からは喜ばれるし」

「辞める時は悲しまれるでしょう？」

「まあそうですけど。辞めるのを前提に適当な仕事をしたり、なんてことはしませんよ。そんなことをしたらブラックリストに載っちゃうし。それ以前に、そういうのは看護師としてやってはいけないことだから、辞める日まで全力投球ですけどね」

「ますます気に入ったね！」

スポーツ選手や芸能人のタニマチの気分が、今、佐脇にも判った。

「おれはね、アナタと正反対にあちこち動きたくない方だから、追い出そうとする連中と戦うわけだけど、アナタは逆に、新入りイジメをする古参と戦うわけだ」

酔いが回ってきたのか、恵子はそれには返事をせずに、熱い眼差《まなざ》しを返してきた。

これはイケる。

佐脇は久々にときめきを感じた。自分は若い女は好みではなくて、恵子のような案配《あんばい》の、ほどよく熟《う》れた女がど真ん中なのだが、このところ、なかなかお手合わせを願えるチャンスがなかった。だが、今がそのチャンスなのだ。

Sっ気があるナースで、キレのいい東京弁をビシビシ操る恵子は、佐脇の好みに完全にハマっていた。

それから一時間後、二人は二条町で一番高級なラブホテルにいた。

全裸の恵子は、若い女の弾《はじ》けるような肌と、オトナの女の熟した肉体を併《あわ》せ持っていた。

成熟した女はエクササイズなどで鍛《きた》えていて締まっていても、肉づきは柔らかい。その辺が若い女とは違う。抱けば最高の感触なのだ。

恵子の乳房は、熟れて垂れる寸前の、最高の盛り上がりを保っていた。その双丘が、スレンダーなボディに乗っている。ウエストは引き締まって見事にくびれている。

「ナースよりボディ・トレーナーって言うのか？　ああいう商売した方が儲《もう》かるんじゃな

いか？　アンタのカラダは理想的だろ」

「そう言ってくれるのは嬉しいけど、私は今の仕事が好きなの。けど楽な仕事ではないから、身体は鍛えとかないとね」

彼女の思わず押し倒したくなるような妖艶《ようえん》な女体は、日々の鍛錬《たんれん》の賜物《たまもの》だったのか。この見事なカラダを存分に眺めながらヤリたいものだ、と思っていると、まるでそれを察したように、あるいは自分のカラダに自信があるのか、恵子は佐脇の上に乗ってきた。

「いいかしら？　私、騎乗位が好きなの」

願ってもないことだ。

佐脇が素直に仰向《あおむ》けになると、彼女はゆっくりと躰《からだ》を降ろしてきた。指で彼のモノを摘《つま》んで自らの秘裂に誘導するさまは、アダルトビデオの一場面のように妖艶だった。しかも、彼女はその辺のＡＶ嬢よりもはるかに魅力的だ。

恵子はゆっくりと腰を落とし、彼のモノは完全に奥深くに侵入していった。

「ああ……」

恵子と佐脇は同じような声を同時にあげた。

彼女の花芯は柔らかく、しかもクイクイときつく締めてくる。その上、肉襞は絶妙な感触で、佐脇の敏感な先端は、その肉の紋様を感じて爆発しそうだ。

蕩《とろ》ける感覚が、じーんと彼の全身に広がっていく。

前戯もなしに、いきなりの騎乗位だったのに、恵子の秘部は濡れていた。彼女も充分に欲情していたのか。

クールな女はホンネが判らない。謎めいているところがまた魅力でもあるのだが、普通の男にはハードルが高くてなかなか近寄れないだろう。佐脇にしても、たまたま酒の力で恵子の鉄仮面を剝《は》がせたのはラッキーだったのだ。

すべて挿入しきった肉棒を柔らかな果肉が包み込み、波状的に締めてきた。

「？」

声には出さず、彼女が「どう？」と言うように首を傾げつつ、腰を振り立ててくる。くねくねと前後によく動く。まるで別の動物のようだ。

前後だけではなく、ふいに左右に揺れたかと思うと、セクシーなポール・ダンスのように円を描いてグラインドする。

その下半身の動きに合わせて、豊かな乳房がふるふると揺れ動く。若い女だと単純に盛りあがっているだけだからぷるぷる震えるだけだが、よく熟した乳房は、全体が揺れるのだ。

イヤらしく妖艶な腰の動きに、いやがうえにも痴情をかきたてる、揺れる乳房。

自分ばかりが愉《たの》しんではいけないなと、佐脇は下から突き上げた。

「うっ」

不意を突く攻撃に、恵子は応戦した。前後左右にグラインド、という平面的な動きだけではなく、ぐいぐいと上下に全身を動かして、ピストン運動を始めたのだ。

熱い眼差しだった彼女の目に、今はさらに強い情欲が浮かんでいる。恵子は貪欲《どんよく》に悦楽を求めているのだ。

それが何より証拠には、彼女は反応を確かめるように佐脇を見据えて、じわじわと腰を使ってきた。

湿った肉が当たる音が部屋の中に響いた。ひどく淫《みだ》らな音だ。

佐脇も、その攻勢に負けじと下から激しく突き上げた。彼女の腰を摑んで、ずんと肉棒を突き出すと、そのたびに彼女は背中を反《そ》らせた。

「ああ、いいわ……すごくいい……」

恵子は佐脇の手を取るとたわわな乳房に導いた。揉めというのだ。

そして自分から、秘部を強く押しつけてくる。クリトリスを、ごしごしと音がしそうなほど擦りあげているのだ。

「ああ、いい。いいわ……最高……」

もしかしてこの女は、東京で男でしくじって都落《みやこお》ちしてきたんじゃないか？　自分でしくじったのかしくじられたのかは判らないが。とにかくクールな外見とは裏腹の、激しい性欲を抑えきれずに、なにかをやらかしたんじゃないか？

そう思う以外、どんな推理もあり得ないほどに、恵子は喜悦に背中を反らして胸を突き出していた。腰がいやらしくくねる。実になんとも、欲情的扇情《せんじよう》的痴情的な、どんな男も果ててしまいそうな濃厚このうえない悩殺ポーズだ。

「ああ……」

むせぶような熱い吐息《といき》を恵子は漏らした。

もっと突き上げて、この女を狂わせてやりたい。とことん快楽を突き詰めさせてやる。気に入った女をイカせまくって性奴隷《どれい》にしてやろうと計画した馬鹿野郎がいたが、そういう犯罪者の欲望がほんの少し理解出来るような気がした。

そう思わせるほどに、恵子は極上クラスの、最高にいい女だった。

さあ、もっと食らえ！

と、佐脇が最終的な攻撃を仕掛けようとしたその時、逆襲を食らった。恵子がぐいぐいと全身を上下に使いつつ、腰をグラインドさせてきたのだ。

アクロバティックとさえいえる絶技だった。

もはやセックスと言うより格闘技のような技の応酬《おうしゆう》になっていたが、恵子の勝ちだった。

不意に湧《わ》き起こった小爆発が幾《いく》つもの誘爆を起こして、一気に大爆発に至った。

最初の射精衝動こそなんとか堪《た》えたものの、容赦《ようしや》なく続く強い刺激に、佐脇の五感は完全に麻痺《まひ》してしまった。

カラダの芯から湧き起こった熱いマグマは、火山が噴火する如く、一気に噴出した。

まるで中学生がオナニーの快感を知ってトリコになってしまった時のような、なんともいえない凄まじい快感に、佐脇は酔い痴《し》れた。

それでも彼が、一種の使命感に突き動かされて腰を突き上げ続けていると、今度は、恵子が制御不能に陥《おちい》った。

大きな声を上げて全身を激しく揺さぶると、失神するかのように佐脇の上に崩れ落ちた。

「なんだか……四十男のセックスじゃあなかったな。ガキみたいに濃いのがいっぱい出た」

一回戦が終わって、佐脇は降参した。

「……私も、久々だったんで、凄かったわ」

佐脇の横に仰向けに寝た恵子は、彼からタバコを貰うと、美味しそうに吸った。

「健康のため吸わないんじゃないのか、ナースは」

「病院ではね。でもホントはタバコ好きなの」

そう言って思いきりタバコを吸い込む恵子の胸は、仰向けになっても型崩れしない美しいフォルムを描いている。

「アンタぐらいの美貌とカラダとセックスを持ってりゃ、そこそこ天下を取れるだろ」

「なによ、その『そこそこ天下』って」

「いやまあ、大スターってのは無理でも、その……こんな田舎で燻《くすぶ》ってるのは惜《お》しいって意味だよ」

恵子は怪訝そうな、しかし悪戯《いたずら》っぽい目で佐脇を見ると、タバコを灰皿でにじり消した。

「どう、二回戦、やる？」

第二章　疑惑の夫婦

その翌日。

携帯電話が鳴ったので渚恵子からか、と一瞬ときめいた佐脇だが、聞こえてきたのは恵子のぞくぞくするような声ではなく、ぶっきらぼうな若い女の、いきなりの依頼だった。

『師匠《ししょう》。またちょっと知恵を借りたいことがあるんだけど？』

佐脇の弟子を自称する、コンピューターフリークの横山美知佳《よこやまみちか》だ。いつも電話してくると、何の前置きも挨拶も、世間話もなく本題に入る。

「今度はなんだ。セクハラかモラハラか、それともブラック企業による許し難い搾取《さくしゅ》か？」

美知佳はネットで拾ったあれこれに首を突っ込むクセがある。他人のことに無関心な生き方よりもマシだろうし、もともと社会性が欠如《けつじょ》している美知佳にはプラスになるだろうと思って師匠としては放置していたが、美知佳のような若輩者《じゃくはいもの》が他人の相談に乗るのは百年早いのではないか。

「おい、お前自身、誰かに相談に乗って貰うべきなのに、オトナの相談に乗るなんて、百年、いや少なく見積もっても三十年早いぞ」

『そうは言うけど、あたしの受けた案件がキッカケで事件が解決したこともあったよね』

たしかに、隣県の大企業・南西ケミカルで行われていた社内セクハラが発端となって、ひどい環境汚染《おせん》を惹《ひ》き起こした企業犯罪が露見《ろけん》し、十五年前の殺人事件の真相も明らかになったことがある。

『それにさあ、警察官なら、いろんな人の声を聞くべきなんじゃないの？』

「だからそういうのは政治家とか市役所の連中のやることだ」

『でも相談者は家庭内暴力で困ってる人だよ？　助けるのは警察の仕事でしょ』

DV案件となると、話は違ってくる。通りいっぺんの処理では「オオゴトにしたくない」と被害者が被害届をためらうことがある。その結果、悲惨《ひさん》な結末を迎えるケースも多い。だから、堅苦しくない雰囲気でじっくりと話を聞いて、当人の自覚を待つしかない。自覚とは、家庭内での暴力は犯罪であると理解して、自分はそれから真剣に逃れたいのかどうかハッキリした決意を固めることでもある。

「しかし、お前は人付き合いが嫌いなクセに、なぜネットではお節介《せっかい》を焼きたがるんだ？」

『相手かまわず介入してるわけじゃないよ。たとえばDVに遭ってるくせにウジウジして、自分からは何もできないヒトとかね。そういうの見てるとイライラして、思いっきり背中を押したくなるんだ』

「つまりお前自身がイライラしたくないからだな。まあいいや。話は聞こう」

『じゃあ、八時に、いつもの「ハードロック・パブ」でね！』

『ハードロック・パブ』とは、似たような名前の有名店のパクリで、やたらやかましい音楽を掛けて酒を飲ませる店だ。やかましければ他人に秘密の話を聞かれなくて都合が良い、と美知佳は言うが、肝心の話自体が聞き取れないくらいうるさい。


署に戻った佐脇は、時間潰しに事務仕事を夜までやり、八時を過ぎて店に向かった。

だが、案の定と言うべきか、自分で呼び出しておきながら、美知佳はまだ来ていない。

こういう非常識にも慣れたが、それでも現れるまでの時間は段々短くなってきてはいる。以前は腹を立ててビールを一本飲んでも来なければ帰ってしまったものだが、美知佳とのつきあいが長くなるにつれて、佐脇も人間が出来てきた。と言うか、あの娘と付き合うには、この程度は仕方がないと思えるようになったのだ。

鉄道のガード下より町工場の中よりうるさい騒音の渦巻《うずま》く店内でミラーを三本飲んで、ステーキにかぶりついている時に、黒ずくめの服を身にまとい、ガリガリに痩《や》せた女がゆっくりと店に入ってきた。美知佳だ。

「なんだもう来てたの？」

それなりの化粧をして可愛い服でも着れば、そこそこ美形ではあり、小柄だから美少女といっても通る外見なのだが、真っ黒な髪をつんつんに立たせ、悪魔の隈取《くまど》りかと思うほどどぎついメイクを目の周りにほどこしている。肌はきれいだが、日中の外出を嫌う顔色はあくまでも青白く、唇にはグロスひとつ塗っていない。要するに色味の完全に欠如《けつじょ》したメイクで、しかも常に不貞腐れたような表情だから、ブスさをワザと強調しているようにしか見えない。

「まあそこに座れ」

ちょっと説教してやろうとしたが、美知佳が「うん」と屈託《くったく》なく座ってメニューを手に取ったので、佐脇は完全に出鼻をくじかれた。

「おれを待たせて悪いと思うなら、せめて走ってこい」

「歩いても走ってもたいして時間は変わらないよ」

美知佳はぶっきらぼうに口答えした。これが、仮にも師匠と仰《あお》ぐ人間に対する態度か。

こういう斜め上の返し方をされては佐脇としても勝手が違う。かといって頭から怒鳴《どな》るのも大人げないし、物判りがよすぎても教育にならない。

「でも、こうしてちゃんと来たんだから、もういいじゃん。ね？」

もういいと許すのは待たされたおれであって、お前じゃない、と突っ込みたいところだが、佐脇は気力がなくなり、口をつぐんだ。これ以上言っても無駄だからだ。美知佳には世間一般の常識というやつが通じない。

「で、用件はなんだ?」

うんそれが、と美知佳は周囲を見渡した。

「来てるはずなんだけど……」

「お前は、おれだけじゃなく、その相談に乗って欲しいってヒトも待たせてるのか!」

いい加減、社会性を身につけろと性懲《しょうこ》りもなく説教を再開しようとした時、「すみませんすみません」という声が聞こえてきた。

甲高《かんだか》くて華《はな》やかだが、耳障《ざわ》りな声の持ち主が、美知佳を目指して小走りにやって来る。

「あの、出かける間際にいろいろありまして……お待たせして申し訳ありません」

この女性は美知佳と違って常識を弁《わきま》えているようだ。年の頃なら三〇前後。年齢を考えれば常識はあって当然か。

「西山千春《にしやまちはる》と申します。夫は国見病院で外科医をやっております」

ロングヘアには大きめのウェーブがかかっており、医師の妻として許されるぎりぎりの限度にまで色を抜いた茶髪だ。化粧も落ち着いたナチュラルメイクだが、大きな瞳に通った鼻筋、ぽってりと厚みがあるが、下品ではない口元など、目鼻立ちがはっきりしているため、非常に目立つ美貌といえる。

身につけているものも決して派手ではなく、ベージュのスカートに白いブラウスといった無難なものだが、よくみると上質でカットが垢抜《あかぬ》けており、そのへんのショッピングモールで買ったものではないようだ。それ以上のことは女の服に興味のない佐脇には判らない。

全体に色味のない服装のなかで、ふっくらした唇を色どる、やや沈んだ赤の口紅が、白黒写真の中に一点、色が付いているように印象が強い。

洗練された白の、みるからにクリーニング代が高くつきそうなシャツブラウスの襟元から、深い胸元が覗いている。そこには細い金のチェーンがかかって、変わったデザインのペンダントヘッドがつけられている。金にダイヤモンドをあしらった、南京錠《なんきんじょう》の形をしたアクセサリーだ。

「こんにちは、千春さん。こっちは鳴海署の刑事、佐脇さん。一応、アタシの師匠」

そういう紹介のされ方をすると、自分が芸人になったみたいで尻がむずむずしながらも、佐脇は名刺を出して大人の挨拶をした。美知佳が千春をうながす。

「おおよその事情は話してあるから、あとは千春さんが詳しいことを説明するといいよ」

中年の刑事と風変わりな少女に、先を促されるように見つめられて、千春は居心地が悪そうに話し始めた。

「あの……私の悩みなんて別にたいしたことはないのかもしれませんが、いろいろ考えると思い詰めてしまって、ついネットにあれこれ書き込んだら、こうして、美知佳さんにご相談に乗っていただけることになって」

明るい色の巻き髪を派手なしぐさでかき上げながら、華やかな声と口調で千春は話し始めた。どうにも落ち着きがない感じを与える。

「考えてみれば、たいしたことないのかもしれないんです。よくあることかもしれないし。なので、美知佳さんには、オオゴトにしないでって言ったんですけど……夫婦なんて、もとは他人の男女が一緒に暮らしてるんですから、多少のいさかいはあるのが普通でしょう？」

　そう喋りながらも手は動かし続けている。

　注目しろと暗にアピールしているのか？　と、佐脇がその指先に目をやると、千春の手は左の頰の辺りを撫でている。

　そこには、うっすらとシミのような箇所《かしょ》があった。念入りに化粧で隠されてはいるが、刑事の目は誤魔化せない。

　それは痣《あざ》に違いない。さてはこれが暴力亭主に殴られた痕《あと》か。

「あなたのご主人は利き手はどっちですか？　右か、それとも左ですか」

「右、ですけど、それが何か……」

　千春は、思いがけないことを訊かれた様子で目を見開いたが、そこで佐脇の問いの真意を悟ったのか、慌ててごまかそうとした。

「あの……それで本当に、こうしてお時間を取っていただいて申し訳ないんですけど、たいしたことじゃありませんので」

そう言いつつも、千春の指は相変わらず左の頬の、痣のある辺りを撫でている。その手は、顔や髪の手入れの良さに比して、荒れていた。

「ご主人は、国見病院に？」

「ええ。つい最近、東京の病院から移って参りました。私が言うのもアレなんですが、主人は消化器外科ではけっこう実力を認められていて……国見病院の理事長ご自身から、是非にとおっしゃっていただいて」

「じゃあ、ギャラも相当なもんでしょ？　いくらぐらい貰ってんの」

美知佳が無邪気に訊いた。この娘はガキっぽい外見と精神年齢を悪用してか、訊きにくいことをズバリと口にする『特技』がある。

「おいこら。ギャラと言うヤツがあるか。勤務医の場合は給与と言うべきで」

「宅は年俸制ですけど、相当なんて額ではないです」

千春は否定するように手を振ったが、謙遜《けんそん》しているのはミエミエだ。

「だけど理事長自らスカウトってことだと、他のお医者さんの軽く倍はいくんじゃない？　三千万？　四千万？　五千万？」

美知佳はあくまで年俸の額を聞き出そうとしている。

「そんな……四千万なんて、どこから……」

なんだかんだ言いながらも千春は夫が高給取りなのをほのめかした。

「まあ、住むところとか車とかは用意していただきましたけど。東京では車に乗っていませんでしたが、こちらだと、ないと不便でしょう?」

東京などと違って、公共交通機関はバスしかない鳴海は、完全な車社会だ。だからバイパスなどの幹線道路沿いに街が移ってしまい、車の乗り入れが不便な旧市街は寂れている。

「なるほど。ゴッドハンドにして魔法のメスを操る名医、年俸四千万とくれば、お手伝いさんも何人かいるんでしょうね?」

「刑事さん、『白い巨塔』とかの見過ぎじゃありません? いろいろ持ち上げられても所詮は勤務医ですよ。拘束《こうそく》時間は長いし、外来も多いし……かと言って開業医も医療機器に設備投資が必要だったり、看護師さんを雇ったりで大変だし……医者が裕福で儲かるなんて、どこの国の話かと思いますわ」

千春は家事を普通に、いや普通以上に熱心にやっているのかもしれない。そう思わせる手をしていた。爪は磨かれ、目立たないベージュのマニキュアが塗られていたが、異常に短く切られている。家事の都合だけがその理由だろうか。それとも……。

佐脇は、千春の様子を観察した。

始終自分の髪やバッグの口金や、耳たぶなど、あちこちに触れ、落ち着かない様子の千春には、もしかして爪を噛む癖《くせ》があるのかもしれない。

「で、大変な仕事だから、ご主人はそのストレスが昂《こう》じて、あなたに暴力を?」

「イエイエ。ですから、そんなオオゴトじゃなくて。本当に、たいしたことはないんです」

全面否定しかしない千春は、だからと言って席を立って帰ってしまうわけでもない。その辺がよく判らない。

美知佳が勘違いして事を大袈裟《おおげさ》にしているのかもしれないが、だったら本人がここにやってくるだろうか?

「だから千春さん、そうやって格好つけてるから何も解決しないんだってば!」

彼女の煮え切らない態度に、美知佳が割って入った。

「ついこないだのチャットでも愚痴《ぐち》ってたじゃん。旦那に顔殴られたって。頬に痣出来たって。その痕がコレでしょ? 旦那が右利きだから、左の頬を殴られたんでしょ?」

千春が無意識に何度も触っていた頬の痣に、美知佳は無遠慮に指を突き付けた。

「おい、お前なあ」

佐脇はたしなめようとした。一応初対面でデリケートな問題だから、と気を遣っている佐脇の配慮を木《こ》っ端微塵《ぱみじん》に粉砕《ふんさい》しつつ、美知佳は続けた。

「ミエ張ってるといつまでも旦那の奴隷のまんまだよ? いいの、それで? たいしたことなない、オオゴトにしたくないって何それ？　あんたの旦那は腕のいい外科医で、能力も金もあるのかもしんないけど、自分の女房を殴るってそれ、人としても男としても駄目だから。生きてる価値ないから」

　暴君である兄から家庭内暴力を受けて育ってきた美知佳は、こと「弱いものいじめ」となると嫌悪《けんお》を剝《む》き出しにして攻撃的になる。

「あの……何もそこまで言わなくても。あの人も、手さえ上げなければ……暴力さえなければ、いい人なんです」

　美知佳の怒りに驚いたのか、千春は取りなすように暴力夫を庇《かば》った。

　それが美知佳の怒りの火にさらなる燃料を投下した。

「みんなそう言うんだよね。『～さえなければ』って。酒さえ飲まなければ、ギャンブルさえしなければ、借金さえなければ……ってキリないじゃん。何とでも言えるよ。殺人犯でさえなければ、宇宙人でさえなければ、『いい人』なんですって」

　次第に声高な、激した口調になった美知佳は椅子を倒して立ち上がった。

「ちょっとアタマ冷やしてくる」

　もっとヒドいこと言っちゃいそうだからと言い捨てて、美知佳は席を離れて何処《どこ》かへ行ってしまった。

「どうも……失礼な奴ですみません。パソコンとネットとゲームばかりやってるもんで、社会的な訓練がまるでなってなくて」

なぜおれが自称弟子のフォローをしなけりゃならんのだと佐脇は釈然としないまま、千春に謝った。

「いえ、いいんです。あの子の言うとおりなんです。家の中の恥は、なかなか口に出来なくて……」

笑顔でそう言った千春だが、その大きな瞳には涙がにわかに溢れ出た。

「私……思い切りが悪くて。馬鹿ですね、ほんとうに」

頬を大粒の涙がこぼれ落ち、そこで耐えていた心がぽっきり折れてしまったのか、千春は、わっと泣き崩れた。

熟女が声をあげてテーブルに泣き伏している姿は、若者が集まるポップな店にはまったく似合わない。アメリカン・ダイナーを模したらしいお洒落《しゃれ》な制服のウェイターもウェイトレスも、明らかに引いた表情で佐脇たちのいるテーブルは避けて通る。他の客も興味津々で、なかには好奇心丸出しで覗き見しにくる手合いさえいる。

「まあ、そう泣かないで、西山さん」

そう言っても泣き止まないので、佐脇は彼女の肩に手をやって、気を落ち着かせようとポンポンと軽く叩いた。

と、千春は、いきなり佐脇にしがみつくと、胸を擦りつけてきた。

ぷにぷにした、熟女の乳房の感触。

大好物なだけに、佐脇が思わずヤニ下がると、美貌の人妻はこの中年刑事の胸に顔を埋《うず》めて、さらに泣き続けた。

困ったね、どうも。

女に泣かれるのは苦手だ。それはどんな男も同じだろうが、面倒だからと振り捨てていくわけにも行かず、さりとてこの場合、自分が泣かせたわけでもないのだから、号泣の原因を取り除くこともできない。

周囲からは相当誤解されているだろうが、振りほどくわけにもいかず、困り果てているところに、美知佳が戻って来るのが見えた。

「お。いいところに帰ってきた。ちょっと困ってるんだ」

と言いかけたところで、美知佳は背後にいる誰かとやり合っていることに気づいた。美知佳と同じくらい小柄で痩せた女が、目をつり上げてヒステリックにわめいている。どこかで聞いたことのある声だ。胸元の鍵型ペンダントも見覚えがある。

「ちょっと。千春さんとアナタはいったいどんな関係なの？　たしかに千春さんはアナタみたいに痩せて小柄な人が好きだけど、何のつもり？　あとから来て割り込む気なの？」

その女は美知佳に追いすがりつつ問い詰めている。普段なら口で負けるはずのない美知佳も、意表をつかれた様子で目を見開いている。

「あのさ。どうでもいいけど、アンタ何言ってるのか全然判らないんですけど？」

「シラを切る気？　ごまかさないでよ！　こっちはアンタと千春さんの関係を訊いてるんだから！　一体いつからなの？」

女は美知佳に突っかかった。

「関係って……」

美知佳は呆れている。

「ねえアンタ、なんか大きな誤解してるんじゃないの？」

「誤解？　どの口が誤解とか言ってんのよ！」

喋るごとに怒りが増しているようなその女は、ふと視線を美知佳から佐脇に移して、首を傾げた。

佐脇が肩を抱いている女が千春であると判るまで十秒ほどかかったようだ。

「……千春さんなの？」

その声に、千春は伏せていた顔を上げて、その女を見た。

「！」

千春に呼びかけた女の顔が、凍り付いた。

「な、な、な」

逆上して、これほどまでに混乱した人間を見るのは珍しい。言語能力を喪失《そうしつ》したのか、女は唇をわなわなと震わせ、顔も引き攣《つ》って何も言えなくなった。

だが女はここで実力行使に出た。口では女房に勝てないオヤジが手を出してしまうのと同じ理屈だ。

女はいきなり千春の腕を摑み、佐脇から引き剝がそうとした。

「痛いわ！　何をするの、和枝ちゃん」

和枝と名前を呼ばれて、女は我に返り、ようやく言葉が出た。

「……千春さん。これはいったい、どういうことなの？」

「どういうことって……私はただ、この刑事さんに相談に……」

「相談？　男と人前でいちゃつくことが？　それに刑事だからって……なにもこんな冴《さ》えないオッサンに」

和枝は佐脇に指をつきつけ、無礼にも臭いものでも嗅いだような渋面《じゆうめん》を作ってみせた。

「千春さんは、こんなチンケなオッサンが好みだったの？」

いきなり罵倒《ばとう》されて、佐脇も驚愕《きようがく》した。そしてようやく思い出した。この女は、国見病院で、自分と話していた渚恵子に厳しくチェックを入れてきたベテラン看護師だ。名字は確か……吉井。吉井和枝か。

「そんな……違うのよ、和枝ちゃん」

吉井和枝に食ってかかられた千春は必死に言い訳を始めた。

「だからこの方は刑事さんで、本当に、ちょっと相談に乗って貰っていたと言うか、話を聞いて貰っていただけなの。ほら……主人のことで」

ふ〜ん、と和枝はまったく信じていない様子だ。

「こんな人、見るからに信用出来ないでしょうよ。刑事だかなんだか知らないけど、胡散《うさん》臭いじゃないですか。昨日だって病院で、新しく入った看護師をナンパしてましたよ。それに、そこのガリガリ女の紹介でしょ？　千春さん、騙《だま》されてるんじゃない？」

現職刑事を詐欺師呼ばわりする女が面白いので、佐脇は和枝を見物することにした。それは美知佳も同じだった。

「だいたい、見た目だって西山先生とどっこいどっこいじゃないですか。ご主人から離れるきっかけを作るため『だけ』に、こんなのに近づくんですか？」

ヒトをヒトとも思わない和枝の罵倒はヒートアップする一方だ。

「人間なんて、見てくれが似ていれば不思議と中身も似るもんです。千春さんがしていることは、虐待《ぎゃくたい》されてる子どもが親から逃げて、変質者に捕まるのとまったく同じです！」

「おいおい。それはないだろ」

黙って聞いてりゃなんだと、変質者呼ばわりされた佐脇はさすがにムカついた。

「たしかに見てくれはパッとしないオヤジだが、一応は現職警察官なんでね」

佐脇は警察手帳を和枝に突き出した。

「おれは温厚じゃないし短気だから、男相手、特に悪党ならすぐ手が出るが、女を殴ったことはない。これはボギーの教えだ。キャグニーは女を殴るがボギーは殴らない」

「はあ？　アンタ何言ってるの？」

古いワーナー・ブラザーズ映画など知るはずもない和枝は戸惑っている。

「とにかくおれは、どっちかっつーと古い人間だから、オンナコドモに手は出さない。特に、惚れた女にはな」

「着流しの演歌歌手みたいなこと言わないでよ。ウソはいくらでも付けるんだから！」

「アンタはよっぽど男運が悪いんだな。そういう出来の悪いヤツしか知らないんだろ？」

「男運もなにも、最初から男なんて出来の悪い生き物は相手にしてない人間もいますけど？　もともと出来が悪い中でもアンタは特に最悪みたいね。刑事というのは本当だとしても、どうせ裏でヤクザとつるんだり、ワイロ貰ったり、交通違反揉み消したり、気にくわない相手は片っ端から逮捕したり」

「まあ、それは概《おおむ》ね当たってるな」

佐脇はニヤリとした。

「自慢じゃないがこのおれは、T県警のみならず、日本有数のダーティな警察官だ……と、ヒトには言われている」

佐脇が芝居口調であっさり認めてしまったのに和枝は面食らい、文字通り二の句が継げなくなった。

「おれは県警のお偉いさんよりもこのあたりのヤクザとは仲がいいし金だって貰ってるし、その見返りに多少はオトクな情報を教えてやってるし、交通違反に口を利いてやることもある。職務上知り得た相手の弱みをネタに脅したり、ムカつく相手を別件逮捕したことだって……まあなかったとは言えないな」

そう言って睨み付けた佐脇が一歩前に出ると、和枝は一歩後退した。今やその顔は引き攣っている。

「たとえばここで、おれが突然転ぶとするだろ？　でもってアンタがおれを突き飛ばしたせいにして、公務執行妨害でアンタを現行犯逮捕するってのは公安の伝統芸だ。今だって使ってるんだぜ」

佐脇はそう言いつつポケットを弄《いじ》ると、手錠を取り出した。

「おや？　普段はこんなもの携帯してないんだが。せっかくあるから使ってみようか？　ま、手錠ってのは逮捕の時しか使わない、という性質のものでもないな。プレイの時なんかにも使える」

目の前に突きつけられた手錠のインパクトに、和枝の顔はますます引き攣った。

「ああ、もっと洗練された手もあるな。小麦粉を袋に入れたのを、相手のポケットに放り込むんだ。スリの手口の逆。で、ちょっといいですかぁとか言って身体検査して、『なんだこれは！　覚醒剤だ！』って騒いで現行犯逮捕。実際に警察で保管しているヤクを使う時もある」

佐脇はそう言ってわざとらしくポケットを弄《いじ》ってみせた。

「判った。判ったわよ！　そういうことなのね。もう結構！」

和枝は怒りで真っ赤だった顔を青くして、憤然として立ち去った。

「ねえねえ。あの女、マジおかしくない？」

和枝の後ろ姿を眺めながら、美知佳が呆れ果てた、という声を出した。

「小学生女子じゃあるまいし、あの子と仲良くしちゃダメ、とか意味判んないし」

立ち去ってゆく和枝の足音は、騒音に満ちた店内に響き渡るほど凄かった。

「あの人を怒らせるつもりはなかったのに……」

後ろ姿で怒りを表す和枝を見送って、千春は呟いた。

「おれだってそうだけどな。だけどね、ああいうタイプの女は思い込みが激しいから、きちんと説明しても全然受け付けないんだ。あんたが彼女に付いていかない限りね」

そう言った佐脇は、千春の心細そうな風情《ふぜい》を見て、腑《ふ》に落ちるものがあった。

「なるほど、そういうことか」

「え？　ナニ一人で納得しちゃってんの」

美知佳は佐脇を見て口を尖《とが》らせている。

「まあ、お子様には知らなくてもいいこともある。気にするな」

千春はと言うと、ひどく心細そうに、今は縋《すが》るような目で佐脇を見上げている。

「それはそれとして、せっかくだから、あの女の期待に応えるとしましょうか」

千春は強く誘えば断らない、というより断れないタイプの女だと直観していた。

何事も自分からははっきり要求しないが、誘われたいオーラを発散して相手を動かす。いわゆる誘い受け、というやつだ。それは、自分から誘ったのではなく相手が誘ってきたとのアリバイが欲しいのか、あるいは面倒くさい自尊心か。

佐脇にとって、目の前にいる女はさほど好みではない。とは言え、抱きたくないと拒否するほど嫌いなタイプではない。いや、性格は気に入らないといえるが、カラダは別だ。

「じゃあ、行きますか」

佐脇は千春の肩を抱いて立ち上がったので美知佳が驚いて訊いた。

「え？　ええ？　どこ行くの？」

どういう方法でか自活はしているが学校にも行かず、定職にもつかず、社会性に欠ける性格はいくぶん改善されてきたとは言え、人間関係の微妙なあれこれ、ことに男女間の高度な駆け引きや微妙な感情の動きについて、美知佳はまったくもって鈍感《どんかん》だ。中身はコドモなのだから仕方がないが。

「これからこの人に事情聴取する。例の四十二号線原町交差点付近の轢き逃げ事件だ。国見病院にも関係ありそうなんでな」

美知佳には出まかせを言って、佐脇は千春を促した。

「だからさ、おれたちに期待されているらしいことを、これから一緒に試してみないか、ってことだ」

もう一押しすると、千春は意味が判ったのかぽっと赤くなったが、嫌だとは言わなかった。

相変わらず成り行きが理解出来ない様子の美知佳に「じゃあな」と言い残した佐脇は、千春を連れて店を出て、ホテルへ向かった。


千春は予想どおり、セックスでも完全に受け身だった。

とは言え、『脱ぐと凄い』女の典型で、彼女の目立つ美貌に負けないくらいの女体は、グラマラスではないが、熟れた双丘は小ぶりで形もよく、曲線も豊かで、優美なラインを描いている。この前抱いた渚恵子よりは地味とは言え、熟女好みの佐脇には、まさに直球ど真ん中の肉体だった。

肌はしっとりと吸いつくようで、感度もいい。手を腰のくびれた曲線に滑らせてやるだけで、全身をひくつかせる。芯の残る乳房をもみ上げ、頂上に吸いついて舌先で転がしてやると、たまらない、という風情《ふぜい》で腰を震わせる。

そのまま舌を降ろしていって、薄い恥毛に絡ませつつ秘核を突つくと、それだけで愛液を溢れさせる。小ぶりなクリットをしゃぶってやると、あっという間にイキそうになった。

こういうセックスで感度のいい女をイカせまくるのも面白いかもしれない。しかし……。

ここまで完全に受け身な女を抱くチャンスはそうはない。だいたいの女は受け身なフリをしているだけなのだ。あれこれ要求するのは、はしたないし、男性経験が豊富と思われるのも嫌だ、などの小賢《こざか》しい計算が働く。内気で言い出せない場合もあるだろうが、それだって我慢してるだけのことだ。

女にスレている佐脇としては、普通のセックスでは退屈だ。

さっきの和枝を交えたやりとりを見る限りでは、この千春という女は、あくまで受け身に徹しつつ、実はそれとなく周囲を動かして、思い通りの方向に持って行く生き方に長《た》けているのではないか、という疑念もある。

だったら、徹底的に、物理的に受け身のセックスを味わわせてやるか。

彼はクンニをほどこしながら、ベッドのヘッドボードを見た。洒落《しゃれ》た真鍮《しんちゅう》製だが、形は病院にあるベッドと同じ、要するに牢屋《ろうや》の格子状になっている。好都合だ、と佐脇は思った。

「そういや、今日はアレを持ってたな」

急にクンニを中断してベッドを降りた佐脇に、千春は「どうしたの」と不満そうな声を上げた。イク寸前に甘美な刺激を取り上げられたのだから、当然だろう。

「これだよ。ちょっと趣向を変えようぜ」

佐脇が手にしたのは、さっきの手錠だった。和枝には脅しで使っただけだったが、千春には本当に使う。

千春の両腕をバンザイするように頭の脇に持ち上げさせると、カチリと音を立てて両手をベッドヘッドに固定してしまった。

「え？　な、何をするの？」

「あんたに禁断の味を教えてやろうと思ってな……」

佐脇がそう言うと、千春の上気して桜色になっていた顔が強ばった。

すかさず佐脇は、千春の脚の上に乗った。これで彼女は完全に躰の自由を奪われた。

「いろいろやれるな。このヘアをキレイに剃り上げて跡に彫り物を入れるとか。ヤクザがよくやる手だ。で、おれはそのヤクザから、ヤクザ以上の酷いヤツと言われたこともある」

佐脇は相手の反応を愉《たの》しむように言葉を切った。

「う、うそでしょう？」

「さあな。あんた、暴力亭主とはセックスするのか？　暴力亭主とはどんなプレイをする？　やっぱりSMをやるのか？」

「いえ……夫はベッドではごく普通の……」

「でも、アンタのハダカは見るよな？　で、自分の女房のアソコに、あるべきものがなかったら……『お前どうしたんだ』ってことになり、ベッドの上にもDVが拡大するかな？」

佐脇はそう言いつつ、千春の恥毛を一本、引き抜いた。

「いやあっ！　止めて」

「ほかにも、いろいろ趣向はある。ラビアにピアスするとか」

佐脇はSMビデオで見ただけの知識を、さも実行してきたかのように喋った。見るだけなら面白いが、実際やるとなると、とんでもない手間がかかることは判っている。想像しただけで面倒くさくなる、というのが本当のところだ。

「普通のセックスじゃ満足できないカラダにしてやる、ってな展開はどうだ？」

千春はイヤイヤをした。今自分の上に乗っている男が本気で実行しそうだったからだ。

「それとも、ピアスはこっちにするか？」

そう言いつつ、佐脇は彼女の乳首を摘んでくりくりと転がした。

千春は逃げ出そうと全身の力を込めてもがいたが、手首に食い込んだ金属製の器具はびくともしないし、脚の上に乗った佐脇もびくともしない。

「まあ、ピアスはさすがに準備がないから無理だな。だけど、バスルームには安全カミソリがある。それでここの毛をキレイに剃ってしまうことは出来る。ついでに、セッケンで溶液を作って、グリセリン浣腸《かんちょう》の真似《まね》事も出来るぞ」

「は？」

千春は、佐脇が言ったことが理解出来ない様子だ。あまりセックスに関心がないのかもしれない。

「……だから、浣腸だ」

それを聞いた千春は、激しくイヤイヤをした。

「スカトロって言葉知ってるか？　やったことあるか？」

「ななな、ないですっ！」

千春は必死になって言った。

「私、そういう変態プレイは嫌いなんですッ！」

「やったこともないのに、嫌いって言うのは、食わず嫌いだな」

佐脇は、言葉だけで千春を責めあげていた。

「実は、おれもないんだ。ただまあ、仕事柄、浣腸強姦《ごうかん》魔を捕まえて調書を取ったことはある。そういう変態野郎の言いぐさによると、浣腸されて激しい便意と戦う女の必死さがそそるんだとよ。脂汗を滲《にじ》ませてのたうちまわって、必死になってトイレに行かせてと懇《こん》願《がん》するのがたまらないんだそうだ。お尻を振って、全身を真っ赤にして耐えている姿がな」

ひひひと笑う佐脇に、千春は涙ぐんで許しを請《こ》うた。

「お願い……やめてください……許して」

だが佐脇の言葉責めはとまらない。

「で、激しい便意に耐えながらセックスすると、アソコも強烈に締まって、すげー快感にボロボロになるらしいぞ。それで、変態セックスの味を覚えたが最後、そういうプレイじゃないと満足出来なくなるんだそうだ」

「いや……そんなのイヤ」

涙ながらにそう言いつつ、言葉とはうらはらに千春の肉体は興奮していた。秘部に指を差し入れると、果肉は熱く熱しきっていて、愛液でとろとろになっている。

「あ……ああっ」

佐脇の指が、花芯の中で折れ曲がり、肉襞を掻き乱すうちに、千春も乱れた。手錠をガチャガチャと派手に鳴らし、そのまま背中を何度も反らして腰を震わせているうちに、ぐったりしてしまった。

「イッて……イッてしまった……」

千春は喜悦の余韻《よいん》でけだるい声だが、驚いたように言った。

「こんなの……初めて」

この女は、指でイカされるのが初めてなのか、それとも、これほど激しいオーガズムに達したことが初めてだったのか……。

佐脇が無言で見つめるのに、彼女は答えた。

「イクのが初めてだったんです……いえ、正確に言うと、男の人相手でイクのが、なんですけど」

やはりこの女は、さっきの和枝と同性愛の関係にあるのだ。レズなら不倫や浮気にならず、暴力夫に追及されることもない、ということなのだろうか？

「そうか。こんな程度で感激するなよ。もっといいことがあるんだぜ」

佐脇のモノは、すでに大きくなっていた。指戯だけで激しく反応し、達してしまった熟女の、思いがけないウブな反応に、彼も充分に興奮していた。

千春の上に改めてのしかかり、濡れそぼった秘芯にモノをあてがうと、そのままぐいと挿入した。

中の具合はなかなかで、クイクイと小気味よく締めてくる。それに抗《あらが》うような感じで、佐脇はペニスを奥まで差し入れてやった。

「うふーっ」

肉棒が根元まで入り込む感触に、千春は何とも言えない甘い声を漏らした。

長くて刺激的だった前戯のせいか、交わってほどなく、千春は一気に高まって絶頂に達してしまった。手錠を鳴らすヒマもないほど早い。

「なんだよ……もうイッたのか」

自分はまだ果てていない佐脇は、相手がガクガクと躰を震わせていても、かまわず抽《ちゅう》送《そう》を続けた。

「あっ。あああ……」

佐脇の突き上げに、彼女は再びアクメを迎えた。前戯を入れれば三度目だ。

ガクガクと痙攣するように全身を震わせるイキ具合はなかなか激しく、今回は派手にベッドに固定された手錠をガチャガチャと壊れるほどに鳴らして、全身でアクメを表した。

クイクイと強くて波状的な締めつけに、佐脇もたまらず決壊した。

「なんだか……また早くイッちゃってごめんなさい」

千春は甘えた声で言った。

「男がよく口にするフレーズだよな、それ」

ベッドに横たわった佐脇は、千春の手錠を外してやり、タバコに手を伸ばした。

紫煙を吐き出す彼を見る千春の目は、うっとりしたように熱を帯《お》びていた。

「本物って、いいんですね……」

彼女は無防備な言葉をふと漏らした。おそらく和枝とのレズプレイでは、ディルドーを使っているのだろうし、夫とのセックスも絶えて久しいのではないか？　経験豊富な佐脇ならずともそう思えるような、判りやすい反応だ。

「なあ」

彼は千春の乳房を掌《てのひら》全体で揉みながら訊ねた。

「あの吉井和枝という女、アレは、あんたとはどういう関係なんだ？」

当然ながら、レズの相手という返事は返ってこなかった。

「看護師の方です。国見病院の。夫がいた前の病院から一緒に、国見に移ってきたんです。で、以前から、いろいろと」

いろいろと、とはどういう関係なのか判らない説明だ。

「ああいうヒステリックな女性と、どうやって付き合ってきたのかな」

「和枝さんは、サバサバしてるだけです。悪い人じゃないです」

「あんたにとっては、な」

嫌な相手とはレズしないよな、と佐脇は心の中で呟きつつ、千春の引き締まった脇腹から股間に至る曲線をじわじわと撫でた。

「ああン……また感じて来ちゃうわ」

セックスの悦びをたっぷり堪能して、また妖しい気分になってきたらしい千春は、うっとりと酔い心地で、今や完全に佐脇に心を許しているようだ。

「……もう、何でも言ってしまいますけど、私、夫に暴力をふるわれていて……」

「ネットで愚痴りたくなるほど、酷いんだろ？」

千春は、はいと素直に頷いた。

「私も医者の妻ですから、打撲の応急処置なんかは心得ているので、自分で治してしまったりするんですが……」

「というより、医者の妻という身分を失いたくないんじゃないのか？」

佐脇の指先が股間に入り込み、ラビアを指に挟んでクニクニと嬲《なぶ》る感触に、千春もまた腰をくねらせ始めた。

「私、別に、医者の妻というのがステイタスだなんて思ってないんですけど。実家だって貧乏なわけじゃありません」

「それじゃあ、なぜ別れない？　離婚に強い弁護士を紹介するぜ」

「それはそうなんですけど……」

千春は煮え切らない態度に戻ってしまった。この女は、自分では何も決められないのかもしれない。

「私も本当はそうしたいと思うんですけど、今このまま別れたら財産上不利になるから、もうちょっと待ったほうがと和枝……いえ、ある人から言われて」

「もうちょっと待てって言うのは、ダンナに決定的なことをさせてからの方が離婚話が有利になるっていうんだな？　一発、ひどく殴らせて入院騒ぎになるとか」

ええまあ、と千春は曖昧《あいまい》に返事をした。

「だがな、あんた、そんな悠長なこと言ってると、致命傷を負ったりするぞ。商売柄、そういう例は山ほど見てきた」

佐脇はそう言いつつも、千春が言う暴力亭主の話がどの程度のものなのかを疑い始めていた。たまたま一度手を上げられた程度で、恒常的にＤＶに遭っているということにしてしまい、周りに心配させる「構ってちゃん」かもしれないのだ。

「ええ。それは……危ないかもしれない、と思うのですけど」

「あの和枝という女に相談してるのか？　だが離婚条件を有利にすることしか考えてないように見えるぞ、あの女は」

「いえ、和枝さんはそういう人じゃないです。真剣に私のことを心配してくれて」

「まあ、他人とはいえない間柄であれば、親身にはなるわな」

佐脇がチクリと刺すと、千春は黙ってしまった。

「とりあえず、あんたのやるべきことを言っておく」

佐脇は、警察官として具体策を伝授した。

「まず今の、その痣の写真を撮る。そして今度、殴られて痣になったら、すぐにその傷の写真も撮って、すぐ病院に行って診断書を取っておくこと。暴行を受けた証拠になるから。そして、その場合」

佐脇は、教師が黒板に「ここが大事！」と赤丸で囲むような口調になった。

「国見病院以外の病院に行くこと。あんたの旦那の息のかかってない、どこか遠い医療機関に行って診断書を書いて貰うこと。そして、暴力をふるわれた日時、状況などもきちんとメモしておくこと。そういう積み重ねが全部、証拠になる。離婚だけじゃなく慰謝料の請求にも効いてくる」

レクチャーを神妙な顔で聞いている千春に、気分を変えようと佐脇は言った。

「真面目な話はここまでだ。じゃあ、そういうことで、もうイッパツ、やるか」

佐脇は千春に挑みかかった。

「で、アンタがこういう浮気をしていることは、くれぐれも悟られないように」

そう言いながら悪漢刑事は人妻のうなじに舌を這わせた。

＊

美知佳は、苛立《いらだ》っていた。

人に相談を持ちかけておきながら一向に煮え切らず、何を考えているか判らない千春に腹を立てているのだ。ネットでさんざん夫の暴力を愚痴り嘆《なげ》いていたのは、単に同情を買うためだったのか？　相談に乗ってやると、嬉々として被害状況をメールしてきて夫の暴力を嘆き悲しみ、証拠の写メまで送ってきたのだ。なのに、いざ佐脇に会わせると言葉を濁して「相談するほどのことでもなかったかも」などと言い出すし、おまけに妙な女が出てきて、親切で相談に乗ってやった自分を、出しゃばりのお節介な邪魔者だと決めつけられた。

まさに、踏んだり蹴ったりだ。

しかも、千春本人はナヨナヨした感じで佐脇と何処かに消えてしまったし。

これじゃアタシはハシゴを外されて屋根に取り残されたバカじゃないか。

そのあと、怒りのあまり眠りにもつけないまま、どうしてくれよう、と考えた。

あの様子では、千春にストレートなメールを送っても、まともな返事は返ってこない。でも、このまま引き下がるのは、バカにされたままってことになる。

美知佳は、このままで済ますつもりはなかった。彼女の性格上、こういう中途半端で理不尽で不条理な状態は放置できないのだ。

そもそも、千春がＤＶで悩んでいると言ったのが始まりなのだ。だったら、とにかく、ＤＶの件だけはキッチリ片をつけさせよう。それが千春のウソでも狂言でも、本心からの望みではなくても、もう関係ない。彼女自身が言い出したんだから、無理矢理にでも千春の暴力夫に会って、あんたの奥さんはあんたの所有物でもないしサンドバッグでもないんだよ、とわからせてやる！

美知佳は、千春の家で、彼女の夫である恒夫《つねお》と対決してやろうと決めた。この際、千春がどう思おうが関係ない。あんたが奥さんに何をしているか、知っている人間がいる。

そのことを伝えなければ、気が済まない。

『先日は失礼しました。ところで別件で千春さんにお願いがあります。実は私は医者の娘なので、親の病院を継ぎたいんです。なんとか医学部を受験して合格したいのですが……大先輩として千春さんのご主人のお話をうかがいたいのですが』

というメールを出してみた。読み返せばツッコミどころ満載で、自分でも支離滅裂《しりめつれつ》で笑ってしまう程だ。親の後を継ぐつもりなら、親に訊けばいい。それに、そもそも夫婦仲が険悪で、妻が他人に愚痴をこぼすほどのカップルの旦那の側に、夫婦仲に口を出してかき回そうとしているコムスメがいったい何を訊くというのだ？　どう見てもおかしい。

が、送信してしまった以上、仕方がない。それなら、出したメールの信憑性《しんぴょう》を高める追伸を出しておくか。

美知佳は、自己紹介のような追伸メールを出した。

『私の父親は、T市にある「うず潮《しお》病院」で内科部長兼理事をしています。母親は鳴海市内で「三島《みしま》内科クリニック」を開業しています。三島というのは母の旧姓で母方の祖父が創設したものです。なんなら調べてみてください』

事実だから、調べて貰った方が信用されるだろう。美知佳には医者になる気はこれぽっちもないし、絶縁している親の後を継ぐ事態など万が一にもありえないが、身元がハッキリすれば、こんなウソでもまかりとおるかもしれない。

数日経って、千春から返事が来た。

『遅くなってごめんなさい。たしかに美知佳ちゃんは、ご両親がお医者さんだったのね。主人には話してみました。そうしたら、学会で横山先生にはお目にかかったこともあるので、何が出来るか判らないが、とにかく話だけは聞くとのことでした』

文中にあるように、美知佳の父は（名医という意味ではないが）T県ではそれなりに力のある医師だ。この際、その娘に恩を売っておくのも悪くはあるまいと、千春の夫は考えたのかもしれない。いや、絶対、そうだろう。

メールの返事を受けて、美知佳は千春の家に行く日時を決めた。

「アノヒトは計算高くて。人脈づくりと、それを利用することが手術の次に好きなヒトだから、あなたのお父様の名前を出したら、突然態度が変わったのよ」

「ふうん。実家にいるあたしの父親だと自称してる人間と、千春さんのダンナって、同類みたいだね」

美知佳は、ふかふかのソファに座って、美味しいミルクティを賞味していた。

小高い丘に建つ家の、リビングの大きな窓からは鳴海市内が一望できる。庭の芝生が陽光を反射して、眩《まぶ》しい。これで、庭にプールでもあれば、ハリウッドの映画に出てくるセレブのお屋敷そのまんまだ。

「エリートの医者ってそういうのが多いよ。エリートどころか、まだ医者にもなってない人間だって、医学部志望ってだけで自分は特別だと思ってたりするから。実のところ、『あたしの兄を自称する男』もそういうやつなんだけどね」

「そうね……たしかにアノヒトは自分が特別だと思ってるわね。美知佳ちゃん、あなたの実家も、この街にあるでしょう？　アノヒトはご近所のよしみとか何とか言って、あなたを通じて、あなたのお父様と知り合いになろうとすると思うわ。エリート意識が強い、スノッブなヒトだから」

そう言いつつ、千春はお取り寄せの美味しそうなケーキを運んできた。こんなケーキは鳴海のような田舎には売っていない。

この千春の家も、鳴海で一番の住宅街にそびえ立つ、白亜の殿堂と言っても大袈裟ではない邸宅だ。

以前は鳴海で最高級とされていた『鳴海ハイランド・リゾート・レジデンス』が先日の豪雨と土砂崩れで壊滅した今、トップの座を奪い返した高級住宅地・鳴海ハイツに千春の家はあった。町が衰退している鳴海にあって、近年造成されたこの二つの住宅地は、いつまで経っても「新興住宅街」だ。

この家の面積を的確に表現する術を美知佳は知らないが、隣に建っている庭付き一戸建ての三倍くらいの敷地はある。広い庭と、フランスのシャトーのような白亜の三階建てを、これまた白い塀が囲んでいる。

美知佳の実家も同じ住宅街にあるのだが、彼女はここ数年実家に寄りついていないので、こんな凄い家がいつの間にか建っていたことを知らなかった。最高のロケーションにある最高の豪邸であることは間違いない。

外観と同様、家の中も贅沢な造りだった。天井の高いゆったりした空間は、とても日本の家とは思えない。

「ここは国見病院が借りてくれているのね。気に入った家を賃貸《ちんたい》で探すのは大変だったのよ。なかなか見つからなくて」

「じゃあ、自分で建てるか、買っちゃえばいいじゃん。お金持ちなんでしょ？」

「夫はね。私には自分のお金はないから。それに、国見病院にだって、いつまで勤務するか判らないって、アノヒトが」

家賃は国見病院が払ってくれるから良いとしても、できれば家を買って落ち着きたいと言ったのは千春だった。しかし夫の恒夫は反対した。

「この土地に来たばかりだから様子が判らない状態で家を買うのは無謀だ。買うと言えば病院を通してそれなりの補助は出るのだから、ケチで言ってるんじゃない。それに、ずっとここで仕事をするかどうか、鳴海に骨を埋めるかどうかも、まだハッキリしないから、ってそう言うの。それはまあ、アノヒトくらい腕が良くて名前も通っている医師なら、こんな田舎で一生を終える理由もないんだけど……」

たしかに、腕の良い外科医なら、日本中、いや日本にかぎらず、世界中から好条件で引き抜きの話もあるだろう。その反面、地方に腰を落ち着けて、その土地の業界のボスになるという選択もある。美知佳の父親はその道を選んだのだが、千春の「アノヒト」は、好条件で全国を渡り歩く道を選んでいる、ということか。

「でも、こんな凄い家に住めるなら多少のことは我慢しようと思ったりは……しないんだね」

鳴海市街の向こうには、青い海が見える。風光明媚《めいび》で、さながらリゾートだ。

「美知佳ちゃんはあんまり旅行しないの？　たしかにここは良い家だけど、世の中には、もっと良い場所の、もっと良い住まいはあるのよ」

そう言った千春は、美知佳をじっと見つめた。

「ね。私もバカじゃないのよ。それにアナタは若いから、物事をストレートに考えすぎるわ。アノヒトに暴力を受けて別れたいと思っても、その感情だけで離婚に突き進めない。いろいろ解決したり、処理しなきゃいけない問題もあるし」

千春はオトナぶった言い方をして、美知佳にケーキを取り分けた。

その姿が美知佳には、コドモには甘いものを与えておけば大人しくなる、と言いたげに見えてしまった。

「で、結局はどうなの？　私に愚痴をこぼして気が済んだから、もう離婚はしないわけ？　離婚してこんな美味しい生活を失うのがイヤなわけ？　だから多少殴られても、それは仕方がないと我慢しちゃおうってわけ？」

美知佳は、憤然としてケーキを手づかみで口の中に捩《ね》じ込むように放り込み、食べた。手も顔もクリームだらけだが、それは彼女の怒りの表現だった。

「そういうわけではないの……ふらふらしてるように思われたのなら、謝るわ」

「じゃあ、どうするの。ハッキリしてよ」

「ねえ。ちょっと待って」

千春は当惑の表情を浮かべた。

「どうしてアナタは私の離婚にそんなにムキになるの？　他人事《ひとごと》でしょう？」

「相談されていろいろ知ってしまった以上、こういう中途半端なのはイヤなの」

美知佳はきっぱりと言った。

「もろもろの事情で離婚できないって言うんじゃなくて、その前の段階でフラフラしてるのを見るのがイライラするのよ！　『でもでもだってちゃん』をやっていたくて、悲劇のヒロインでいるのが好きなら、誰かに相談したりしないでくれる?」

美知佳は千春を睨みつけた。

「もしくはいっそ、DVも離婚したいっていうのも全部ウソで、ちょっと言ってみただけっていうことなら、私も全部忘れて手を引くから。どうなの?」

美知佳は千春の目を覗き込んで訊いた。

「……ウソじゃないし、デッチアゲでもない。私は本当にアノヒトから暴力を受けたし、別れたいとも思っているのよ」

「じゃあ、ウチの師匠を呼んでもいい?」

美知佳は畳みかけた。

「この際だから、どうするのかハッキリさせようよ。どうせいつかは、旦那に言うことになるよ、千春さんがこのままじゃイヤだって思ってること」

その気迫に負けて、千春は諒解した。

「判った。判ったけど……それって、もしかしてあなた、義務みたいに思ってる?」

千春に問われて、美知佳は虚を衝かれたようにキョトンとなった。

「うん……自分でもよく判らないんだけど」

数十分後、電話で呼び出された佐脇がやって来た。

「おい。立派な社会人をガキが電話一本で呼び出すな！」

美知佳にそう言いつつやって来た佐脇は、千春の邸宅の中を見て、息をのんだ。

まさに豪華そのものだ。玄関は三階まで吹き抜けで、ひんやりした風が通る。白を基調にしたエントランス周辺は上品で、高級感が漂っている。螺旋《らせん》階段もゆったりした角度で、地中海のどこかのリゾートかという設《しつら》えだ。

「凄いよね。鳴海にこんな家があるなんて知らなかったでしょう？」

佐脇を出迎えたのは、美知佳だった。

「まあ、上がって」

「お前、自分の家みたいな顔するな」

そもそも、佐脇は千春の家には来たくなかったし、美知佳を交えて三人で会うのも避けたかった。そしてなにより、千春の夫に会いたくなかった。それは、千春と関係を持ってしまったからだ。

「とにかくさ、師匠には、この家のどこかに隠れていて貰いたいの。最初から師匠が同席してると千春さんの暴力亭主は本性を顕《あらわ》さないだろうから、師匠がいることはダンナには知らせないで、隣室とかに潜《ひそ》んでいてほしいわけ」

「お前、気づいてないだろうけど」

玄関から廊下を歩いてリビングに向かいながら、佐脇は美知佳に言った。

「おれは地方公務員なんだぜ。お前はいわゆる在宅の自由業ってやつだから知らないかもしれないが、世の中には勤務時間というものも存在する。まあデカだから比較的、自由にはなるがな」

「自由になるなら、いいじゃない！」

美知佳はまるで気にせず、佐脇をリビングに案内した。

「ほほう」

思わず感嘆の声が出た。

リビングの天井から床までの、高くて大きな窓からの眺望は、見慣れた鳴海の街とは違う。

「まるでコートダジュールかニースのようですな。行ったことないけど」

湾の両端には岬があって、奥まったところに鳴海港がある。開発のために海岸線は埋め立てられているが、外洋に通じる海の色は美しく、緑も多い中に何本か通る幹線道路がアクセントとなって、妙にバランスの取れたいい感じの街に見えてしまうから不思議だ。

極め付けは、沖を航行する真っ白な大型フェリーの姿だ。

「こうして見ると鳴海も、捨てたモンじゃないな」

佐脇は思わず口にしたが、美知佳は聞いていない。

「で、師匠。今日はいよいよ、千春さんとその暴力夫が対決する日なわけ。万一のことを考えて、師匠はこの家の中の何処かに隠れて、待機していてほしいんだ」

美しい風景に見惚《みと》れている佐脇を完全に無視して、美知佳は段取りを説明した。

「で、万が一の時に、おれが出て行くわけか。おれは用心棒か」

「いいじゃん。千春さんの身辺警護だと思えば」

「プライベートなボディガードと、警察業務の身辺警護はまるで違う！」

そもそも佐脇が気が進まないのは、万が一、千春が口を滑らせるのを恐れているのだ。

最悪、妻の不倫の相手として夫の恒夫から慰謝料を請求されたりするかもしれない。いかに良かったとはいえ、たった一回のセックスに、佐脇はビタ一文払うつもりはない。

渋っている佐脇に、美知佳は宥《なだ》めるように言った。

「たぶん師匠は全然顔出さなくても済むから。あたしが第三者としてその場にいれば、あの暴力医者も手を上げることは、さすがにないと思うよ」

「甘いな」

佐脇は美知佳に言った。

「お前は自分で自分の口の悪さが判っていない。人の気持ちを逆撫《さかな》でする才能は、お前が生まれながらにして授かったものだ。その才能を過小評価するんじゃねえ」

「だからそれは気をつけるってば。もしもの場合の『保険』として、師匠に隣の部屋にいてほしいワケよ」

気乗りのしない佐脇を説得しようと、美知佳は続けた。

「アタシはどんなに殴られても慣れてるし大丈夫だけど、あの外道《げどう》が逆上すると、千春さんを殺すくらいの暴力を振るうかもしれないじゃん？」

「あの外道って、お前は会ったことあるのか？」

ないけど、と美知佳は平然と答えた。

「千春さんの話を聞いただけで、だいたい判るから」

美知佳は、家庭内暴力を生き延びた経験者だけに、こと虐待に関しては激烈に反応する。だから、千春のことにもこれだけムキになっているのだろう。

佐脇も一肌脱ぐことにはやぶさかではない。だが、千春と一線を越えてしまっただけに、つい、逃げ腰になってしまう。

「あの……私からもぜひ、お願いしたいのですけど」

美知佳の背後から、千春が現れて頭を下げた。

「お願いです。佐脇さんにご迷惑はおかけしません。私、あの人が怖いんです。でも、ここで一歩を踏み出さないと、今の八方塞《ふさ》がりの状態から抜け出せませんから……」

千春は、佐脇と関係を持ったことはおくびにも出さない。

女という者はアッパレな生き物だな、と改めて舌を巻いた。このしたたかさがあるなら、美知佳と佐脇がサポートすれば、暴力亭主にも立ち向かえるかもしれない。

「家の中に男性が、それも現職の刑事さんが居てくれるというだけで、私、とっても心強いんです」

「それは判るが……警察は民事不介入が原則だから、おれはここには刑事としてではなく、そのへんのオッチャンとしてじゃないと同席できないよ」

「それで結構です。刑事さんと言ったのは、もしもの場合、暴力を止めていただけると思ったからで」

千春は美知佳をチラと見てから、佐脇に真っ直ぐな視線を向けた。

「今まで夫に殴られる生活が当たり前だと思っていましたけど、美知佳ちゃんに会って、いろいろ言われて、やっぱりこんなことは終わりにしなければいけない、決着を付けなければって、やっと決心出来たんです」

身長差の関係で下から見上げる千春の目には、「それとあなたに会って抱かれたから」という、縋るような感情も混じっていた。

要するに、おれに背中を押してほしいということか。

「判った。一般人として、やれることは協力しましょう」

佐脇は観念して、この家の中に待機することを了承した。

「しかし……どこに隠れればいい？」

そう言って改めて家の中を見渡すと、いろいろ見えてくるものがあった。

家の造り自体は、鳴海に建っているのが信じられないほどセンスがいい。白に微妙にクリーム色の混じった上品な漆喰《しっくい》の壁や天井の設えは、日本人の感覚ではないようだし、天井にも剥き出しでぶら下がっている照明器具は見あたらない。おそらく間接照明を駆使《くし》した柔らかな光が、夜はこの部屋を彩《いろど》るのだろう。日本人は蛍光灯が好きだから、どこもかしこも明るくしてしまうが、たぶんこの家は、夜になると外国映画に出てくるようなシックな灯りを放つのだ。

家具も、大きな窓に面した座り心地の良さそうなふかふかのソファに、ポップな色彩のラグ、フローリングの床に、シンプルだが洗練されたデザインの収納家具などが控えめに並んでいる。

が。

二十畳はあるリビングの、窓とは反対側にある奥のスペースは、センスある窓際と、まったく別の表情を見せている。

そこにはなぜか民芸調の重々しい革張りのソファ、そしていかにも銘木という感じの杉、もしくはヒノキの一枚板使用のローテーブルからなる応接五点セットが、これみよがしに鎮座しているのだ。

「窓側はリビングですけど、奥は応接間というか、お客様をお通しする場所として使おうと、主人が言って」

床も、窓側には楽しい色遣いのラグが敷かれているが、奥の応接スペースにはこげ茶の地味な、つまり当たり障《さわ》りのないカーペットが敷かれていて、表情がまったく違う。洗練された都会的な千春の趣味とは明らかにかけ離れている。

「なるほど。広いリビングを演出を変えて、いろんな表情に使い分けているんですな」

「まあ、刑事さんったら、渡辺篤史《わたなべあつし》みたいに褒《ほ》めてくださるのね」

千春は微笑んだ。

佐脇は奥の『応接コーナー』に足を踏み入れて、ソファにどかっと座ってみた。

「これはこれで高級品ですな。本物の革だし。でも、アナタが選んだようには見えないな」

「ハッキリ言って田舎のオヤジ丸出しの、ダサい趣味だよね」

美知佳は容赦《ようしゃ》ない。

「成金趣味って言うか、高けりゃいいだろ、みたいな」

「やっぱり……そうお思いになりますよね」

千春は気落ちしたように、しかしわが意を得たりというような複雑な表情で言った。

「ここに引っ越してくる以前に使っていた家具は全部、夫に処分させられてしまったんです。私が選んで、気に入っていた家具ばかりだったので、処分するのはとても悲しかったんです。でもアノヒトは、手に入るかぎり、鳴海では一番値段の高い家具一式を病院に用意させた、それがここに移ってくる条件の一つで、言わばおれの値打ちだから、それを受け取らないと損をするって、そう言って……。反対すると何をされるか判らないので」

応接コーナーには豪華なマントルピースがあり、天井からはシャンデリアがぶら下がり、壁には欧米のメーカーで統一したらしいオーディオ・システムがラックに入っている。テレビも五十数インチの巨大な薄型液晶の機種が鎮座している。

「こういうモノもすべて、国見病院が用意してくれたんです。アンプなんかクラシック用とジャズ用で使い分けられるんだぞ、なんて夫は自慢してましたけど」

「けど千春さん、前に言ってたよね？　千春さんもダンナも、映画を見たり音楽を聴いたりする趣味は全然ないって。無駄じゃん、このシステム全部」

美知佳の問いに、そうね、と千春は力なく頷いた。

「こちらに移ってきてから気持ちが塞ぐことが多くて、朝のワイドショーさえ見る気になれなくて。アノヒトはいつも帰りが遅いですし、帰宅すればすぐに書斎にこもって本を読んだり調べ物をしたりしています」

「以前からそうだったんですか？」

佐脇は訊いて、補足した。

「国見病院の、前の病院にいた頃も？」

「ここ数年、アノヒトは急にピリピリすることが増えて……以前は、映画を見ることも音楽を聴くことも、たまにはありましたよ」

「アナタに手を上げることもなく？」

いえそれは……と千春は思わず答え、自分の答えを反芻《はんすう》して、改めて口を開いた。

「暴力は、結婚してからすぐに始まりましたけど、言われてみれば……数年前までは、そんなにひどくなかったんです。何があったのかしら……」

外科医で難しい手術もするから、日々緊張を強《し》いられて、ストレスが溜まって、ということもあるだろうけれど、と千春は言った。

「そう言えば数年前、主人は外でも何かトラブルを起こしたらしくて、不審な電話が何度もかかってきたことがありましたけど、それと関係があるのかどうか」

「でもさ、たとえ外で何があったって、どんなストレスの多い仕事だって、それでダンナが許されるはずもないよね？」

今さら逃げることは許さない、という感じで美知佳が言った。

「で、今夜、ご主人と正面切って離婚の話をするんですね？　で、おれはどうすれば？」

佐脇は、どこに隠れてればいいんだ？　と周りを見渡した。

「リビングで話すことになるはずなので……リビングの隣は寝室で、声が聞こえないかもしれなくて……」

千春は歩き回って場所を決めようとした。

「ダイニングはどうかしら。リビングとつながっているので」

リビングとダイニングキッチンとの間は、ちょっとした段差があるだけで、事実上、一つの部屋になっている。広々としたＬＤＫには仕切りもドアもない。

「じゃあ、キッチンのカウンターしかないな。カウンターのうしろに蹲《しやが》んで身を潜めるってカタチか」

やれやれ、これじゃあ仕事の時よりハードじゃないか。おれも人がいいよなあ、と佐脇は内心自嘲《じちよう》した。

このお返しに、千春にはたっぷりサービスして貰うか。

気持ちの良いセックスのためには多少の手間暇を惜しむべきではない、この際千春に恩を売っておくのだ、と佐脇は自分に言い聞かせ、公原刑事課長には「ちょっと現場から直帰します」と電話を入れた。

『現場ってどこだ！　勝手な単独行動は許さ……』

公原は案の定、電話の向こうで吠えたが、佐脇は構わず通話を切った。

「すみません、佐脇さん、お忙しいところを申し訳ありません」

などと千春に恐縮されて、佐脇はハードボイルドを気取って「いや……」と答えたが、内心は満更でもない。

さて暴力亭主の恒夫にどうやって離婚を切り出すのか、三人は一応打ち合わせをした。

「別れたきゃ、荷物をまとめておん出りゃいいんじゃないのか?」

「慰謝料とかいろいろ、条件の話があるでしょ」

「そんなことは別居してからでも出来るだろ。そういう条件闘争は当人同士がやるより、弁護士にやらせる方がヒートアップしないでいいだろ」

「それじゃ暴力亭主が全然反省しないじゃん」

反論してくる美知佳を見ていて、師匠・佐脇はハタと気がついた。

コイツは、離婚話を円滑にまとめたいんじゃなくて、暴力亭主をとっちめて論破して、相手のプライドをへし折ってやりたいのだ。出来ることなら土下座でもさせて、涙ながらに悪うございましたと言わせたいのだろう。

だから、相手の暴力亭主・恒夫がエキサイトして暴れるのを警戒したのだ。

「なるほどね」

美知佳の本心は当然、見抜いていてしかるべきだったのだ。

「まあ仕方ない。乗りかかった船だ。今日のところはあんたらの好きにすればいい。しかしな、相手は名の通った名医なんだろ? 田舎の病院がここまでの礼を尽くして、わざわざ東京から呼ぶほどの人材だ。暴力男なんだろうが、プライドも人一倍強くて高いだろ。そういう男を妙に刺激すると面倒くさいんだぞ。そのへんを身を以て学習する、いい機会と言えば言えるがな」

佐脇にそう言われて、美知佳はフンとそっぽを向いたが、千春は怯えた表情を浮かべた。

「やっぱり、佐脇さんがおっしゃったように、黙って家を出て、弁護士さんにお任せした方が……」

「ダメダメこの期《ご》に及んでそんなのぜーったいにダメ！　だから、どんなことが起きてもいいように、このオジサンを呼んであるんだから」

予定通り行くんだからね！　と美知佳は強硬に主張して譲らない。

佐脇としては、この女二人とバイオレンスな名医がどう対決するのか、見物したい気にもなっていた。

やがて時間は過ぎて、夜の九時を回った。

外から、タイヤが砂利を踏みしめ、ゆっくりとエンジンの止まる音がした。

「アノヒトが帰ってきました」

覚悟を決めたように千春が言った。

兼ねての打ち合わせ通りに、佐脇はキッチンのカウンターの陰に隠れた。

玄関ドアが開いて、荒々しい足音がした。

「おかえりなさい」と千春の声がし、「お邪魔してます」と美知佳の声もした。

「ええと、キミは?」

低くて太い声がしたのは、恒夫だろう。

「初めまして。私は千春さんの友人で、横山美知佳と申します」

「ああ、横山先生のお嬢さんか！」

美知佳の父親の名前は恒夫の記憶にきざみつけられていたようだ。

「で、今日はどういう？」

「ですから、私、医学部を受験して、親の後を継ごうかと思って」

「ああ、そうだったね。ええと、そういうことなら、まあ、座って。ゆっくり話を聞こう」

そう言いながら恒夫が革のソファにどっかと座る音がした。革が擦れてきゅうきゅうと鳴いた。妻は布製のふかふかソファ、夫は革のソファと領土を分割しているのだろう。

「悪いね。ちょっと酔ってるんで。だけど頭はシャンとしてるから」

「え。飲酒運転してきたんですか」

美知佳は細かい。

「今日のオペは特別、厄介でね。患者は術後も無事に安定したんで、スタッフとちょっと。この程度の酒なら、警察も見逃してくれるんだ。国見の役得だね」

多少横柄《おうへい》な感じはあるが、大仕事を終えてリラックスした男なら、普通じゃないか？

「ところで西山恒夫さん、アナタは奥さんに暴力を振るっているそうですね？」

美知佳はいきなり核心に切り込んだ。

「千春さんの目の下や、頰や腕に痣があったのを私は見ました。千春さんからも、直接話を聞きました」

「おいおいおいおい」

さすがに声を荒らげた恒夫は千春を詰問した。

「お前、そういうことを他人にぺらぺら話すんじゃないよ。家の中の恥だろ？」

千春は黙っている。怯えて何も言えないのかもしれない。だが美知佳に怯《ひる》む気配はない。

「そのとおりです。千春さんも家の中の恥を曝《さら》したくないとおっしゃったんですが、このままだとどんな目に遭わされるか判らない、ともおっしゃって。それで私が」

「私がって、キミはなんだ？　まだ高校生だろ？　受験の話じゃなかったのか？　それは口実だったのか？　横山先生の娘というのはウソか？　キミはいったい何の権利があって、何の目的で他人の家に上がり込んでるんだ？」

「ですから。千春さんが自分ひとりでは切り出しにくいとおっしゃるので。それに私は、見た目はコドモみたいに見えますけど、もうハタチは過ぎてます」

美知佳は、普段の煽《あお》るような言葉と口調ではなく、意外なほどに礼儀正しい言葉遣いで恒夫に相対している。

アイツ、まともに話そうとすればできるんじゃねえか、と佐脇は心の中で呟いた。

「つまりお前……いや、キミは家庭裁判所の調停員とか市の婦人相談員とか福祉施設の職員とか、そういうんじゃないんだな？」

「違います。仕事ではなく、完全に自分の意思で、つまりボランティアとして、私はここにいます」

いきなり立ち上がる音がした。恒夫が立ったようだ。

「暴力は止めてくださいッ！」

いきなり美知佳が悲鳴を上げた。あまりにも芝居がかっている。腕で顔を覆《おお》っているのかもしれないが、その陰で美知佳がワクワクしているのが目に見えるようだ。一発殴らせて既成事実をつくり、西山恒夫を逮捕させる、ぐらいのことは考えているだろう。

「馬鹿な。妙な勘違いをするなよ。喉が渇いたから何か飲み物が欲しいんだ」

「あの、あなた……飲み物なら私が取ってきますから」

そう言って慌てる千春を制止して、恒夫は荒々しい足音を立ててキッチンにやって来た。

冷蔵庫は、カウンターのこちら側、すなわち、佐脇の目の前にある。5ドア観音開きの、北欧製の巨大な冷蔵庫だ。

まずい。このままでは鉢《はち》合わせになる。

佐脇は、キッチンから廊下に通じるドアをそっと開けて、ほんのわずかの隙間《すきま》からするりと抜け出した。中年のガタイだが、こういうところは商売柄、敏捷《びんしょう》だ。

その瞬間、恒夫が冷蔵庫のドアを開ける音がした。まさに危機一髪のタイミングで、佐脇がドアの向こうに出たのと入れ違いに、恒夫がカウンターの内側に入ってきたのだろう。

佐脇は後ろを気にしつつ、よつんばいのまま、ハイハイする要領で廊下を進もうとしたが、ちょうどそこに置いてあったビールケースに肩をぶつけてしまった。

がちゃん、と派手な音がした。

「誰かいるのか？」

恒夫の声がした。

今ここで見つかるわけには行かないので、佐脇はすぐに立ち上がり、音を立てないように廊下を走って玄関ホールに出ると、螺旋階段を駆け上った。

二階に隠れれば大丈夫だろう。

階下では、「なんか物音がしたぞ」と恒夫が言っている。

階段をあがりきってすぐのドアを開けて、佐脇は中に転がり込んだ。

どうやらそこは、恒夫の書斎らしかった。

広くはないが、異様なまでにきちんと整理整頓《せいとん》されている。

机上にはモニター一体型のパソコン以外にほとんどなにもなく、モンブランの万年筆とボールペンが載ったトレイだけが、定規で測ったように机の縁ときっちりと平行に置かれている。

本棚を見ると、医学書らしい、ぶ厚い本がずらりと並んでいる。その半分は洋書だ。日本語の専門書の背には「移植」という文字が、やたら目についた。腎臓移植、肝臓移植、移植の倫理、移植と法律……。

そういや西山恒夫は、消化器外科が専門だったよな……。

佐脇はその一冊を取り出してみた。本には付箋《ふせん》が貼られ、マーカーで線が引かれていた。ただ並べてあるだけではなくて、熟読したあとが残っていた。

勉強熱心で、手腕に定評のある名医。それだけにストレスが溜まって、その捌《は》け口に家庭内暴力を振るってしまうのか？

リビングから怒鳴り声が聞こえてきた。

佐脇は本を元の位置に戻してそっと廊下に出、後ろ手に書斎のドアを閉めた。

耳を澄《す》ませると、恒夫が逆上しているのが判った。灰皿かティーカップか……何か物が投げられ、壊される音が響き、何を言っているか聞き取れない恒夫の怒鳴り声が響いた。

やっちまったか。もはやここまで。

佐脇は階段を駆け下りて、リビングに飛び込んだ。

「そこまでだ！」

ダイニングのコーナーで、クリスタルの灰皿を手にして千春たちに投げつけようとしていた大男が、佐脇を睨み付けた。床には粉々になったグラスの破片が散乱している。

「なんだ、お前は」

ははん、と恒夫は顔を歪めた。

「そうか。お前が千春の間男か。それでこの女は妙に強気になって、いつになくおれに刃向かってきたんだな？」

一部当たっているが全問正解というわけでもない。佐脇は否定した。

「いいや、違うね。私はその子の……そこに座ってアンタを論破しようとしていた横山美知佳の師匠……というか後見人みたいな者だ」

「なんだそれは？」

半袖シャツから伸びる恒夫の両腕は筋肉質で、他の部分もいわゆるマッチョな体型というやつだ。体力勝負の外科医だけあって、かなり迫力がある。体型だけではなく、ご面相もインテリの優男とはほど遠く、プロレスラーみたいな厳《いか》ついルックスだ。

「貴様デタラメを言うな。ガキと組んで騙そうとしても、そうはいかんぞ。その辺の馬鹿なら騙せても、おれは違う」

たしかに、と佐脇は頷いた。

「さすがに外科医ともなると体力が必要なんですね。長時間の手術にも耐えられなければ話にならない。抜群の頭脳を持つアスリートというところですか」

迎合《げいごう》するわけではなく、単に事実を指摘しただけだ。難しい手術だと十時間も続く場合もある、と聞いている。それを滞《とどこお》りなく遂行するためには、体力が必要だ。

「途中で投げ出すわけにはいかんからな。しかし、この状況はどういうことだ？」

「この子がどうしても先生に伺いたいことがある、しかし先生は時として激高することもあるらしいから、と」

「それは違う」

「しかし現に今、先生は食器を投げて割っているではないですか」

佐脇に「先生」と呼ばれてそれなりに扱われた恒夫は、怒りのトーンを下げた。

「いや、それはこの子が、受験についてのアドバイスを受けたいという口実のもとに、私と家内のプライベートな事情に立ち入ってくるので、失敬千万だと思ったものでね」

冷静さを取り戻した恒夫は、リング上のレスラーさながらの荒々しい表情から、体育会系の自らを鍛えているストイックな男の顔になってきた。そうなると、きわめて常識的で人をそらさぬ、ごく普通の社会人としか見えない。

なるほど、ＤＶ夫の外面《そとづら》が異常に良いというのは本当だな、と佐脇は内心思いつつ言った。

「まあ、妙なカタチですが、こうしてお近づきになれましたのも何かの縁ということで」

自分でもかなり強引だと思ったが、佐脇はそう言って笑顔を作った。

「大のオトナがこれではナニですので、落ち着いて話でもしませんか」

「まあ……それもそうだが」

恒夫も乗ってきた。

「おいお前、ここを片付けろ」

夫の命に、千春は慌てて箒《ほうき》を持ってきて、床のガラス片を掃き集め始めた。

恒夫は自らキッチンカウンターの内側に入って冷蔵庫を開け、冷えたグラスを二つと、瓶ビールを持ってきて佐脇にすすめた。

「どうです、一献」

当主に無断で入り込んだ他人の家で、当の主人から「まあどうぞ」とビールを注がれるのも妙な成り行きだが、佐脇は流れにさからわず酌《しゃく》をされるままにグラスを空けた。

どうやらなし崩しにこの場を収められそうな雰囲気だ。

「ねえちょっと。どういうつもりなの?」

美知佳は佐脇に耳打ちした。

「だから、この際、あの男をいい気持ちにさせて穏便《おんびん》に済ませるしかないだろ」

佐脇も囁《ささや》き返した。

「でもうちらに向かってグラスを投げたんだよ。現行犯逮捕は出来ないの？」

「誰も怪我してないしな。今日のところは無理だ。諦めろ」

佐脇が飲ませている間に、千春は手早くおつまみを用意して運んできた。チーズにサラミ、乾き物といった普通のものだが、即座に出てくるところが凄い。

「で、アンタは何者なんだ？　横山先生のお嬢さんの後見人って、そりゃ妙じゃないか。横山先生はご健在なのに」

「たしかにおっしゃる通りです」

佐脇は仕方なく内ポケットから刑事の名刺を出して、恒夫に渡した。

「なるほど。警察の方でしたか。鳴海署の佐脇サンね。お噂はかねがね。鳴海署には知り合いがおりますよ」

恒夫は名刺を見て頷いた。

「そうでしょうとも。国見病院には以前から警察医をお願いしておりますんで」

佐脇はそう言って手酌でビールを飲んだ。

「しかし今、私がここに居るのは、先ほども言ったように警察官としてではありません。あくまでもプライベートです。ある事件でこの子と知り合いになり、それ以来、何か問題があればアドバイスをしている、そういういわば師弟のような間柄です」

「そうですか」

恒夫は怪訝そうに佐脇を値踏みした。

「まあ、ご存じだとは思うが、警察は民事不介入でしょう。私が以前、女房に怪我をさせたのも、たまたまというか、つい、ということなんで。それをもって、横山先生のお嬢さんが私を攻撃するというのは筋が違う。これは夫婦の間のハナシなんですから」

すっかり落ち着いた恒夫は、人好きのする好人物としか見えない。しかし、外面がよく体裁を気にする男ほどDVになりやすいものだから、油断はできない。

おれが出て行くタイミングが早すぎたか？　千春か美知佳がイッパツくらい殴られてからのほうがよかったのか？

弟子を自称する美知佳を横目で見ると、不肖の弟子の顔には「大失敗」と書いてあった。

仕方がない。こうなった以上、ここは格好の悪いドジ男を演じ続けるしかないか。

佐脇は割り切って、恒夫とビールを飲んだ。だがしかし。

千春がツマミを運んできて、心配そうに佐脇を見た。その目付きが妙に色っぽく、必要もないのに躰を佐脇に擦りつけるようにしてトレイから皿を置いて立ち上がった。その仕草も、妙に躰に糸を引くような、粘《ねば》っこさを感じるものだった。

それを、恒夫は見逃さなかった。

「ちょっと待て」

恒夫はグラスを置いた。

「あんた、ウソをついてるだろう。横山先生のお嬢さんのことをダシにして、おれのことを探りに来たのか。自分が寝盗った女を殴る男はどんな野郎かと見にきたってのか？」

さすがに女房を所有物としか思っていない男の観察眼は鋭いなと佐脇は舌を巻いたが、ここで認めてしまっては大変なことになる。

「何を言ってるんです？　意味が判らない」

「あんた、刑事なんだよな。だったら、正直に白状した方がいいんじゃないのか？　アンタ、間男だろ？　刑事が間男してはいけないとは言わない。昨今はとんでもない不良刑事も多いらしいからな」

「さしずめおれはその筆頭ですか？」

「ああそうだ。この際だから言うが、おれがちょっと耳に挟んだだけでも、アンタをよく言う人間は鳴海署には一人もいない」

それにしても、と恒夫は立ち上がって佐脇の胸ぐらを摑んだ。

「ここに乗り込んできて、おれと酒を酌《く》み交《か》わそうたぁ、いい根性してるじゃないか。盗《ぬす》っ人《と》猛々《たけだけ》しいとはこのことだ！」

佐脇は身体をひねり、なんなく逃れた。が、胸ぐらから離れた恒夫の拳が刑事の顔に飛んできた。

パンチが炸裂《さくれつ》する寸前、佐脇は拳を避けて、咄嗟《とっさ》に腕を摑んで捩じ上げた。

「悪いが、おれはこの方面のプロなんだ。ナリは不細工《ぶさいく》なオヤジでも、中身は凜々《りり》しい刑事君なんでな」

恒夫は顔を真っ赤にし、腕をふりほどこうとしたが、びくとも動くことができない。

「……で、あんたはナニしに来た。本当のことを言え」

恒夫も後には引かない。

「女房を焚《た》き付けて、ウチをぐちゃぐちゃにしに来たのか」

「とんでもない。おれは、あんたの家庭内暴力が悪化して、誰かが大怪我をし、あんたが暴行傷害、いや最悪傷害致死で前科がつくのを未然に防ぎに来たんだ」

「自分が寝た女は大事にするんだな」

「あんた、そんなに自分の女房の浮気が心配なら、どうしてもっと大事にしてやらないんだ?」

「それは余計なお世話だろう!」

恒夫は、空いている左手で佐脇の髪の毛を摑んだ。

が、佐脇は左の肘《ひじ》を繰り出して、恒夫の鳩尾《みぞおち》に一撃を加えた。

「げほ」

恒夫にとってはまったく予期しない一撃だった。息が出来なくなって、その場にへたり込んだ。

「おい、美知佳！　帰るぞ！」

佐脇はその隙を突いて美知佳の腕を取った。

「ちょちょ、ちょっと待ってよ。この状態で帰るの？　千春さんを置いて？」

佐脇は恒夫が逆上した瞬間、キッチンにすっ飛んで逃げ、隠れていた千春を見た。

「あんた、どうする？　このままじゃ身の危険を感じるというなら、警察で保護するが」

「いえ……」

千春は、自分の夫の様子をおそるおそる見た。

恒夫は胸を押さえてへたり込んだままだ。

シラを切り通すべきか、一回だけやったと白状すべきか。佐脇は迷ったが、浮気というものは隠し通すのが礼儀である、という考え方もある。一度寝た女の亭主に向かって、アンタの女房を抱いたと、わざわざ宣言することもないだろう。

「とにかく、今日のところは話になりそうもない。これにて御免、だ」

ちょ、ちょっと待ってよと騒ぎ立てる美知佳を強引に連れて、佐脇は外に出た。

そのまましばらく待ったが、千春は出てこなかったし、家の中で揉める様子もなかった。

「なるほど。夫婦喧嘩は犬も食わないっていうが、その理由がお前にも判ったよな？」

美知佳は答えた。

「まあね。要するに、介入したヒトが馬鹿を見るってことでしょ?」

そういうことだ、さあ帰ろう、と佐脇は美知佳を引き立てた。

「ねえ。一つだけ、はっきりさせておこうよ」

美知佳は足を踏ん張って佐脇に抗した。

「ホントのところ、千春さんとヤッたの?」

「まあな。悪いか?」

佐脇がそう答えると、美知佳は後をも見ず、さっさと西山の豪邸の前から離れてゆく。

やれやれ、とため息をつきながら、佐脇も彼女の後を追った。

第三章　妖《あや》しい関係の女二人

安東健也《あんどうけんや》は、鳴海市で一番高級なグランドホテルの一番高いスイートルームでくつろいでいた。ついさっきまで鳴海で一番の売れっ子だというデリヘル嬢とこってりしたセックスを愉しんだばかりだ。

この仕事はまあ、なんとか無事に終わった。相棒の君塚が轢き逃げされるというアクシデントもあったが、アイツが昔からドジでしくじることがあるのはよく判っているから、ある程度は想定内だ。

風呂にゆっくり浸かって、バスローブ姿でソファにふんぞり返ってブランディでも嗜《たしな》もうとしたが、一口飲んで止めた。これならビールか水割りの方がいい。

贅沢をしようと葉巻を吸ってみたが、咳き込むだけだ。何が美味いのかさっぱり判らない。葉巻はふかすだけだと言われたが、それじゃあ吸う意味がないじゃないか。

まだまだ贅沢に慣れないんだなと苦笑しつつ、彼は冷蔵庫から缶ビールを出して一気飲みした。

君塚の事故を除けば、すべてが巧くいっていた。

野心にギラギラした安東の瘦せた顔に薄ら笑いが浮かんだ。ほんわかした馬鹿面の君塚と好対照に、健也は飢えたボクサーのようなキツイ顔と瘦身が特徴で、カミソリ安東と呼ばれるのを好んだ。女にも親しげにされるよりも恐れられる方が心地いい。

思えば、よくぞここまでのしあがれたものだ。と、彼は柔らかなソファに身を委ねながら、自分で自分を褒めたかった。

あの事件を起こしたあと思い切って上京し、どうにか巨大暴力団に連なる組に潜り込んだ。

東京の暴力団は、田舎とは違っていた。身体ではなく、頭を使わなければカネがつくれず出世できないのは、一般の企業も暴力団も同じなのだと、健也は気づかされた。

田畑組は、東京の暴力団の中でもインテリ率の高いところで、中卒なのは健也と相棒の君塚剛だけだった。それでも頭が回らない分、カラダを使って重宝され、次第にインテリならではのシノギの方法も教わった。

「いいか。普通なら難しいことをやるから商機がある。ヤバイことは表に出せない。表に出せないがどうしても必要な何かを探すんだ。どうしても何かが必要な人間は手段を選ばない。金を使うしヤクザも使う。今のヤクザはそうやって頭を使わなきゃやってけねえんだ。その辺、判るか?」

健也と剛を可愛がって面倒を見てくれたアニキは常々そう言っていた。

「それは昔から同じだ。カツアゲとか押し込みってのはチンピラのする入門篇だ。詐欺でようやく初級。振り込め詐欺や未公開株詐欺を発明して磨いた連中は中級から上級だが、今頃その手口をパクってやってる連中は初級以下だ。洗練された手口でスマートに儲けて手は汚さないってのが最高にエレガントだろ？」

「はい、そう思います」

このアニキは、東大法学部を出て司法試験を目指していたという変わり種だ。現役の弁護士以上に法律に詳しくて口も立ち、騙された当人でさえ騙されたと判らない、ミラクルな手口を駆使して組に多大な貢献をした。結果、大幹部に取り立てられ、東京の超高級マンションに住み最高級のベンツを乗り回している。

「いいか。大きなカネが動くのは、面倒なアレコレが絡む分野だ。だがその面倒なアレコレをどうにかしなければ望みのモノが手に入らないとなれば、どれだけ金を使ってでも、なんとかしたくなるのが人情だ。おれたちはそこにつけ込む。一番面倒なのは法律の縛りだが、それをかいくぐるのが、おれたちの仕事だ。昔は芸能人やスポーツ選手、政治家や大会社の社長なんかがお得意先だったが、今はカタギの小金持ちや、マトモに上場している企業までが、おれたちの助けを求めてくるから面白いぜ。大ホームランを狙ってばかりじゃだめなんだ。日頃からコツコツと地道にヒットを重ねていかないと、空振りした時が痛い」

アニキは六本木のクラブでバーボンのソーダ割りを飲みながら語った。

「いいか。おれは、普通には難しいことをやるから商機がある。ヤバイから表に出せない。表に出せないがどうしても必要なことがあるって言ったよな？　具体的にそれはなんだと思う？」

その時、同席していた君塚は、そういう小難しいことを考えるタイプではない。アニキの話は早々にギブアップして、ホステスと芸能情報を交換して楽しく喋っていた。

成り上がる意欲のそれほどない剛はともかく、健也は違った。少しでも組の中で偉くなってリッチになりたいと願っていた。いつまでも上の連中の手足になってバイオレンス担当を続けていては先がないとも思っていた。だから、アニキの問いかけにも一生懸命頭を捻った。

だが、頭を捻っても思いつかない。

唸っているとアニキが助け船を出してくれた。

「もっと新聞を読め。テレビのニュースを見ろ、教育テレビを見ろ」

どれも健也が嫌いなものばかりだった。

「必要なものだがヤバいもの、というのはこの世にたくさんある。覚醒剤もその中の一つだし、産廃もそうだ。しかし、独創性に欠ける」

「そう言われても……おれ、バカだから」

「まあ、いきなり言われても無理だよな。カタギの連中も、付け焼き刃でそういうものを扱って警察に捕まったりしてるからな。利権の買い漁りとかな」

はあ、と生返事をするしかない。インテリはどうも話が回りくどくていけない。

アニキは、ここで声をひそめ、「臓器売買だよ」と言った。

「もちろん、オモテには医者たちが作った臓器移植ネットワークとかがあって、コーディネーターが不公平のないようにやってる。だけど、移植希望者に対して移植出来る臓器は絶対数が足りないんだ。そこで、『非合法な流通ルート』ってのが出来るんだよ。昔は献血だけじゃ血が足りなくて、仕事にあぶれて金に困った日雇い労務者が血を売ったもんだ。今は禁止されてるし、献血でなんとかまかなっているが、臓器もそれと同じだ。判るか？」

アニキは、臓器提供者を見つける方法、言葉巧みに臓器提供に同意させる方法、値段の付け方などを具体的に喋った。

「一度おれについて、実務を覚えろ」

健也は二つ返事で助手になった。その後はアニキに密着して実務を覚え、相棒の剛を実働隊に使った。

健也と剛の分業コンビネーションはうまく機能して、北関東にある病院を使って最初に仕切った生体腎移植の商談は無事成立。手術も成功し、術後の経過も良好で、大儲けした上にレシピエントやドナーからは感謝までされた。

今までは、誰かが笑えば誰かが泣くような稼業だったのに、儲かった上にみんなに感謝されるなんて、こんな美味しい仕事があるなんて！

健也は、これは凄い仕事だと思い、のめり込んだ。

続く二例も成功させて、健也はアニキにおおいに認められ、そのシノギを引き継いだ。アニキはアニキで、もっと美味しい、しかも危ない橋を渡らなくても良いシノギを見つけたらしかった。

もちろん商売には、いろいろ困難もあったが、自らの才覚で乗り切った。そして今は、カネを持ったスジのいい客と腕のいい医者を抱えて、すべてが完璧に運ぶようになった。

勝ち組は、おれだ。おれこそ、人生の勝者だ。

健也は、自分の人生は順風満帆だ、と心の底から思った。

別の女を呼ぶか。そうだ今度は二人呼んで3Pでも派手にやるか。午前〇時だが、夜は始まったばかりだ。

健也は電話をかけようとケータイに手を伸ばした、その時。

ブーブーと振動して着信を知らせた。

なんだ、こんな時間に。

発信元は、国見病院の医師・西山恒夫だった。

「ああ先生。こんな時間にどうしました」

「安東さん。ちょっと不味いことになった」

電話してきた西山の声は動揺を隠せない。

「移植した腎臓が、生着しなかった」

一瞬、意味が判らなかった。

「聞いてますか？　安東さん」

「……聞いている。それ、どういうことですか」

「だから、移植した腎臓が機能しないんだ。つまり、移植は失敗した。至急、別の腎臓を用意して貰いたい」

「ちょちょ、ちょっと待ってくださいよ先生。腎臓の移植はほとんど失敗がないって言ったのは先生でしょうが！」

「ほとんど失敗がないということは、ごくたまに失敗することもあるということだ。原因は調査中だが、生着しなかったのは厳然とした事実だ」

想定外のアクシデントに健也はパニックになった。

手術が失敗した以上、受け取った金を返せと言われるだろう。しかし金は使ってしまった。

すぐに次の腎臓を見つけなければ、大変なことになる。一般人が相手なら、なんだかんだと言い包《くる》めて時間を稼げるが、相手は超がつく大物だから、言い訳は許されない。

我が世の春を謳歌していたのは僅か数分前だった。健也は、一気に追い詰められた。

一刻も早く新たなドナーを見つけなければ。もうひとつ腎臓を見つけなければ。それも、活きの良いモノを、緊急に。

「いったい、どうすりゃいいんだ！」

健也は、眼下に広がる鳴海の夜景に向かって絶叫した。

＊

自分の思慮の浅さからどうやら西山恒夫を敵に回し、ついでに美知佳まで怒らせてしまった佐脇はイライラしていた。

ヤクザ・君塚の轢き逃げ事件の捜査も、余計なことに関わっていたせいで、ほとんど進展はない。

それでも鑑識がタイヤ跡などを調べて、君塚を轢いた車両は突き止めることが出来た。

焦《こ》げ茶色のスズキ・アルトGがそれだった。事件現場の市道四十二号線・原町交差点から三キロ先にあるホームセンターの駐車場に乗り捨てられていたのだが、この車は、事件の一日前に盗難の届けが出ていた。

タイヤの形状、損傷具合、君塚の服に付着していた車の塗料、車に残っていた君塚の服の繊維《せんい》が一致して、この車が事件に使われたものであると断定された。しかし、車内に遺留物もなく、指紋も、また汗を含む体液も一切残っていなかった。

君塚を轢き殺す目的で車を盗み、一日保管し、凶行に使ったのちに乗り捨てたという大胆な犯行だけに、当初、犯人はすぐに捕まると思った。しかし、車が乗り捨てられていたホームセンターの防犯ビデオには車自体が映っていなかった。偶然なのか狙ったものか、撮影出来る範囲の外に駐《と》まっていたからだ。

盗難車の持ち主は、岡部太郎《おかべたろう》という専業農家の七十歳の老人。通院のための車を買い換えたばかりだった。岡部は代々の農家の主で、そこそこ広い面積の畑で地元の特産野菜を栽培している。もちろん一族郎党にヤクザなどいないし、関係する者もいない。岡部太郎自身も農協にローン残高はあるがヤクザ絡みの借金などはなく、農業と温泉と演歌を愛する地味な老人だ。

腎不全を患《わずら》って透析《とうせき》をするのに国見病院に通っているが、数時間の透析を終え、さあ帰ろうと駐車場に行ったら、車がなかった、と証言しているし、盗難届にも同じように記載されている。

盗まれた車が一日保管されていたはずの場所も特定出来ず、車が盗まれてからの経緯も不明だ。

以上のことは、交通課と水野が調べた結果で、佐脇はほとんど何もタッチしていない。その間、「鳴海署の最終兵器」を自称する彼は、美知佳が持ち込んだ野暮用《やぼよう》で右往左往していたことが、我ながら嫌になる。

「これは立派な計画殺人です。殺人は未遂に終わりましたが、窃盗《せっとう》も絡んでますし、刑事課が扱う案件ですね」

水野は明らかにわくわくしている。

「そうか。おれはタダの轢き逃げだと思ったんだがな」

署内禁煙が施行されてもうずいぶん時間が経《た》つというのに、佐脇は自分のデスクでタバコを吸っている。前は遠慮して食堂だけで吸っていたのだが、最近は開き直っているかのように場所を問わずタバコを吸いまくっている。

「やっぱり君塚を狙ったんですよ。しかもかなり周到に計画した可能性があります。人工透析は半日くらいかかるからチャンスは充分にあり、しかも発覚までの時間が長い。さらに隠し場所が判らず、車に犯人の痕跡も一切ありません。そしてホームセンターの防犯ビデオにすら映っていないというのが決定的です。これは、君塚を確実に殺すため、どこからか送り込まれたプロの手口ですよ」

水野は、イキイキとしている。久々に大きな事件、それも殺人未遂事件だから、刑事の血が騒ぐのだろう。

「そうか？　全部偶然って可能性もあるぞ。老人が病院に行きゃ、どの道、時間はかかるだろ。診察までえんえん待たされる。だから、そのへんのチンピラが病院の駐車場で張ってて、じいさんが降りてきた車を盗んだんだよ。それにだ！」

反論しようとする水野を、大声で制した佐脇は、焦《じ》らすようにタバコを吸った。

「プロならどうして一回で仕留めない？　君塚は生きてるんだぜ。作戦は大失敗だろ。轢き殺すんなら、一回轢いて倒れたところを何度も轢き直すんじゃないのか？　頭蓋骨が完全に潰れるくらいに。というか、殺す手段に車を使うってのがプロらしくないやね。今どき、ハジキぐらい簡単に手に入るし、プロの必需品だろ」

「それはまあ、そうですが……じゃあ、佐脇さんは、君塚の件はやっぱり単なる轢き逃げだと？」

そう突っ込まれた佐脇は、言葉に詰まった。

「……そう思いたいところなんだが。だいたいヤクザ絡みの殺人未遂なんて、面倒じゃねえか。手繰《たぐ》っていくと物凄い大物が引っかかってきて、お偉いさんが介入してきて……なんて展開が目に見えるようだぜ。おれ、これ以上敵を作りたくないしな」

「もう充分作ってますから大丈夫です」

全然、激励になっていない。

「ま、お前は盗難車の線でやってくれ。おれは被害者の君塚の線を遡《さかのぼ》ってみる。殺されそうになるくらいのタマなら、これまでにも、いろいろやらかしてるはずだからな」

佐脇は、轢き逃げ被害者・君塚の周辺情報を集め始めた。

ヤクザに関するアレコレを調べるなら、このうえない情報源が一人いる。しかも評論家やマスコミなどより、はるかに生の情報を持っている、現場の人間だ。

「君塚、ねえ」

地元暴力団「鳴龍会」の事務所のソファで、伊草《いぐさ》は首を傾げて葉巻を取り出した。

佐脇よりも身なりも恰幅《かっぷく》も良く、端整な顔立ちは一見して渋いイケメン俳優のようだ。

国際的に事業を展開する大物青年実業家、といっても通りそうだが、実際は伊草は鳴龍会の若頭だ。そんな伊草が葉巻を指に挟んで間を置く姿は異様に絵になる。Vシネマのファンならぜひオーディションに、と思うのではないか。

「失礼しまッス」という声とともに脇からライターが伸びて来た。伊草付きの若い衆だ。使いっ走りだが、やはりパリッとしたダークスーツを着込んでいる。そんな若い衆が中腰でライターを捧げ持っている。「おう」と応じた伊草はますますヤクザらしくなった。

「しかし佐脇さんの説にも頷ける点はありますね。ヒットマンの仕業なら、もっと確実に仕留める手段を使いますから」

伊草は紫煙を吐き出しながら言った。

「単なる交通事故で、轢いちまったヤツがビビッて逃げた、というありがちな線も捨てきれませんね」

「とはいってもだ」

交通事故説を唱《とな》えているのは自分なのだが、佐脇も疑問は感じている。

「どうも君塚って野郎はただ者じゃないし、何か目的を持って鳴海に来ていたとしか思えねえんだ。なんせ、東京の隅田組だぜ。大阪とタメ張る巨大暴力団じゃねえか」

「ま、隅田組の系列ではありますけどね」

そう応じた伊草に、佐脇はテーブルを指さした。

「……ところで今日はどうしたんだ？　おれの目にはテーブルにコーヒーしか出ていないように見えるんだが」

応接テーブルに酒が出ていないことを佐脇は暗に指摘した。

「刑事さん。そうやってヤクザにたかっちゃいけませんぜ」

そう言いながらも伊草が若い衆にアゴで示すと、速攻で戸棚から最高級のシングルモルトのスコッチが出てきた。

「ブランディのほうが良かったですか？」

佐脇は返事をするかわりに、マッカランをショットグラスに注いで、ぐいと飲んだ。

「さすがにヤクザだな。おれたちしがないオマワリは、こんな高い酒、気軽に飲めねえ」

「ヤクザの酒を気軽に飲んでるくせに」

伊草は苦笑して話を続けた。

「わざとドジを踏んで素人《しろうと》の仕業に見せて、君塚を脅したとも考えられますがね。そしてその脅しの意味合いは、君塚だけが知っているんじゃないかと」

「なぜこんな田舎で？　というか、東京暮らしの方が長いヤツが、突然鳴海に戻ってきたのはなぜだ？」

「本人は里帰りだと言ったんでしょう？」

「まあな。そう言われれば、無下に否定は出来ないしな」

伊草は佐脇に付き合って、黙ってマッカランを舐めていた。

「おい、黙りこくってどうした？　国家の命運を左右するクラスの、何か凄い秘密でも抱えてるのか？」

佐脇の混ぜっ返しに、伊草は苦笑して頷いた。

「いや、黙っていても仕方がないんで言ってしまいますが、ウチに北村《きたむら》っていたでしょう？　大阪と手を組んでこの組を乗っ取ろうとしたヤツ」

伊草が「大阪」というのは大阪にある日本最大の巨大暴力団のことだ。伊草の下についていた、悪知恵だけは働く北村という男が組長の覚えめでたいのを良いことに、鳴龍会の実権を握ろうとした。伊草は排除されそうになり、その盟友である佐脇も消されそうになったが、危ういところで難を逃れ北村を返り討ちにした。ヤクザと刑事の、立場を越えた連携が成功したのだ。

その結果、大怪我をした北村は長期の入院中に裁判が確定して収監され、医療刑務所を経て現在は懲役《ちょうえき》刑のお勤め中だ。

「その北村が、君塚と旧知の仲なんですよ。どうもアイツは大阪のみならず、東京のデカいところと手を組もうとしていた形跡がある。それもどうやら筋の悪いシノギだ。ま、ヤクザが禁じ手なんて言ってるから左前になるんですがね」

「アイツというのは北村のことだな？　しかし大阪と東京は敵対関係にあるだろ？　自分の成り上がりのためには、そんなヤバい橋でも渡るつもりだったのか？」

「だからこそアイツは、策士策に溺《おぼ》れるの典型で、沈没したんですがね」

伊草はショットグラスを煽った。

「その禁じ手とは、まさか麻薬覚醒剤みたいな、ありふれたことじゃないよな？」

「まあ、手段を選ばなければ、そして最低限のモラルさえ捨てられれば、銭になるヤバいことは、世の中にゴマンとありますよ……それより、君塚が入院している、国見病院といえば気になることがあるんですが」

伊草は、国見病院にまつわる黒い噂に話を移した。

「あの病院、以前に薬の横流し事件を起こしましたよね。それでも警察医の指定はそのままなんでしょう。つまり、あそこは警察と、かなり昵懇《じっこん》な関係にあるってことですよね」

「まあな。警察医ってのは労多くして儲けゼロのボランティアだから、警察に恩を売るという目的でやっているところもあるだろう。そもそもなり手がいない。だからこっちとしても、国見病院には何かと……その『礼』を尽くしているわけだ」

「礼」にもいろいろある、という言外の意味を含ませるように、佐脇はニヤニヤした。

「でしょうね。で、そこにつけ込んで、というか、警察との関係を前提にしてと言うべきか、かなりヤバい動きがあるようですよ。だいたいあの病院、経営破綻《はたん》寸前だって知ってました?」

「え。そうなの?」

まるで知らないことを言われて、佐脇は驚いた。警察としても、国見病院が潰れるのは困る。

「小泉《こいずみ》政権の医療改革で、地方の医者が慢性的に足りないでしょ。あの病院もご多分に漏れず医者と看護師が慢性的に不足してます。これまでは警察医をやっている恩を着せて、警察病院から医者を派遣して貰っていたんですが、どうやらそれも厳しくなってきたようで」

「それはどこの病院も同じだろ?」

「そうですよ。だからどこの病院も苦しいんです。診療科を減らすと患者が減るし、無理して好条件で医者を確保すれば人件費が膨張するし」

佐脇は、ははんと笑った。

「そこにお前たちがつけ込んで一稼ぎしようとしてるな？　こんな田舎じゃ、癒着《ゆちゃく》しようにも有名芸能人の一人もいないから、ウマイ話もそうそう転がってないし」

「国見病院には、お互い、持ちつ持たれつの関係で行きましょうと提案してるんですよ。こっちが医者を確保するから、とね」

「おお、怖い怖い」

佐脇は大袈裟に震えてみせた。

「弱みのある医者を脅して全国から掻き集めるってわけか。で、病院からタンマリカネをせしめて、リネンとか清掃とか給食とか、そういうところにお前らの息のかかった業者を送り込むんだろ？　しかも相場よりかなり高い金額で契約させて」

「佐脇さん、何度も言いますが、警察辞めてウチに来ませんか？　顧問という形で」

伊草はニヤリとしてショットグラスを乾杯するように掲げた。

「まあ、宿主が死んじまったら寄生虫としては困るんで、国見病院から生き血を吸うといっても、あくまでも『死なない程度』ですがね」

してみると倒産するほどではないのだろう。佐脇はほっとした。

「君塚も、あるいは、そういう『宿主』を見つけて鳴海に来たのかもしれません。どこをカモにする気かは知りませんが、地場のヤクザより先に唾をつけて、美味しいところを押さえるつもりかもしれない。言ってませんでしたが、私、君塚の先輩なんですよ。中学のね。だから、アイツのことは昔から知ってるんです」

「どうしてそれを早く言わない」

「今までは関係ないと思ってたんですが……いろいろ思い出してきて」

おい、なんか摘むものをもってこい、と伊草が若い衆に命じた。ちょっと長い話になるのだろう。

若い衆は、用意していたのか、サラミやチーズを皿に盛りつけて持ってきた。

伊草は、それでいい、と頷いて続けた。

「ヤツと私は五つ違いでね。それも同じ中学の同窓生です。先輩後輩の繫がりで、ヤツの話は聞いていたし、会ったことも何度かね。ヤツはガキの頃から悪かったですよ。まあ、私みたいに心底のワルじゃなくて、可愛げのある悪ガキでしたがね。最初はカツアゲ程度で、傷害沙汰までは起こしていなかったです」

「アイツは中学を出たあと、まず鳴海で、ヤクザになったんだよな?」

「ええ。かなりひどい事件を起こしましてね。それも、ヤツとつるんでいた相方がとんでもない男だったんですが」

佐脇は記憶を探った。君塚が少年時代に犯した犯罪なら、自分はすでに警官になっていたから知っているはずだ。

「その相方は、安東……安東健也とか言ったと思います。中学の同級生のはずです。コイツがまた……なんとも言いようのないワルでね。特に凶暴だというのでもない、悪知恵に長けているというのでもない。ただ、まともなワルならやらないようなことを思いつくんですよ」

「ワルにまともも何もないんじゃないのか？」

「いや、だから、ヤクザだって目をつけてカモにするのは風俗にハマってるやつとか、ギャンブルに目がないとか、そういう人間ですよね。完全なカタギで、何の落ち度もないとなると、おれたちだって手を出すのは躊躇《ちゅうちょ》する。だがそいつ、安東健也って男には、そういう歯止めが無いんです。アイツが最初に問題を起こしたのは、老夫婦のやってた小さな駄菓子屋に目をつけて、そこに出入りする子供たちから小銭を巻き上げていた時かな。小さな子を物陰に連れ込んで、お前の家も親も知ってる、言いつけたら家に火をつけてやる、と脅してたから、長い間バレなかった。次はその子たちを使って、駄菓子屋から万引きをさせた。駄菓子屋夫婦は人がいいから、もう二度とするんじゃないよ、と警察には届けない。健也は調子に乗る。駄菓子屋の経営は傾く」

警察には言いたくないから、と知人に泣きついた駄菓子屋夫婦の相談がまわりまわって鳴龍会の耳に入り、ようやく健也は締められた。

「それがヤツの中学卒業間際の話で、それでウチと繋がりができた安東健也が、ダチの君塚と一緒にウチに入りたいと言ったんですよ」

「そいつらを組に入れたのか?」

「私は反対だったんです。シノギのためなら手段は選ばずとはいっても、小さなガキや弱い年寄りを狙おうという、安東の根性が気にくわなかった。けど、その悪知恵や目の付け所、長い間バレなかった実績には見どころがあると古参の組員が組長に進言して……ウチもご存じのように人手不足でしてね。若い人間と上納金は、いつでも喉から手が出るほど欲しい。今にして思えばもっと反対しておけばよかったんだが」

「いったい何をやったんだ、安東と君塚は?」

「思い出したくもないようなことですよ。それについてはウチにも責任がある。古参の組員が中卒のガキの実力を試そうとして上納金をふっかけたんですが……これがいけなかった。古参の組員もスカウトした責任があるものだから、焦げ付きを許さなかった。かなり厳しく取り立てたみたいで。私としては、反対しきれなかったことで一生悔いが残って、今も遺族に匿名でお金を送ってるんですがね」

中学を出たての不良が、上納金をつくれず、金に困っての犯行……。

かすかに記憶がある。佐脇はなんとか思い出そうとした。

「まあ、最初の駄菓子屋相手の悪事がすべてを語ってますよ。他人が思いつかない抜け道、あるいは近道を見つけたと本人は思っていても、それは弱い者いじめでしかないんだ。なにしろターゲットが年寄りと子供ではね」

「あ……」

伊草の言葉がヒントになって、佐脇は思い出した。

「あれだろ、十五歳のガキ二人、少年二人がたった五千円奪うのに民家に押し入って、老婆と、たまたま遊びに来ていた幼い孫娘を殺して逃げた、あの事件だろ」

当時、佐脇は刑事になったばかりで、まだ真面目で仕事を真剣にしていて、世の中の悪を撲滅《ぼくめつ》してやろうという意気に燃えていた頃だった。それだけに、この事件には心底怒りを覚えて、犯人のガキ二人が少年院から出てきたらぶっ殺してやろうとまで思い詰めたのだった。その記憶を封印していたのは、佐脇自身の変節があったからでもあるが。

「たった五千円のために、ひでえ殺し方でな。凄惨も凄惨。老婆は包丁で滅多刺しだし、幼女に至っては全身切り傷をつけられたうえに、壁や天井に思い切り投げつけたり踏んだりして、全身の骨が折れていたし、おれは現場で吐いちまったんだ」

佐脇の口の中に苦いものが広がった。

「あれをやったのが安東と君塚だったのか……」

「お婆さんが有り金全部差し出して、その子にだけは手をかけないで、と頼んだんだが、五千円はウチへの上納金月額二万にはとても足りなかった。もっと出せ、もっとあるだろう、と婆さんの目の前で孫娘を切り刻んで拷問《ごうもん》、あげく金が本当にないと知って逆上した安東は、何の罪もない小さな女の子を惨殺と……年寄りでも子供でも平気で獲物にする外道だと駄菓子屋の一件で判っていたはずなのに、ウチに入れてしまったのは間違いでした」

伊草は暗い表情になってグラスを一気に呷《あお》った。

「連中に上納金を命じなければ、あの事件は起こらなかったんで……私は、この件だけは悔やんでるんです」

「いや……そういう鬼畜なら、いずれその手の事件は起こしただろうよ。そういうやつは、一生、弱い人間をカモにして生きていくんだろうな」

さしずめ今手を染めているのは、年寄り相手の振り込め詐欺あたりか……小さな子供の誘拐までは、やってのける度胸がないだろう。

伊草は沈痛な表情で顔を伏せている。佐脇としては長年の友人を思わず慰《なぐさ》めてしまった。

「とにかくあんたは反対したんだ。意見が通らなかったことは仕方がない。その場の『空気』ってやつだ。まあ、ちょっと君塚に会って、チョクに話を聞いてみるよ。スコッチ、ご馳走《ちそう》さん」

そう言って席を立った佐脇に、伊草は首を傾げた。

「しかし……おかしいですね」

伊草は、佐脇に顔を向けた。

「君塚の実家はもう鳴海にはないんです。その事件のあと、親兄弟は全員他県に引っ越した、というか逃げ出したんで。どんなに厚顔無恥《こうがんむち》でも、息子が、悪い友達に引きずられたにせよ……そこまでのことをしでかしたからには居辛いでしょ。だから」

「だから？」

伊草は言い切った。

「君塚は里帰りしても、帰る場所はないんです」

＊

鳴海署に戻った佐脇は、当時の事件を調べ直してみた。検察庁や警察庁のデータベースを照会し、書庫に入って当時の捜査資料も漁《あさ》ってみた。

伊草が言ったことも、佐脇の記憶も間違いではなかった。

わずかな金額のために犯した、残虐《ざんぎゃく》な手口の殺人。中学を卒業したばかりの少年だけに歯止めが利かず、犯行時に逆上して暴走した過剰な残酷さだとは思うが、それにしても、この異常なキレ具合は目を覆う。伊草が言ったように、鳴龍会による上納金の取り立てが相当厳しく、金を用意できなかった場合の恐怖心が彼らを支配していたのかもしれない。

「犯人が低年齢だと、無茶苦茶をすることが多いですからねえ」

捜査資料を自分の席で読んでいた佐脇に、水野が横からチラ見して世間話的に軽く言った。それに佐脇は瞬間的に激怒した。

「訳知り顔で言うな！　何も知らないくせに、お前はくだらん！」

その剣幕に水野はすぐに謝ったが、佐脇は、新米刑事として犯行現場に足を踏み入れた、あの時の光景を思い出して口の中が苦くなって心臓が苦しくなりすらした。

刑事になって久しく、多少のことでは動じなくなったとは言え、あの現場の衝撃は、思い出すのも辛い。

それもあって、記憶に蓋《ふた》をしていたのかもしれない。当時の自分のピカピカぶりにも複雑な思いがあるのも確かだ。

立ち上がって刑事部屋から憤然と出て行こうとする佐脇に、水野が追いすがった。

「申し訳ありません。無神経なことを言ってしまって」

深々と頭を下げる相棒に、佐脇は「いや、ついカッとしておれも悪かった。君塚に会ってくる」と告《つ》げた。

「だからよ、何度言えば判るんだ？　おれは里帰りで鳴海に来たんだと言ってるだろ！」

国見病院の個室で、君塚剛は吠えた。

「この前も言ったけど、鳴海はおれの生まれて育ったところなんだよ。戻って来てのんびりするのに、何の問題があるんだよ。え？」

「ヤクザは真面目に日々、悪事を働くのが本来の姿なんじゃねえのか？」

佐脇はベッドに寝たままの君塚を睨みつけた。

「身分不相応なゼイタクをするからこうなる」

と、足のギプスをぽん、と叩いた。君塚の顔に怯えが走る。

「ところで、お前は里帰りと言うが、いったいどこに帰省したんだ？　お前のことはかなり勉強してきたぜ」

刑事にそう言われた君塚は、ムッとして身構えた。

「お前の親兄弟は今じゃ誰ひとり鳴海に住んでないよな？　親戚からも縁を切られた状態か？」

「……余計なお世話だ」

チンピラ独特の三白眼で佐脇を睨みつけた君塚は、一つため息をついた。

「あの……事件を調べてきたんだな」

佐脇は頷いた。

「おれにも新人の時があってな。あれが最初の現場だった」

そう言って言葉を切ると、じっと君塚を見つめた。

「帰省は親兄弟に会うためだけじゃないだろ。おれにだってダチの一人や二人……」

そう言いかけて、佐脇のペースにハマりそうになっていることに気づいた君塚は、話を変えた。

「あの件は少年院に行って罪はきっちり償《つぐな》った。もう終わったことだ。なのにいつまでも少年時代の犯歴を突つくのかよ？　それって法律に違反してないのか？」

「いや。違反はしないね。それより話を変えるな。もう一度訊く。お前は、何のために鳴海に舞い戻った？　大きなヤマを踏むつもりじゃないのか？　それで誰かに狙われた、みたいな心当たりはないか？　たとえばデカい儲け話を抱えてるとかで」

「……仮にそういうデカい儲け話があったとしても、アンタらに言うはずないだろ。常識で考えてみろ」

「そりゃまあ、そうだな」

「だから、オマワリだったら早くおれを轢き逃げした犯人を捕まえろよ。普通、こういうのはすぐ犯人が見つかるもんだろ。あれこれ言う前に、やることやれよ！」

「判った判った。こっちもやってるんだ。だから、お前さんにいろいろ訊いてるんだろ」

佐脇はいきり立つ君塚を抑えて、なんとか身辺の状況を聞き出そうとした。

「単なる交通事故なのかどうか、正直なところ計りかねてるんだ。本当に、誰かに狙われたりはしてないのか？」

君塚の車のエンジンに砂糖が入れられていた件を話そうと身を乗り出した時に、看護師が個室に入ってきた。

渚恵子だった。彼女は佐脇をちらっと見ただけで無視すると、「検温しますね～」と体温計を君塚の脇に挟み、手首をとって脈を診《み》始めた。

この前抱いた時に住所を書いた名刺を渡しておいたが、この分じゃ脈ナシか、と佐脇は内心がっくりした。

その様子を見ていた君塚は、思いついたように言った。

「あんたさあ、どこかで会ったことないか？」

「さあ？　どこでです？　私には覚えがありませんが」

恵子は手を休めず、カルテに書き込んで、注射の用意をし始めた。

「どこで会ったかは思い出せないんだけど……東京だよ東京。あんた、最近この病院に来たんだろ。前は東京にいたんじゃないか？　東京の病院で会った気がするんだけどなあ」

「いいえ。東京で働いたことはありません。私は静岡の下田《しもだ》の病院でずっと勤務してましたので」

恵子はまったく手を休めず、流れるような手順で腕をアルコール消毒する。

「そうかなあ。おれ、商売柄、一度会った人の顔は絶対忘れないんだよ。それに、アンタは美人だから余計にはっきりと覚えてるんだけどなあ」

「お褒めいただき、有り難うございます」

恵子は、距離を置いた堅苦しい態度を崩さない。

「おれ、ホントに、マジで、おれは美人を忘れないんだって。あんたと、東京のどこかの病院で会ってるぜ。新宿だったかな」

君塚はしつこく言い続けた。

「お褒めいただくのは嬉しいんですけど、私たちは患者さんと個人的に親しくなるために仕事しているわけじゃありませんから。つまり、キャバクラの女の子に言うみたいなこと、言わないで貰えます？　あなたと会うのは、これが初めてですよ」

恵子はぴしりと言った。同じ部屋で、やり取りに聞き耳を立てている佐脇のことは、完全に無視している。

「別におれ、あんたを口説こうって言うんじゃなくて、シンプルに、新宿で会ったんじゃないかって言ってるだけなんだけど？」

君塚は軽薄な感じを剝き出しにして、なおも言い募《つの》った。どうしても事実を事実として認めさせようという感じだ。しかし恵子は無視して、腕にチューブを巻いた。

「はい、では静脈注射をしましょうね。ちょっとチクッとしますよ」

恵子は子供を相手にするように言いつつ、君塚のしつこい口を封じたいのか、腕に注射針を入れた。

「痛てえ！　痛ってえ！　ナニやってるんだよ！」

その瞬間、君塚は派手に悲鳴を上げた。

「見ろ！　液が漏れて紫色になってきた！」

恵子はあらあら、と口では言いつつ沈着冷静に針を抜いて、何事もなかったかのように温湿布を巻いた。

「はい、これですぐ収まりますから」

「痛てえよ！　ナニやってるんだよ！　医療ミスだ！」

「こんなの、よくあることです。いちいち騒がないでください」

だが、依然として君塚はものすごく痛がっている。

「わざとだろう？　おれを黙らせるためにか？　そうなんだな」

痛みに弱いチキンぶりを丸出しにして問い詰める君塚に、恵子は「誰がやっても同じです」と冷静というより冷淡に答えた。

「そんなに痛いのか？　後学のためにちょっとおれにも注射してくれよ」

佐脇の言葉に猥褻《わいせつ》な意味を感じたのか、恵子は無視した。

「あんた、どSだったりして？　副業で女王さまやってたりしてないか」

恵子は、何を言ってるのという表情で佐脇を睨んだ。

「そんなに注射をして欲しいんなら、ナース・プレイをしてくれるフーゾクにでも行ったらどうですか？」

クールな看護師はそう言い残すと、個室を出て行った。

「くそ。あの看護婦っ。抗議してやる」

あくまで恵子に謝らせたい君塚はナースコールボタンを押そうとしたが、佐脇が止めた。

「止めとけ。もっと痛い目に遭うかもしれんぞ。おれの見たところ……あの看護師は真性だな。真性のドSってやつだ」


ベッドを共にした気配など微塵《みじん》も感じさせない恵子に気勢を削《そ》がれた格好になった佐脇は、まったく得るところのないまま、出直すことにして個室を出た。

君塚のあの口の堅さを「頑《かたく》なさ」と取れば、なにか大きなことを隠している可能性がある。しかし、ヤツの言う通り、ヤクザに里心がついて帰省してみたら偶然交通事故に遭った、というだけのことかもしれない。そのどちらなのか、佐脇にはまだ判断がつかない。心証的には前者なのだが、証拠がない以上、どうしようもない。

　そんなことを考えながら病院内を歩いていると、ロビーに座っている女が視界に入った。

「佐脇さん」

　と呼び止められて、初めてその女が千春であると判った。今日は地味な普段着で、化粧もほとんどしていないので、佐脇の目には路傍《ろぼう》の石のように見えていたのだ。

「冷たいんですね。主人といろいろ揉めたから……厄介になった？」

「いや、考え事をしてたんで。おれだって集中する時はあるんだ」

　そうなんですか？　と千春は恨みのこもった目で佐脇を見た。

「……で、あれからどうなった」

「アノヒト、シュンとしちゃいましたよ。医者って、普段は患者さんや事務方にぺこぺこされる一方で、殴られることなんかないでしょ。だから、凄く効いたみたいで」

「殴った相手の痛みは想像できないが、自分が殴られたら人一倍ショックってやつか」

「プライドが折れちゃったみたいで、あれから私と目も合わせないし黙ったままです」

「で、どうする？　アンタの浮気はバレたし、このまま冷戦状態を続けるのか？」

　それとも、と言いかけた時に、看護師姿の吉井和枝がつかつかとやって来た。

「千春さん、どうして？」

　どうしてここにいるの？　という意味の詰問調の言葉を投げつけた。

「アノヒトが忘れ物をしていったので、届けに来たのよ」

「で、この男はどうしてここに?」

「おれは仕事で来たんだよ。入院患者に訊くことがあってな」

ふ〜んと疑わしそうな視線を佐脇に向ける和枝は、まるで何か汚《けが》らわしいものを見るような表情だ。

「これ以上千春さんに近づかないでください」

「あ?」

切り口上で命令するように言う和枝に、佐脇は戸惑った。

「アナタは千春さんを有責配偶者にして、無一文で追い出されるような羽目に追い込みたいんですか? 警察官のくせに、なんて無法な」

「いやいや、ナニを言ってんだ? だいたいおれは」

「言い訳は結構。あの馬鹿みたいな小娘と組んで、千春さんを陥《おとしい》れようとしているわけ? 警官のくせにお金目当てなの?」

同性愛の相手として、和枝は千春を愛しているが故に心配しているのだと思っていたが、どうも雲行きが怪しい。この女が気にしているのは千春の金、というより、その夫・西山恒夫の財産なのではないのか?

「カネカネって、うるせえな。おれはあんたが思ってる通りの悪徳警官だから、ヤクザからたんまりカネを戴いてるんでね、女からカネを引っ張ろうなんてケチな考えは持ってないんだよ」

「それじゃまるで、私のほうが千春さんの財産目当てみたいじゃないですか。いいですか、私はね、千春さんのことを考えてるんです。生活するにはお金が必要じゃないですか」

「そして、アンタはちゃっかり、そのカネにたかろうって思ってるんじゃねえのか？」

「なんですって！」

病院のロビーなので絶叫はしないが、声を抑えた分、和枝の形相《ぎょうそう》は恐ろしいものになった。

「ところでアンタ、仕事中だろ。ナースのお仕事をサボって無駄話していいのか？」

千春はといえばおろおろして、「あのね、二人とも、落ち着いて」などと言いながら、なんとかこの場を収めようとしている。

「そうですね。たしかに私、仕事中です。これ以上、社会のウジ虫と喋ってるヒマはありませんわ」

無礼きわまりない捨て台詞《ぜりふ》とともに、和枝は背を向けた。

「あの……ちょっと待って！　和枝さん」

千春は彼女を追いかけようとしたが、急にきびすを返して戻ってくると、佐脇に「もう一度、うちに来て」と耳打ちして、再び和枝を追いかけて行った。

その立ち振る舞いが、妙に新鮮だった。恋する少女のようないじらしさすら感じる。と、同時に、彼女の抱き心地のいい肉体もアリアリと浮かんだ。

プラトニックな甘酸っぱいものではなく、あくまで肉欲に直結するところが、佐脇の佐脇たるゆえんだ。

ヤラせてくれるならいいかな。と、女に目がない刑事はニヤリとした。


とはいえ仕事はしなければならない。

佐脇は、警視庁の組織犯罪対策本部組織犯罪対策第一課の第二対策係に電話を入れた。ここは昔の捜査四課が独立した組織で、第二対策係は情報収集が専門だ。こういうことは、警察庁にいる以前からの知り合い、というより腐れ縁の入江《いりえ》警視長に訊くのが一番なのだが、あの男をあんまり便利に使うとあとが怖い。

警視長といえば警視正の上で、県警本部長にもなれるポジションだが、佐脇が頼めば何でも調べてはくれる。情報は正確で、しかも早い。だが、あの男は腹の中がまるで読めない。当代三遊亭円楽《さんゆうていえんらく》の『腹黒』ならただのネタだが、あの男は正真正銘というやつだ。頼るのは本当に困った時だけにしておくのが無難だろう。

そう思ったので通常のルートを使って、第二対策係に電話を入れ、広域指定暴力団・隅田組とその系列の田畑組、および田畑組における君塚の役回りなどについて照会した。

その結果、警察の締めつけもあって、現在、東を制するこの巨大暴力団も弱体化しつつあり、その劣勢を跳ね返すために新商売に手を出そうとしているらしいことが判った。これまで暴力団が本格参入してこなかった新分野だ。

「ここんとこ一番伸びてるのが、医療関係ですかね。日本国内じゃ臓器移植の順番を待っていても埒《らち》が明かないから、患者を海外に送り込んで手術を受けさせるというのはよくある話だった。ところが近年、フィリピンに続いて中国が、金と引き換えの臓器移植を禁止したので、それが事実上不可能になった」

第二対策課の人間のレクチャーによると、それでも移植を受けるためならどんな大金を積んでも良い、という人間が存在し、いわばその「需要」に応える形で、裏社会が新たな分野に参入しようとする動きがあるのだという。

隅田組の傘下の中でも、特に君塚が属する田畑組には医療関係に詳しい人間がおり、そういう方面に早くから食い込んでいたらしい。

「田畑組にはね、医師法違反で医者の免許を取り上げられた『医者崩れ』がいて、悪知恵を出してるようなんです。君塚は賢くはないがマメに動くんで、けっこう重宝されているようです」

なるほど、と佐脇は礼を言って電話を切った。

刑事課の隣の席では、水野が書類をまとめていた。

「おい、ちょっと調べてほしいことがある。君塚がまだ未成年だった頃の、あの事件だ。婆さんと孫娘を殺しちまった、あの事件の共犯者。そいつについての詳細だ。今どこでナニしているのかも含めて、調べて教えてくれ」

佐脇はそう言うと、上着を摑んで席を立った。

「おれはちょっと、周辺捜査に行ってくる」

一度自宅の安アパートに戻って汗臭いワイシャツを着替えた佐脇は、千春に電話を入れてみた。

彼女は「今からなら大丈夫」と答えたので、外で会おうと提案してみた。

「外はまずいわ……アノヒトは顔が広いから、どこそこで何時頃、オタクの奥さんが男と会ってましたって告げ口されるかもしれないし……」

最初に外でそういうことになったのは、そういう流れだったから、と弁解した千春は、今夜はウチに来てほしい、アノヒトは今夜はオペが入ってるから遅くなると確約した。

それならばいいだろう、完璧に間男スタイルになるが、それはそれでスリルがあって面白いだろう。

佐脇はタクシーを拾って西山の豪邸に向かった。愛車・バルケッタを出してもいいのだが、真っ赤なイタリア車は目立つこと夥《おびただ》しいから、間男しに行くのには使えない。

夕方の五時に西山の屋敷に着くと、迎えた千春は、何故かそわそわしていた。

「どうした？　都合が悪くなったんなら、出直すが」

「いえ……」

口ではそう言うが、千春の目は泳いでいる。

「実は……和枝さんが、どうしても来るって言い出してきかなくて」

「もしかして、おれとアンタの関係に嫉妬してるとか？」

千春は何も言わず、困惑した表情のままだ。

「あの女は何しに来るんだ？　おれに文句を言ってアンタとの仲を決定的に割《さ》きに来るのか？」

「いえ……佐脇さんが来るとは言えなくて」

では、和枝が来る目的はなんだ？　もしかして、千春が男とのセックスに走るのを引き留めるために……。

「面白い」

佐脇はニヤリとした。

「見学させて貰おう」

えっ、と千春が絶句した。

「あんたらがベッドの上で何をするか、後学のために見たいと思うんだが」

千春はみるみる頬を赤く染めた。

「イヤなら帰るよ。しかし、こういうことには『思わぬ展開』ってのがあってだな。レズの最中におれが乱入して3Pってなことに……」

「それは……それだけはやめて！」

千春が叫んだ。

「それは絶対ダメ。あのヒト、男が大嫌いだから」

ああ、なるほど。

佐脇は腑《ふ》に落ちた。和枝の自分に対するキツイ態度の理由がついた。ただ単に千春を奪い合うライバルと見なされただけではなかったのか。

その時、ドア・チャイムが鳴った。

玄関を見ると、波形ガラス製のドアの向こうには女らしい人影があった。

千春は咄嗟に玄関に脱いである佐脇の靴をとって彼に押しつけた。

「もう間に合わないから、隠れて。たぶん、そういうことにはならないわ。あのヒトは話をしに来たのよ」

「あんたの離婚に関することをか？」

ええ、たぶん、と千春は言い、佐脇をせかした。

「リビング周辺に潜んでいるのは危険だから……この前みたいなことを繰り返したくない

の。そうね。寝室がいいわ。寝室のウォークイン・クローゼットの中にいてくれませんか」

優柔不断な千春にしては珍しく、有無を言わせない調子で言った。

その剣幕に押されて、佐脇は言われた通りに、二階の寝室に入った。

が、そのままクローゼットに入ってしまったら階下の物音が聞こえない。

佐脇は寝室のドアを開けたまま、聞き耳を立てた。

さしあたり言い争うような声も聞こえてこないので、安心して室内を見分してみる。ダブルベッドには寝心地が良さそうな羽布団が載っている。レースのカーテンに、ほんのりとしたピンクの壁紙、色を合わせたラグ、純白のキャビネットなどの家具のコーディネイトは千春の趣味だろう。ラブホテルのようなけばけばしさはなく、それなりに高級なプチホテルの一室、といったところか。

佐脇は、ベッドに腰を下ろしてみた。見た目の通り寝心地の良さそうな、なんとも絶妙な弾力が尻に伝わった。

あの夫婦は、なんだかんだ言っても、DVのあと、激しいセックスで日々縒《よ》りを戻しての繰り返しを好きこのんでやっているんじゃないのか？

佐脇は恒夫と千春のセックスを想像しつつ、下から聞こえてくる会話に耳をそばだてた。

何かを話しているのは判るが、内容までは判らない。しかし、対立して口論状態になっているのではない様子だ。要するに、穏やかに話しているのだ。

和枝と千春の二人だけなら穏やかな話が出来るのか？　それとも千春は和枝を怒らせないように、自分に都合のいい話ばかりしているのか？　それとも……。

ふいに足音がしたと思ったら、二人が階段を上ってくる気配がある。

佐脇はそっと立ち上がると、クローゼットの中に隠れた。

階段を上ってきた二人の足音が止まった。寝室のドアが開く音がする。

やはり、話をするだけでは済まなかったのだろう。佐脇の期待通りの展開になってきた。

クローゼットのドアの隙間から寝室を覗くと、まさに案の定なことになっていた。

千春と和枝は抱き合って、口づけを交わしながらもつれるようにベッドに倒れ込んだ。

佐脇は、本気のレズ行為を見るのは初めてだった。ＡＶや温泉場の宴会、ストリップ劇場などのショーで見せられるレズ・プレイは、あくまでプレイだ。見世物だから愛撫するのもイクのもすべて演技。わざとらしいくらいに脚を広げて秘部を愛撫し合ったり、異物を挿入してピストンしたりしないと、見物客は満足しない。だがそれは、レズとはほど遠いものだ。

本物の絡みを目の当たりにすると、それがハッキリと判った。

お互いの服をするすると脱がして全裸になってしまうと、二人の女はお互いの肉体を熱く愛撫し合った。その舌の動きはねっとりとして、情念が籠《こも》っている。

千春の、ふっくらとした女らしい曲線に富んだ肉体と対照的に、和枝は針金のようにスレンダーだった。典型的なネコとタチ、の組み合わせと言うべきか。

和枝は千春の上になって全身をくまなく愛撫するかのように、口からうなじ、うなじから胸、そして両脚のあいだへと、ゆっくり舌を降ろしていった。

「はうっ……」

彼女の舌先が千春の女芯に当たったのだろう。千春は甘い声を漏らした。

千春は、クローゼットを気にしている。彼女は、佐脇が中にいるのを知っているから、ちらちらと視線を向けてくる。

見られているのを知りながら、恥態を見せる。わざとなのか、和枝に愛撫されている秘部を見せつけようとしてか、片脚を高く上げたり、躰を弓なりに反らせて腰を突き上げたり、ゆらゆらと蠢《うごめ》かせたりする。潤《うる》んだ瞳をクローゼットの中にいる佐脇に投げかけたりする、その表情が妖艶なのだ。

まるでレズで昂まっていく欲情した躰を見せつけるのを愉しんでいるようではないか。

佐脇は、千春という女が判らなくなってきた。こんな露出症みたいな性癖があったのか。

しばらく和枝に舌戯をほどこされるうち、千春はひくひくと震え始めた。

このまま舌戯でイカせてしまうのかと思いきや、和枝は躰を百八十度回転させて69の体位になると、お互いしっかりと相手の股間に顔を埋める体勢になった。

和枝の舌と千春の濡れた女芯が、湿った音を立てる。そのたびに、千春の背中は、さながら電気が走ったように、ヒクヒクと痙攣した。

「女の躰は女が一番知ってるのよ。あの男よりも、ダンナよりもいいでしょ？」

和枝は囁きながら舌で攻め込んだ。

千春は、ぐったりと全身から力を抜いた。女同士の快楽に身を任せようという態勢になっている。

「あなたの薄いヘア、好きよ。割れ目もピンクで……可愛いわ」

和枝の指が、千春の秘裂を優しく寛《くつろ》げている。それと同時に、千春も相手の秘所に舌を這わして濃厚な愛撫を続けている。

びくん、と千春の背筋に衝撃が走った。

和枝の唇が、最も敏感な部分をいっそう強く舐め上げたからだ。それは、クローゼットの隙間から見ていても判る。

そのままちゅっちゅっと音を立て、強すぎずしっかりと吸い続ける。おそらくはプリプリに膨らんだ彼女のクリットを、舌先でころころと転がし、突ついているのだろう。男でも出来ることだが、女同士だともっと妖しい喜悦があるのだろう。

千春も愛撫はしているのだが、どう見ても和枝が一方的に攻め込んで、千春の官能を支配しているようにしか見えない。和枝の片手はやわやわと千春の太腿《ふともも》を撫でているし、もう片方の手の指は、おそらくはぐっしょりと濡れているであろうヘアを弄ってラビア周辺を嬲《なぶ》っている。

「あ。あっあっあっ……」

何ともいえない甘美な喘《あえ》ぎが千春の口から漏れ、全身が大きく波打った。

陶酔した濡れた瞳が、クローゼットの中にいる佐脇を求めてさまよった。

その目は、なんとも色っぽい。ねっとりとして、情欲に溺れきった瞳だ。

彼女を昂まりに押し上げている和枝の白い肢体も、舌の動きに合わせてくねくねと蛇《へび》のように妖しく蠢く。

「ねえ……あなたのここから、熱いものが湧き出してるわ」

「ああ……言わないで」

千春の目は、佐脇に注がれている。

男に見られながらのレズ。羞恥《しゅうち》に全身を赤く染めながら、開き直って露出プレイをしているような千春。佐脇には、この女の本性が判らなくなってきた。変態プレイに燃える、快楽の探求者なのかもしれない。暴力夫のDVすら、実はSMプレイの一環である可能性もある。本当に暴力が嫌ならさっさと離婚するだろうが、それをあれこれ理由を付けて引き延ばしているのは、本心は嫌ではないのかもしれない。

佐脇はそんなことを思いつつ、千春の淫靡《いんび》な恥態を眺めていた。股間は痛いほど膨張している。

だがそこで、和枝は舌と指の動きをぴたりととめてしまった。

「いや……やめないで……お願い、続けて！」

腰をもだえさせ、おねだりする千春に和枝は言い放った。

「何を続けてほしいの？」

「だから……あなたの指で、私の……あそこをもっといじめて」

「あそこって、どこなの？　はっきり言いなさい」

「いや……恥ずかしい」

そういいながらも、千春は切なそうに太腿をこすりあわせている。

「いやらしいのね。あなたのクリットがわたしの小指ぐらいに大きくなっているわ。ひだひだもぐっしょりよ」

意地悪くいいながら、和枝は千春の敏感な部分をいきなり舐め上げた。

「はあっ！　い、いいい……ああ、続けて！　あなたの指で、千春のおまんこを、もっともっとぐちょぐちょにしてッ！　イカせて……思いっきりイカせてほしいのッ」

上品な人妻の唇から出るとは信じられない卑猥な言葉に、佐脇も、今にも射精しそうなほど興奮した。

自らの言葉に興奮したのか、あるいは腰をくねらせるうちに達しそうになったものか、千春が大きくビクンビクンと全身を波打たせた瞬間、すかさず和枝は秘部に指を差し入れて、千春の濡襞を掻き乱した。

女体を熟知した和枝は、千春のGスポットを難なく探り当てたのか、指を動かせば動かすほどに千春の反応は激しくなっていく。

「あああ……そ、そこよっ!」

「相変わらずイヤらしいのね。おまんこ全体が赤くなって、ぷっくり膨らんで、おつゆでジュクジュクになってるわ……」

言葉で千春を嬲りつつ、和枝の舌は千春の肉芽をつんつんと突ついている。

「あっあっあぁーっ……いいわ……たまらないッ」

「すごい。あなたのクリットとヒダヒダが勝手にひくひく動いてるわよ」

和枝の実況は佐脇だけではなく、恥ずかしい部分の様子を描写されている千春自身をもさらなる絶頂に追い上げてゆく。唇と指を上手に使って、和枝はフィニッシュにかかった。

千春の腰はくねくねと左右に激しく悶え、全身が上下にがくがくと揺れた。

和枝の指が千春のクリットを摘んで嬲り、擦り上げた、ように見えた瞬間。

千春は完全に突き抜けた。

「イク！　イクぅ！」

全身が、感電したように激しくがくがくと痙攣し、絶命したようにぐったりと脱力した。

「どう？」

レズの絶技を持つナースは自分は達していないので冷静なまま、躰の向きを元に戻し、絶頂の余韻に浸る人妻を固く抱きしめてキスをした。

「私とのほうが、いいはずよ。そう言いなさい」

千春は小さく頷いた。

「あなたにイカされるほうが、いいわ……アノヒトよりも」

「あの刑事よりも？」

「そうね」

「私の言うことを何でも聞く？」

「何でもするわ。あなたが……今みたいなことを……してくれるなら」

陶酔の余韻のまま、二人はいつまでも抱き合っている、と思えるような時間の流れがあった。

そんなにいいんなら、おれも女になってレズってみたい、そう佐脇が思うほどの時間が経った、その時。

遠くから電話の鳴る音がした。それは、携帯電話のコール音のようだ。

陶酔と満足でベッドの上の二人は軽い寝息を立て始めていたが、和枝がはっとして目を覚ました。

「あれ、私の携帯よね。病院からだわ」

指と舌の超絶技巧で人妻を絶頂に追い上げた女は、携帯電話のコールで、たちどころに冷徹なナースの顔になった。

「え？　非番なんでしょ？」

「きっと勝俣《かつまた》さんの容態が急変したんだわ。あのヒト、今夜が山だって」

医者と同様に、看護師にも緊急呼び出しがあるのだ。

「残念だけど、行くね」

和枝は手早く衣服を身につけ、乱れた髪を直すと、ばたばたと階段を下りていった。

ゆっくり物憂《ものう》げに起き上がった千春は、バスローブを身に纏《まと》うと寝室から出た。

佐脇も、用心しつつクローゼットから出て廊下に出てみた。

「それじゃあ」

和枝は慌ただしく玄関から出て行く音が聞こえる。自分の車でここに乗り付けたのだろうか。

螺旋階段から玄関を見下ろすと、佐脇を見上げた千春と目が合った。

「とても恥ずかしかった……」

そう言って小首を傾げるポーズは決まりすぎるくらいに決まっていた。コケティッシュというのはこういうことか、と思わせた。

だが、千春は可愛い女のふりをしているわけではなかった。

玄関先で着ていたバスローブを脱いで全裸になると、挑戦的な目付きで佐脇を見た。

「和枝さんにはああ言ったけど、私、男の人のモノも好きなの。それも、アナタのが」

男冥利《みょうり》に尽きるとはこのことか。ウソでも、こう言われると、男は単純だから嬉しい。

螺旋階段を全裸で駆け上がってきた千春は、そのまま佐脇の胸に飛び込んできた。

「さっきイカされたのが前戯になってる。すぐにまたイキたいの。だから、お願い！」

欲情が醒《さ》めやらない千春の肉体からは、濃厚なフェロモンが立ちのぼっている。歩くたびにくねる腰のくびれが、なんとも獣欲を掻き立てる。

「ね？」

千春は濃厚なキスをしてきた。自分から舌を差し入れてきて、絡ませる。

こうなると、男のブレーキは完全に壊れる。

佐脇もディープキスをしながら服を脱ぎ捨てると、そのまま彼女の肩を摑み、ベッドに押し倒した。

ふかふかの羽布団が、まるで雲のじゅうたんのように二人をふんわりと受け止めた。たわわな乳房を揉みたてるのももどかしく、股間に手を伸ばし、指を這わせた千春の秘部はじっとりと濡れそぼっている。秘核も興奮が醒めやらない様子でこりこりと膨らんだままだ。

「舌ではもう充分に舐めてもらっただろうから、別のことをしよう。相手が男じゃなきゃ味わえないことをな」

逸《はや》る気持ちを抑え、千春にのしかかろうとした佐脇は、ふいに気が変わり、仰向けになった。

「おれのを味わいたければ、アンタが上になれ。好きに動いていいぞ」

騎乗位が好きな悪漢刑事は千春を促した。

「え……そんな、恥ずかしい」

などと口では恥じらいつつ、千春はぎこちなく佐脇に跨《また》がり、潜望鏡のようにおっ勃《た》ったペニスに自らの女芯をあてがうと、そのまま腰を降ろした。

ずぶずぶと肉茎が入っていく感触に、千春はそれだけでぶるぶると全身を痙攣させた。

「あんたは、本当はアソコで男のチンポを頬張るのが好きなんだろ」

ワザと下品な言葉を投げかけると、千春は、そんな……と言いつつ、腰をくねらせた。

ペニスの感触を貪《むさぼ》るかのように、前後左右に腰がくねくねと蠢く。それに合わせて、形のいい乳房もぷるぷると揺れる。

彼女の淫襞はぴっちりと佐脇の欲棒を包み込み、くいくいと締めてくる。

渚恵子とはまた違う魅力がある千春が、自分の上で躰を揺らせ、くねらせる様は、いやがうえにも劣情をそそる。

セックスは視覚と感触。まさに至言だ。

佐脇は、千春の見事な曲線を描く腰のくびれを掴んで、ぐいぐいと揺さぶった。

「もっと激しく動けよ。その方がアンタも感じるだろ」

「ひっ。はああっ」

千春はもう、なすがままの状態だ。和枝とのレズが、彼女が言った通りに長い前戯となって、佐脇が挿入しただけで、まさに触れなば落ちる、というほどの昂まりに達していた。

「じゃあ、一回戦のフィニッシュと行こうか。CMの後はじっくり二回戦だ」

佐脇はそう言って起き上がり、そのまま千春を押し倒して正常位になった。激しい抽送はこの方が案配がいい。

彼自身、濃厚な一発目を早く発射したかったので、エネルギッシュに腰を使い始めた、その時。

乱暴に玄関ドアが開く音がした。

「帰ったぞ！」

恒夫の声だ。

その瞬間、千春の全身が、恐怖のあまり硬直した。

「なんだこれは！　なんでこんなものがここにあるんだ！」

恒夫は、玄関先に脱ぎ捨てたバスローブを見とがめたらしい。どんなに鈍感な夫でも、玄関先にこれ見よがしにバスローブが脱ぎ捨ててあれば、よからぬ事態を予測するだろう。

「千春っ！　どこにいる！」

玄関から上がってリビングを確認し、階段をバタバタと上がってくる音と、佐脇が千春の上から飛び退いて服を着たのが、ほぼ同時だった。

怒りの表情の恒夫が寝室のドアを蹴破るように開けた時、佐脇はすでにスーツを着込み、平然とベッド脇のカウチに座っていた。ネクタイだけは締める暇はなかったが、それ以外はキッチリ身につけるという早業《はやわざ》だ。

「お前か。やっぱりな」

ベッドの上には、全裸のままの千春が、アクメ寸前で凝固《ぎようこ》していた。

恒夫は妻の裸身から目線を引っぺがして佐脇を見た。

「どうやらおれは、現場を押さえたらしいな」

恒夫は勝ち誇った。

「鳴海署のワースト警官、ついに年貢《ねんぐ》の納め時だ。これほどの不祥事をしでかした以上、お前は馘《くび》だ！」

そう言われた佐脇だが、平然として不敵な笑みを浮かべた。

「何の話だ？　おれは奥さんを助けたんだぜ」

「お前、頭は確かか？　国見病院でＭＲＩを取ってやろうか？」

恒夫は勝者のゆとりを見せるためか、ゆっくりと歩み寄った。

「タチの悪い間男は、たとえやってる現場を押さえられても、組体操をしていたとか、新式のヨガをしていたとか言い張るそうだが」

「……奥さんは、玄関先で倒れてたんだよ」

佐脇はじろりと恒夫を睨んだ。

「原因は知らん。しかし、バスローブ姿で倒れてたんだ。もしかすると、シャワーを浴び終わって、出てきたところで貧血を起こしたのかもな」

「おれは医者だ。素人が適当なことを言ってもすぐバレるんだぜ」

佐脇はニヤニヤと不貞不貞しい笑みを浮かべつつ、必死で言い訳を考えていた。バスローブ、ベッドの上で全裸、その横におれ、という三題噺《ばなし》をどうまとめるか。

しかし……コイツはどうしてこのタイミングで帰ってきたんだ？　おれは千春の罠にかかったのか？　いや、罠に掛けるとしたら、和枝の方だ。とすると、和枝もクローゼットの中におれが潜んでいたことを知っていたのか？

冷静さを装《よそお》いつつ、佐脇は猛スピードで頭を回転させていた。

しかし、名解答は千春からもたらされた。

「私は……和枝さんとしていたのよ。それで和枝さんが帰って、見送って……」

「えっ！」

思わず驚きの声を上げたのは、恒夫ではなく佐脇だった。

この女は、和枝とのレズ関係を、こんな形でカミングアウトしてしまった！

しかし、佐脇が驚くのはまだ早かった。

「和枝さんといつものように……そういうことをしていただけよ」

恒夫はそのこと自体に驚く様子はなく、疑わしそうに鼻を鳴らした。

「ふむ。和枝とね……」

なんということだ。千春と和枝のレズ関係は、夫公認だったのか。

「知らなかったろう。女房はレズなんだよ。正確に言えば、両刀遣いだが」

恒夫は妙な具合に、自慢するでもなく恥を告白するでもなく、佐脇に言った。

「私が忙しすぎて相手にしてやれないことが多いからな……まあ黙認だ」

だが、と恒夫は付け加えた。

「この状況は、どう見ても、相手はお前だ」

外科医は佐脇を指さした。

「検査すれば、千春の性器からお前の体液が検出されるのは間違いない。しつこいようだが、おれは医者だぞ」

夫はそう言うと、枕元のティッシュを一枚抜くと、妻の秘部に押し当てた。

「DNA鑑定でもなんでもしてやる」

そう言われても、佐脇は突っ張るしかない。

「ご自由に」

「この結果が出次第、お前を鳴海署に訴えてやる。覚悟しておけ」

「それは結構だが、姦通罪は今の日本にはないからな。民事で訴えるとか？　警察は民事に不介入だぜ」

「その、あれだ。民事でお前を訴えるのと同時に、自分のところの職員がしでかした不祥事について、鳴海署とT県警に厳重に抗議してやるという意味だ！」

「それは結構。気の済むまでやってくれ」

それでは、と佐脇はカウチから立ち上がった。ようやくペニスの勃起も収まって、立ち上がっても不自然ではなくなったのだ。

「奥さんを助けたのに、ずいぶんな言われようだな」

自分が口にした言い訳は、通さなければならない。

佐脇はあくまでも悠然を装って階段を下り、玄関から出た。

訴えるなり抗議するなり好きにすればいい。だが、こっちも身を守るためには手段を講じておく必要ができてしまった。

佐脇は、西山恒夫の身辺について、あれこれ調べておかねばなるまい、と算段した。

*

「よんどころない事情ができた。悪いが、千春の亭主の身辺を調べて欲しい」

例によってとんでもない騒音の中で飲み食いする店『ハード・ロック・パブ』で佐脇は美知佳に仕事を依頼した。

「これは正式な依頼だから、きちんと礼はする。別途経費も払う」

「西山恒夫の、何を調べるっての？」

美知佳はバネのお化けみたいなものを一生懸命握りながら訊いた。

「ところで、さっきから気になってたんだが、お前、何やってるんだ？　それ」

師匠に訊かれて、美知佳はにやり、と笑った。

「自分の身は自分で守れって、師匠は常々言ってるよね。日頃から鍛錬しろって。だからこうして鍛えてるわけ」

握力を鍛えて、それが即戦力になるのか疑問だったが、美知佳なりに自分の教えを実行しているのを知って、佐脇はちょっといい気分になった。

「で、具体的に、何を調べればいい？」

「さしあたっては、あの男のこれまでの職歴と賞罰だな。アイツの弱みを握りたいんだ」

佐脇がそう言うと、美知佳はハハ〜ンという顔になった。

「だから、あのヒトに手を出すなって言ったのに」

「そんなこと、言ったか？」

「言ったかどうか覚えてないけど、相談相手とやっちゃうなんて、送り狼《おおかみ》もいいとこじゃん」

弟子のコムスメに説教されて、佐脇はムスッとなってハイボールを呷った。

「まあな。お前の言うとおりだ。正直、面倒なことになって後悔している。あの西山って医者は消化器外科が専門で、東京の病院から引き抜かれたらしいんだが、普通、いくらカネを積まれても、腕が良ければこんな田舎のローカル病院なんかに来ないだろ。今は医者が足りないんだし、都会の病院からいくらでも声がかかるだろうに」

「だから、そのへんに弱みが潜んでるんじゃないかってコトね」

美知佳はビールを飲みながら考えていた。

「……そういや、医者のデータベースみたいなのがあったなあ。医者の中でも一握りの人間しかアクセス出来ないってヤツ。医学関係者のブラックリストというか、表沙汰になってない、裏で処理されたり揉み消されたりした不祥事を集めたデータベースがあるのよ。妙な医者を採用しないためのものかな。医療ミスで患者を殺したとか、事件を起こして警察沙汰になったとか、ヤクザとつるんでるとか、ま、その手の、表には出せない情報がギッシリ詰まってるの」

「それはいい。そいつに得意のハッキングで入ってみてくれよ」

軽く言う佐脇に、美知佳は無理、と首を振った。

「すでにもうやってみたんだけどダメだった。千春さんの件で、あのドメ夫《おっと》の不利な材料がないかと思って」

「なんだそのドメ夫ってのは？」

ネットにどっぷり浸かって生活している美知佳の使う言葉には、時々佐脇には判らないものがある。

「ドメスティックバイオレンス夫。家庭内暴力夫をドメ夫っていうの」

そう言ってビールを飲み干した美知佳は、すっくと立ち上がった。

「実家行ってくる」

「どうして？　お前、あの家には二度と足を踏み入れたくないとか、一生敷居をまたぐことはないとかって言ってなかったか？」

「だって仕方ないじゃん」

美知佳は不貞腐れた。

「自分のPCからハッキングしてアクセスしようとしても撥《は》ねられるんだから。思った以上にセキュリティが凄いのよ。医者の中でも変質的にオタクなヤツが、これでもかってセキュリティを仕掛けまくってる感じで。アクセスに使うマシン情報を登録してあって、それ以外のマシンからは、絶対に入れないのかもしれないし、とにかく私のところからじゃ入れないのよ」

「それは有り難いが、お前、実家に帰ったりして大丈夫か？」

美知佳は子供の頃から実の兄にひどい家庭内暴力を受けて育ってきている。しかも思春期を迎えてからは、その兄は美知佳の身体に目をつけた。もとより親は一切助けてくれなかった。美知佳を犯そうとした兄を、跡取り息子だからと母親が徹底して庇い、父親も見て見ぬフリだった。トラウマがあるに決まっているのに、その実家に自分から行くと言うのだから、佐脇としても気軽には送り出せない。

「仕方ないじゃん。師匠のためだもん。アンタ、状況的にかなり詰んでるって自分で判ってる？　あの暴力医者に不倫で訴えられたらヤバいよ。ったくあんな相談女にほいほいと手を出すからこんなことに……」

「判ってるよ、そんなことは。だが判っちゃいるけど人間だもの、ってやつだ」

相田《あいだ》みつをだか植木《うえき》等《ひとし》だか判らないセリフを佐脇は口走った。

「で、さ。ついては大型のバイク借りられない？　出来ればマフラー外して、凄い爆音のするやつがいいな」

美知佳は取ったばかりだという『大型限定解除』の免許証を佐脇の目の前に突き出した。

この子が何を考えているか判らないが、自分のためにひと肌脱ごうとしていることは理解出来る。

「諒解した。知り合いのバイク屋に手配しておく」

佐脇はその場から、以前、交通違反を揉み消してやったバイク屋に連絡を取った。

真夜中の鳴海が誇る高級住宅街・鳴海ハイツに、けたたましい爆音が響き渡った。

真っ赤なハーレー・ダヴィッドソンＸＲ750の改造車だ。マフラーを弄《いじ》ってあるようで、ハーレー独特の、どどどどというエンジン音がいっそう物凄く響く。

そう遠くない区画に西山恒夫の豪邸もある、この上品な住宅街に、十キロ先からでも聞こえるようなエンジン音を轟《とどろ》かせて走るこのハーレーは、完全に場違いだ。

辺りのすべての家の窓に明かりがともってカーテンが開き、何事かと住民たちが外を窺《うかが》った。

ナナハンの大型バイクは、モダンな外見の二階建ての屋敷の前まで来ると、これ見よがしにばうん！　と最後のだめ押しのように、大きくエンジンを噴かして止まった。

住宅会社のカタログに出てきそうな美しいデザインの屋敷からは、中年の女が転がるように飛び出してきた。

「ちょっと……あなた、人の家の前で、こんな時間に、ご近所の迷惑じゃありませんか！いったい何を考えて……」

黒い革の上下に身を包んだライダーがバイクに跨《また》がったまま、フルフェイスのヘルメットを外してヘアスタイルを手で整えた。目一杯、顔中につけたピアスに、さながら歌舞伎の隈取りのような、おどろおどろしい目の化粧。そしてジェルで固めてつんつんと立たせたヘアスタイルとくれば、まさに絵に描いたような正統派パンクのいでたちだ。

「やあ、オバサン」

美知佳は自分の母親に、馬鹿にしたような挨拶をした。

屋敷は、美知佳が家出した時よりも建物は古びている。一応体裁は整って美しいデザインの家だが、庭木や壁の汚れなどに、微妙に投げやりな、荒廃した気配が漂っている。母親も、身体が一回り小さくなったように思えたし、着ているものも妙にババ臭い。

こんな冴えないおばさんをあたしは憎んでいたのかと、内心身構えて肩を怒らせていた美知佳はかなり拍子抜けした。だが、母親のヒステリックな口調だけは全然変わっていなかった。

「美知佳！　あなたなのね？」

母親はヒステリーの発作《ほっさ》を起こす寸前だった。

「年頃の女の子が勝手に家を出て……お母さんは許しませんよ！　今ごろ勝手に帰ってきて、しかも、こんな形で……ご近所の手前だって、お父様の体面だって」

母親は怒りのあまりか、しどろもどろになっている。

「なんだよ、こんなエンジンの音ぐらい。あんたが世話してるあの暴力男が毎日毎晩、物を壊したり壁殴ったりアタシをぶちのめしたりしてた騒音に比べれば、カワイイもんだと思うけど？」

「な、な、な」

母親は怒りで言葉が出ない。

「知ってる？　あの頃、あいつが暴れるたび、近所の人から『ま〜た始まった』みたいに言われてたこと」

「なっなっ何を……」

唇をわなわなと震わせ、今にも泡を吹いて失神しそうな母親は、やっと美知佳を平手で打とうとしたが、パンクな娘はひょいと身をかがめて軽くかわすと、すたすたと勝手に家の中に入ってしまった。これも、佐脇にときどき護身術の手ほどきを受けている賜物《たまもの》だ。

「それよりオバサン、なんだかいろいろダメダメになってるねえ」

玄関の明かりに照らし出された母親は、身だしなみこそ一応きちんとしているが、殴られた痣らしきものが頬にあり、見るからに悴《やつ》れている。

この家でも相変わらずＤＶか、と美知佳はうんざりした。自分が出て行ったあと、『美知佳の兄と称する男』の暴力の矛先《ほこさき》は、この女に向かっているのだろう。そして、父親は相変わらず見て見ぬふりどころか、家庭内のあれこれには完全無視を決め込んでいるのだ。

周りから『幸せな医者一家の妻』と見られていると思えば、殴られた痛みもどこかに消えてしまうのだろうか。西山千春も、この『美知佳の母親を自称する女』も同じだと思うと、美知佳は余計に腹が立ってきた。

「あんたさあ、そんなに近所の手前が気になるんなら、まず、年がら年中八つ当たりして物壊したり投げたり壁殴ったりしてる、あの穀潰《ごくつぶ》しをなんとかしろっての。あんたがいくら取り澄ましたってきっと近所中に音聞こえてるよ？　今でも笑いものになってるって判んないの？」

「なっなっなっ……なんてことをっ！　お兄ちゃまは勉強が大変だからちょっと神経が立

っているだけなのに……あなた妹でしょ？　家族でしょ？　勝手に出て行ったあげくに、よくも……よくもそんなに酷いことを」

きいぃっと叫び出すかと思ったら、母親は意外にも泣き出しそうになった。しかし美知佳には、この女を冷たい目で見ることしか出来ない。

なんかこのヒトもずいぶん迫力がなくなったな。こうも気が弱くなったのは、多分、毎日『兄を自称する男』に殴られているからなんだろうな、と冷静に思ったが、だからと言って同情したりいたわる気持ちなどまったく起きない。

「で？　あんたの大事な『ヒデくん』は相変わらず？　医学部、今年も駄目だったんじゃないの？　もういい加減に見切りつけて、普通の大学に入れるなり就職かバイトさせる方がいいと思うけど？　いや、あんたらがアイツを一生飼い殺しにして養《やしな》ってやるつもりなら、別にとめないけどさ」

美知佳としては自分の家族、いや『家族を自称する者たち』については正直、救いようのない馬鹿だと思っている。だが事態が悪化して鳴海署のお世話になったりするのは嫌だ。

「ねえ、壁の穴とか増えてない？　あいつの暴力、エスカレートしてるんじゃないの？　もう、見栄《みえ》張らずに、どっかに泣きついたほうがいいよ。万が一医学部に合格しても、あいつのあの性格で医者が勤まる？　光の速さで患者殴って警察沙汰だよ」

「美知佳……それは、あなたがヒデくんに……その、ちょっとぶたれたりするのを黙って見ていたことは、お母様、今では悪かったと思ってるけど、でも、あなたたち、きょうだいじゃないの？　ヒデくんにも悪気なんかなかったのに。よくあることでしょ。仲がいいからじゃれ合うみたいな」

「じゃれ合う？　腕とかアバラ折っても、自称家族だったら『悪気ない』で済まされるんだ？」

まったく変わっていない母親の考え方に、美知佳は呆れた。いや、こうだろうとは思ってはいた。母親にとっては跡継ぎの兄だけが大切な存在で、可愛いのだ。それはイヤと言うほど判っていたのに、もしかして多少は変わったかという甘い期待をした自分が愚《おろ》かだった、と美知佳は自分にも腹が立った。

「もういい。あんたにも、あの『女殴るしか能のない、万年医学部落ち続けてる穀潰し』にも用なんかないから。用が済んだらもう二度と来ないから」

美知佳はそう言い捨てて、とんとんと階段を上がって『自称』父親の書斎に入ろうとした。この部屋に、例の、極秘情報が詰まったデータベースにアクセス出来るパソコンがあるのだ。

が。

突然、怪物のような奇声が聞こえたかと思うと、二階の一室のドアがバーンと勢いよく開き、妖怪映画に出てくるような奇形人間が飛び出してきた。

形相が変わり果てた、兄だった。合格する見込みもまったくないままに、医学部の受験勉強だけを自室に籠って続けているこの男は、もはや精神だけではなく、肉体までもが奇怪な様相を呈しつつあった。

どす黒い肌に顔を覆う長い乱れ髪。ストレスのせいか自ら切り裂いた服。まるで家庭内浮浪者だ。

「あんた、生きてたの。まだ無駄なことしてるの。大変だね、無理なことさせられてさ」

美知佳は、煽るように言った。さっきも、自称『兄』に聞かせるため、美知佳は『女殴るしか能のない、万年医学部落ち続けてる穀潰し』とわざと大声で言ったのだ。

「ダマレ！　この腐れマンコ！」

錯乱《さくらん》した『兄』は美知佳に殴りかかってきた。だが美知佳は、以前の、なすがままに暴力を受けていた無力な少女ではなかった。

部屋に閉じ籠り、本とペンより重いものなど持ったことがない『兄』の右腕を摑むと、美知佳はその腕を、思い切り背中に捻り上げた。

「痛い！　痛い痛い！」

『兄』は思った以上にヒヨワですぐに悲鳴を上げたが、美知佳は構わず、反動を付けていっそう上まで捻りあげた。ここのところずっと、絶えずグリップマシーンを握って握力を強化しようとしてきた、その成果だ。

ごきり、という音がして美知佳が手を離すと、『兄』の右腕はぶらりと垂れ下がった。

「おおおっ、折れた！　腕が折れた！」

『兄』は右腕を抱えて背中を丸め、痛みというより驚愕《きょうがく》の絶叫を上げた。

「ななな、なんてことしてくれたの！　ヒデくんは勉強しなきゃいけないのに、腕が折れたらペンが持てないでしょッ！」

母親も一緒になって喚《わめ》いた。

「ばーか。関節を外しただけだよ。接骨院にでも行って塡《は》めて貰いな」

美知佳はバカにしきって鼻先で嗤《わら》うと、丸まった兄の背中に回し蹴りをお見舞いした。

「わ」

完全に弱者と化した『兄』は、バランスを失ってドシンドシンと階段から転落してゆく。

「ヒデくんっ！」

息子が何より大切な母親は、異形のものと化した男を助けに階段を駆け下りた。

美知佳は、その隙に父親の書斎に入ろうとしたが、ドアには鍵がかかっていた。

ええい、面倒だ。

美知佳は太腿を胸に引き寄せ、思い切り反動をつけた足で、ドアを蹴った。普通の木製のドアだから、蹴るとひとたまりもなく壊れた。後のことなんか知ったことか。

部屋の中央にある重厚なデスクには、ほとんど使わないので一世代前のまま買い換えていないパソコンが鎮座していた。古いマシンだが美知佳が電源を入れると正常に立ち上がった。

お目当ての秘密のデータベースはすぐに見つかったが、三通りのパスワードを入れなければアクセス出来ない。

思いついた単語をいくつか入力したが、通らない。

人間としても父親としても完全に失格だが、さすがにそれなりの地位にある男だわいと彼女はムカつきつつ、デスクの引き出しを開けてみた。

と、そこにはパスワードらしき文字列が綺麗に書かれた紙が貼ってあった。すぐに忘れてしまうから、メモを貼っておいたのだろう。錯乱した『兄』は父親だけは恐れているので、勝手にこの部屋に入ることはない。ドアを蹴破ったりもしないだろう。

三通りのパスワードを入力し、データベースにアクセスした美知佳が検索をかけると、幸いなことに『西山恒夫』については、いくつかのデータがヒットした。医者の不祥事データベースに名前があるということは、どうやら清廉潔白《せいれんけっぱく》ではないらしい。

美知佳はポケットから取り出したＵＳＢメモリーにパソコンの中身をすべてコピーすると電源を落とした。

階段の下には、痛い痛いと泣きわめき、完全に幼児退行した『兄』と、必死に介抱している母親がいた。

「ちょっと退《ど》いて。邪魔なんだよ」

涙目の鈍い表情で見上げる『兄』を邪険に蹴飛ばして道を空けさせ、美知佳は出て行こうとした。

「あああ、アンタって娘は……もうこの家には来ないで！」

母親が半狂乱になってヒステリックな声を上げている。

「ああ、もう来ねえよ！　こんな化け物屋敷」

彼女はドアをぴしゃりと閉め、ハーレーに跨がった。これみよがしにエンジンを何度もたっぷりと空ぶかしすると、それこそエンジンの音高らかに、実家を後にした。

第四章　究極の弱者

悪夢にうなされた『彼』が目を覚ますと、相変わらず潮騒《しおさい》の音が聞こえていた。無事に朝を迎えることが出来て嬉しいと思うようになって何日が経つだろう？

ここは、T県の鳴海市だと聞かされているが、周囲は海だ。

自分は今、孤島にでもいるのだろうか？　小屋の窓から見える景色は、崖の下に打ち寄せる海と、切り立った山々の緑だけだ。

外に出てみても、建物から少し歩くと断崖絶壁で地面は途切れている。その下は海だ。背後にも山があり、そこに細い獣道のようなものが、あることはある。他にすることもないから歩いてみたが、鬱蒼《うっそう》と茂る木や草が道を塞ぎ、陽の光を遮《さえぎ》って薄暗く、そのままの状態が延々と続いている。猛獣とはいかなくても野生の動物が潜んでいて襲われる恐怖があった。そのうちに道自体が途絶え、生い茂った木々に行く手を阻《はば》まれてしまった。これ以上は、鉈《なた》か山刀《やまがたな》でもなければ進むことは難しいが、小屋にそんなものはない。仕方なく引き返した。

その道を進めば人家があるのかもしれないが、ないかもしれない。昔は人が住んでいたが今は無人島状態の島が日本にはたくさんあると、テレビの番組で見たような気がした。絶望するのがイヤだから、決定的なことは知りたくない。

トイレやシャワーはある。ということは、とにかく水は確保されているということだし、とりあえず電気も来ているから冷蔵庫も使える。その中には調理済みの食品と、飲み物もたくさん入っているので、レンジで温めれば食事に不自由することはない。

ということは……。

やはり、この近くには人が住んでいるのだろうか？

そう思って、小屋の周囲を調べてみたが、見つけたのはエンジン式の小さな自家発電機と地下水を汲《く》み上げるポンプだけだった。

彼は、それ以上考えるのを止めた。真実を知るのが怖くなったのだ。もしもここが絶海の孤島で、無人島だったら……。

ただ、絶望することもない、と思い直した。窓外に広がる海には漁船や貨物船が行き交っているのだ。いざとなったら、なんとかして船に知らせればいい。

ここに来て、二週間が経とうとしている。さしあたっては、生活に不自由することはない。だが、監禁同然の状態だ。テレビがないから、外のことは判らないし、ここに来た時に携帯電話を取り上げられてしまったから、連絡の手段もない。

なんだか、悪い予感がする。あの男は言った。

「いろいろ段取りがあるんで、ちょっとここで待機していてくれないか。ホテルみたいなところだと、ちょっとマズイんだ」

何がどうマズイのか知らないが、まあいろいろあるんだろうと、その時はあまり気にせず、船に乗せられた。その後、なぜかひどく眠くなり、気がついたら一人でここにいた。

体調も、いいとは言えない。

入院して手術を受け、仕事が出来ない間の生活の保証はする、というあの男の約束は今のところは守られている。だが、その「生活の保証」が、こんな形だとはまったく思っていなかった。それでも五日前までは、あの男が定期的にやって来て、なにか足りないものはないか、と食料品などを運んできたのだ。

だが、その訪問も、突然、途絶えてしまった。

いよいよ食料がなくなった時は、ここを脱出するしかない。しかし、船はなく、人里に通じているかさえ不明な背後の山には、恐ろしげな道が待ち構えているのだ。そして、おそらく、自分がここにいることを知っている人間は、あの男以外には、いない。

あの男に何かがあって、来なくなったのだとしたら……。そのうち食料が尽《つ》きて、ここで餓死することになるのか。

いや、その前に、この体調の悪さでは、このまま放置され、病院で治療を受けられなかった場合、ひどいことになってしまいそうな予感がある。今でも微熱があるようで、少し動いただけで激しく疲れる。吐き気までするようになってきたから、昨日からは殆ど寝たきりだ。なにかの病気か、それとも『あの手術』の後遺症か合併症なのかよく判らないが、このままだと死んでしまいそうだ。

自分の存在を誰も知らない。ここにいることを誰も知らない。誰も助けてくれない。発見された時は白骨になってるんじゃないのか。

そんな嫌な考えが振り払っても振り払っても頭に浮かぶ。

このまま誰にも知られないまま、ゆっくりと死んでいくのかと思うと、気が狂いそうになる。

小屋には、数種類の酒があった。焼酎に缶ビール。軽いとはいえない手術の後だけに、酒は控えておくべきだと思って飲まないようにしてきたが、今は酔わずにはいられない。

酒を飲んで眠ることで、恐怖を忘れようとした。しかし浅い眠りで見るのは悪夢ばかり。この崖の上に建つ小屋に閉じ込められたまま意識をなくし、命も失い、やがてゆっくりと腐っていく自分、という夢ばかり見る。現実とあまり変わらない夢では、眠っても逃避にはなりそうもない。

彼は、天涯《てんがい》孤独の身の上だった。彼がまだ中学生の時に、ギャンブルで借金を作った両親が失踪して音信不通になった。ある日学校から帰ってくると、家の中がカラッポになっていた。家財道具が洗いざらいなくなり、両親も消えていた。もとより兄弟はいない。親戚をたらい回しされたあげくに児童養護施設に入れられたが、その出来事を境に、彼の性格は一変してしまった。

無口で暗くなった彼は、他人と打ち解けることもなかったので、友達を作ることもないまま、施設を出て職を転々とした。派遣先の寮や、派遣会社が用意したアパートで暮らしたので、仕事先が変われば住む場所も変わる。派遣先が変われば、そこですべての人間関係も終了になる。

思えば、あまり良いことのない人生だった。それでも、こんな形で終わるのは嫌だった。

助かりたい。ここから出ていきたい。借金がたくさんあっても、彼女なんか出来なくても、友達なんか誰一人いなくてもいいから、それでも生きていたかった。

休みの日に、唯一の趣味の「乗り鉄」をして車窓を眺めながら駅弁を食べたあの頃は、なんて幸せだったのだろう。

……こうなったのも、元はと言えば、乗り鉄で使う、安くていいデジカメが欲しくて買い物に行った秋葉原《あきはばら》で、キャッチセールスにひっかかったのが始まりだった。

「彼女にすてきな絵をプレゼントしたらどうかしら。きっと喜びますよ」

路上でそう話しかけられて、イルカをエアブラシで描いたような絵を見せられた。

「彼女なんていないですよ」

と彼が答えると、相手の女は、

「えっ？　信じられないですぅ。みんな見る目ないんですねぇ。あなたホントにいい人に見えるし、磨けば光る原石みたいなっていうか。私には判るんです。私ってほら、毎日こうして大勢の人と話してるじゃないですか？　だから自然と、その人を見抜けるようになったんですよ」

見るからにケバい女なら、典型的な押し売りキャッチだと彼も警戒しただろう。しかし、彼に一生懸命話しかけてきたのは、一見清純そうで真面目そうな、女子大生風の女の子だったのだ。

「ほんとに彼女いないのなら、あたし立候補しちゃっていいですかぁ？」

冗談めかしてはいたが、そう言って上目遣いで見上げられると、彼は心を射貫《いぬ》かれてしまった。なんせ、女についての免疫《めんえき》がまったくないのだ。人付き合いに臆病で男友達も作れないような彼に、女友達など存在したことはなかった。

「一日コーヒー一杯我慢するだけで買えちゃうんですよ。この絵、アメリカでは『幸運を招くハッピー・ピクチャー』と言われて珍重されてるんです。だからアメリカで買うと高いです。でも、この絵を描いた画家が日本が大好きだから、特に安く提供してくれてるんです。この絵を買えば、彼女も出来てプレゼント出来るんです！」

そんなお約束のセールス・トークに、彼は参ってしまった。冷静に考えればあり得ないことなのに、彼女の笑顔や、ジャケットの下で健康的に盛りあがるブラウスの胸元を見ていると、こんな彼女が自分にも出来て、狭いアパートで仲よく並んでこの絵を眺めている光景が目に浮かんでしまったのだ。

一日コーヒー一杯のお金も、毎月となるとかさむ。仕事のない日が続いたり、風邪を引いて寝込んだりして日割り計算の月給が激減したりすると、消費者金融に手を出した。それでも払えなくなって、絵のローンと借金の返済が雪だるまのように膨らんでいった。その雪だるまは一気に大きくなって、気がつくと返済不能な金額に達していた。

にっちもさっちもいかなくなった彼を、絵のセールス会社の眼光鋭い男が連れて行ったところが、いわゆるヤミ金融のオフィスだった。

そして渋谷《しぶや》の裏通りにある、その闇金の事務所で、彼は『あの男』に会うことになった。緊張して恐怖すら感じている彼に、あの男は気さくに話しかけてきた。彼の名前をちゃん付けで呼び、十分も経たないうちに十年来の友人のような親密さで話すようになっていた。

「そうだ。こんなところで話すのもナンだから、ちょっと飯でも食いに出ようよ」

あの男と二人で、闇金の事務所近くにある寿司屋に入った。正直、回転寿司だって数えるほどしか入ったことがない彼にとって、目の前の、白木のカウンターの向こうに寿司職人がいる店は生まれて初めてだった。

　大トロにウニにイクラに穴子にエンガワに、と勝手にオーダーしてくれた男は、彼に熱《あつ》燗《かん》をお酌してくれた。

「どうしても今月末までに金を詰める、ってコトなら、ウチで用立ててもいいんだけどさ、利息もつくことだし、これ以上借金が増えるのはよくないと思うんだが、どうだろう?」

　男は親身に彼の生活を案じている、と言った。

　この男の気さくでフレンドリーな態度と、自分のことを心配してくれるという温かさに、彼は完全に心の鎧《よろい》を脱いでいた。会って間もない相手に、これほど心を許したのは、初めてだし、彼自身も不思議だった。彼は、それほど人間関係に飢《う》えていたのだ。

「ウチが闇金だって知ってるよね? さっきの絵のセールスの男も、それを知ってて、あんたを連れてきたんだ。あいつらは、自分のところの売掛金さえ回収出来れば、客がどうなろうと知ったこっちゃないからね」

　男は彼の目を見て、きちんと話してくれた。それがとても嬉しかったので、男が言うことを頭から信じる気になっていた。闇金は金を貸すのが商売なのに、借金するのはよくないと言ってくれているのだ。

「でも……おれの親は行方不明だし親戚は知らん顔だし、友人もいないから……こちらで借りるしかないんです」

　彼がそう言うと、男の目が光った。

「どうだろう？　あんた、ここで人生、一発逆転してみる気はないか？」

「一発逆転？」

「そうだ。あんただって、その気になれば大金を掴んで、一気に勝ち組に入れるんだよ」

「え？　そんなうまい話があるんですか？」

　美人キャッチセールスに騙されたとはいえ、彼は彼なりに苦労して、これまで生きてきたのだ。世の中に「うまい話」はそうそう転がっていないことは身に染みて感じていた。

「まあ、普通はそう考える。だが、うまい話は実際にあるんだ。あっても、そんな美味しい話を言いふらす馬鹿はいない、それだけのことだ。儲け話は秘密にして、なるべく独占したい、と、あんただってそう思うだろう？」

　ならばどうしてこの男は自分に「美味しい儲け話」を持ちかけたのだろう？

「つまり、この話に乗るには、なんというか、条件が必要なんだ。絶対に秘密を守れる。それが第一の条件。あんたにはそれがあると見込んだから、こうして話をしているんだ」

　あんたが天涯孤独だと言った、それが最高の条件なのだ、と男は続けた。

「絶対に秘密は守ると誰もが言うが、たいがいは身内にバラす。親兄弟や奥さんや恋人に。しかしあんたは天涯孤独な身の上だと言った。自分の身の回りには誰もいない、友人もいない。そう言ったよな?」

　彼が頷くと、男は小さく、重々しい口調でぼそりと言った。

「大金が入ってくる仕事っていうのは……あんたの腎臓を、売ることだ」

　ぼそりとした口調が、余計にコトの重大性を示しているかのようだった。

「人間の臓器はだいたい一つしかない。心臓も胃も腸も肝臓も。一つしかないものは売れない。売ったら死ぬよな?」

　ここで男は笑った。邪気のない笑みで、重い話を聞く気分を巧《たく》みにほぐした。

「でも、腎臓は二つあるからね、一つなくなっても大丈夫なんだ。取っても何の問題もない。片眼や片肺を売るって手もあるが、肺は手術が難しい。それに何と言っても、今は腎臓が物凄く必要とされているんだ。言ってる意味が判るかな?」

　腎臓移植を望む人が非常に多いため、健康な腎臓は、売り手市場で、非常な高額で取引されているのだ、と男は言い切った。

「片方あればなんとかなるんだから、この際、一つを売って、借金をすべてチャラにした上に、自由に使えるカネを手に入れるってのはどうかな? たとえば明日がどうなるか判らない派遣の仕事はやめて、大学に入るなり資格を取るなりして、生活を立て直すことだって出来る。決まったアパートに住んで、彼女を作って結婚して……」

　男が口にし、彼の目の前にぶらさげたものは、彼がまさに思い描いていた、『夢』そのものだった。

自分にはとても手に入らないと諦めていた夢が、腎臓を一つ売ることで手に入るなら。それで人生をやり直せるなら。

「腎臓は、一つ残っていれば大丈夫なんですよね？」

念を押すように訊いた彼に、男はオレを信じろと言うように大きく頷いた。

彼はまず、腎臓摘出のための検査で、新宿の病院に入院した。ここは場所柄、撃たれた、刺された、斬られたなどの物騒な急患が多くて、さすがヤクザが使う病院だ、と妙な感心をした。

だが、「そんなうまい話に乗っちゃダメ」と忠告してくれた人もその病院にいたのだ。

「この病院には、移植用の腎臓を提供する患者さんが多いのよ。どうして多いのか、判ってるけど、病院としては書類が整っていれば断る理由がないから、やるわけ。でも、腎臓移植って本当は凄く条件が厳しいの。手術自体はそう難しくないけれど、臓器の提供に凄く制限があるのよ」

厳しい口調で、腰に手を当てて喋るそのナースのことを彼は苦手と思いつつ、いつしか心待ちにしていた。口当たりの良い言葉ではないが、自分のことを本当に気に掛けて、心配してくれていることが、彼にも判ったからだ。もうちょっと時間があれば、彼女に説得されていたかもしれない、と思う。そうすれば危険な「一発逆転」など狙うことはなく、ここでこうして見捨てられ、死の恐怖に怯えていることもなかったのだ。

だが、ある日の午後、その新宿の病院で騒ぎがあった。入院患者の容態が立て続けに急変し、二人が死ぬという出来事があった直後から、そのナースは姿を見せなくなった。たずねてみても、霧島《きりしま》さんはやめましたよ、というにべもない答えが返ってくるだけだった。

今にして思えば、あのナースの言うことを聞いておけばよかった。そう後悔しても、もう遅いのだ。なんせ、鳴海に来て早々に腎臓摘出手術をしてしまったのだから。

時間を戻せるのなら、あの男に出会う前に戻りたい。いや、出会っても、ヤツの口車には二度と乗らないようにしたい。

今、こうして監禁されたも同然の状態になって改めて考えてみると、手術を受けたら高額の報酬を払うという約束も、万一、身体に不具合が出たらきちんと対処するという約束も、何ひとつ守られていないではないか。

一発逆転するための金は、まだ彼の手には渡っていない。借金はキレイにしておいたから、当面はもう大丈夫だとあの男は言うばかりだった。連絡してこなくなって五日も経つのだから、体調が悪いと訴えることも出来ない。

あの男が身に付けていた、太い金のチェーンやブレスレット、派手な服……。

冷静になって思い出してみると、あの男は限りなく怪しかった。自分は、ヤクザのカネ儲けに利用されただけなのだろうか。腎臓を抜かれて、借金は返せたのかもしれないが、人生大逆転の資金はおろか、こんな、誰にも知られない場所で、最悪、死ぬのを待つしかないのかもしれない。

なぜ、あの時に、あの男の怪しさに気がつかなかったのだろう。

親身な口調で話しかけられ、仲良くして貰って有頂天《うちようてん》になりつつ、心の片隅では、こいつには気をつけろという警告の小さな声が聞こえていた気がする。どうしてそれに耳を貸さなかったのだろう。

そういえば……あのメールはもう届いているだろうか。

彼は、鳴海に来る前に期日指定で出したメールのことを思い出した。たった一人、自分に本当に親身になってくれたあのナースに、彼なりに保険をかける意味で送っておいたのだ。

言葉はきついけど親切だったあのナースは、読んでくれただろうか……。

彼はかすかな希望を抱いた。読んでくれてさえいれば、救いの手を差し伸べてくれるかもしれない。

……いや、やっぱり無理だ。おれの出した意味不明のメールなんか、簡単に削除されて終わりだ。

彼は、少し考えて、諦めた。

神様、どうかここから出してください。もう一度、どんなにショボくても、苦労が多くても、借金まみれでも、家族も恋人も、友達もなくてかまいません、東京の、あの自分の住んでいた部屋に戻してください。いえ、部屋じゃなくても、もう一度自由になれるなら、ネットカフェの小さな部屋でもかまいませんから。もう二度と、ささやかな生活から抜けだそうなんて思いません。

彼は疲れ切った身体をベッドに横たえ、窓から見える、抜けるように青い空と海を眺めた。

世界はこんなに美しいのに、どうしておれはこんなことになってしまったんだろう……。

彼は、残りわずかになった焼酎を舐めて、ふたたび浅い眠りについた。

＊

「とにかくだ。この、透析ってもんは物凄く面倒なもんなんだよ」

本業に戻った佐脇は、国見病院の二階外来フロアにある透析室で、老人に話を聞いていた。

「一週間に三回、それも一回につき四時間も、こうして横になって管《くだ》に繋がれてるのを好きな奴はおらんだろ」

この老人は、岡部太郎。盗まれた自分の車で君塚を轢き逃げされた被害者だ。小さな身体だが元気いっぱいで好奇心も満点なのは、豊かな表情と口の達者さからよく判る。

「まあ、わしは年寄りで時間は充分あるが、若い人は気の毒だよ。大事な時間を取られちまうんだからな。ちょっと長い旅行にも行けないし、好きなものも食べられない。水分は制限されるんで、気楽に水も飲めない」

ちょっと狡猾《こうかつ》そうな顔の岡部老人は、佐脇を睨むように見た。

「あんたも気をつけな」

酒も煙草も漁色も美食も一切控えることのない佐脇は、老人の言葉に素直に頭を下げた。

「まあ、おれの願いは、病魔に倒れる前に悪いヤツの恨みを買って殉職《じゅんしょく》することですかな」

「ナニをバカなコト言ってるの！」

横で一緒に話を聞いていた巨乳の若い女・磯部《いそべ》ひかるが佐脇を一喝した。

「ひどいですよねえ？　これで刑事だっていうんですから、鳴海署も苦労しますよ」

歯に衣《きぬ》を着せぬ悪口だが、さらりと明るい口調なので老人は笑った。一般人とは違う、どこか華やかな空気を周囲に振りまいているひかるは、ローカル民放『うず潮テレビ』のリポーターとして地元では有名だ。ちょっとしたタレント的人気もある。佐脇とは、彼女がまだ女子大生だった時からの付き合いだ。同棲《どうせい》したり結婚寸前まで行ったり、喧嘩して別離寸前まで行ったりしつつ、事件のネタや捜査情報のやり取りと言ういわばギブ・アンド・テイクの関係にあるので、別れそうでなかなか別れない。今日は、彼女の大ファンだという岡部老人からいろいろ話を聞き出すために、ひかるに来て貰ったのだ。

「あんた、テレビで見るより色っぽいな」

まだまだ現役だというように、岡部老人はニヤニヤしながら、ひかるの巨大なバストの辺りを舐めるように見ている。ひかるも、ジャケットの下にはその巨乳ぶりを強調するようなピッタリしたTシャツを着用に及び、佐脇の事情聴取に協力する形だ。

「とにかく、一週間のうち半分はこの病院に来てるわけだから、車がないと不便なんだよ。ワシの保険じゃ通院のタクシー代は出ないんでな。まあ、透析そのものは健康保険が利くんで助かってるが」

そういいつつ老人の目は、佐脇からひかるのバストに繰り返し吸い寄せられている。老いても消えない男のサガか。

「透析は大変ですよね。私の叔父も透析受けてるんですけど、受ける前は元気なのに、病院から帰ってきたらガックリ疲れてて」

「透析は、二日間で溜まった尿毒素や水を四時間で一気に捨てる作業だからね、そりゃカラダに来るさ。いっぺんに四リットルだからね。かといってだらだらやると時間ばっかりかかるし」

「詳しいんですね」

巨乳の若いおねえちゃんに褒められて、岡部老人は得意になった。

「そりゃもう、ワシはもう透析やって二十年だからね、ベテランだよ。シャントだって」

「すみません。『シャント』って、なんですか?」

佐脇に話の腰を折られて、老人はムッとしながら、ほれ、とチューブが二本刺さった腕を突きだして見せた。

「この、管が刺さってるところが『シャント』。注射針じゃ細いんで、腕の太い動脈と静脈、橈骨《とうこつ》動脈と橈側皮静脈と言うんだが、それに透析のチューブを直接つなぐ場所を作ってあるんだ。手術してな」

そこまで説明すると、「まったく、やってられんよ。あーあ」と老人は大声でため息をつき、すぐ近くにいた看護師に「お静かに」と注意されて首を竦《すく》めた。

「ほい、また怒られた。おれはいつも怒られるんだ。しかし、することねえからなあ。ついつい喋ってしまうんだが」

そう言って、佐脇とひかるの方に顔を寄せると小さな声で言った。

「って、ホントだったら誰かから腎臓を貰って移植するのが一番いいんだ。透析の苦労から、いっぺんに解放されるんだから」

そうかもしれませんねえ、とひかるは深く頷いた。

「だがな、そうは問屋が卸《おろ》さない。日本じゃなかなか腎臓が手に入らないからな。原則として親族しか腎臓を提供することは出来ない。親族以外から貰おうとすると、物凄く面倒なことになる。強制されて提供するわけではないとか、金は絡んでいないとか、そういう証明が必要だからな。それにあんた、たとえ親戚だって、自分の腎臓を片方やろうという、そんなキトクなヤツがそうそう居ると思うか？　あんただって、二つあるものだから一個くれと言われても困るだろ。二つ必要だから二つあるんでな、人間の身体には無駄なものはないんだ」

そうですよねえと、佐脇は頷きかけたが、ちょっと待てよと顔を上げた。

「おかしいですね。臓器移植って、免疫《めんえき》がどうとかで、合う合わないがあったりするんじゃないんですか？　拒絶反応とか、いろいろ」

医学にはまったく疎い佐脇の質問にも、老人はよどみなく答える。

「今の免疫抑制剤は凄いんだよ。アカの他人の腎臓でも血液型が違っていても、移植出来るんだ。心臓なんかとは違って、腎臓移植は凄く簡単な手術になってるんだよ。凄く簡単と言うと語弊《ごへい》はあるけどな」

「詳しいですね……マジで」

磯部ひかるは、感嘆の声を上げた。

「ウチの局の論説委員なんか、腎臓と肝臓の違いも判らないのに」

「だからワシは透析始めて二十年のベテランだって言ったろ。自分の病気のことなら多少は勉強するだろ、普通」

でもな、と岡部老人はため息をついた。

「生体腎移植はほとんど不可能となれば、あとは誰かが死ぬのを待ってことだ。脳死でも心臓死でもな。いや、死んでもドナー登録されてなきゃ貰えない」

岡部老人は、佐脇とひかるをかわるがわる見た。

「だが……しかし、そういうのもちょっとな。結局のところ、誰かの命を戴くようなことになるんだから……そんな風に考えてはいけないと医者は言うし、こういう考え方のせいで腎臓の提供が増えず、移植も進まないと言うのも判るんだが……でも、ここまで来たら、ワシはもう、一生透析でいいんだ。ワシは老い先短いから、せっかくの腎臓は、もっと若い人に使って貰うほうがいいしな」

「詳しい上に、宗教的悟りを開いてらっしゃる……」

どことなくエロジジイを見るような目で岡部に対していたひかるの態度が変わった。

「だからな、あんた。自分の腎臓はくれぐれも大事にしろよ。判ったな」

親戚のじい様に説教されたように、佐脇はぺこりと頭を下げた。

「で、本題に戻るか。ワシの車のことだな。買ったばっかりの車でな。なのに盗まれて、ようやく見つかったと思ったら、盗まれている間に人を撥《は》ねていたとは、まったく縁起でもない。病院に通う車だってのに。こういう、精神的損害とでも言うのか、それは警察は補償してくれんのかね?」

「お気の毒ですが、犯人がまだ捕まらないんだろ? しっかりせい、警察!」

「だがその犯人がまだ捕まらないんだろ? しっかりせい、警察!」

人工透析の患者がみんな弱っていると思ったら大間違いだ。この岡部老人はかくしゃくとしている。

「ええ、我々も日夜奮闘しておりますので。今日もここにお邪魔したのは、犯人を捕まえるために、いろいろと詳しいお話を伺いたいわけで」

「そんなことは前に全部喋ったぞ。若いヤツに。別の若いヤツとか、数人に同じことを訊かれて同じことを喋った」

それはどうも、と佐脇は頭を下げた。悪党と女には強気で迫るが、老人は少々勝手が違う。しかも妙に元気な老人だと、距離感が摑めない。

「で、お聞きしたいのは、盗まれたあと発見された車が戻ってきて、なにか変わったところはなかったか、ということなんですが」

「そう言われてもなあ……」

岡部老人は首を傾げた。

「何でもいいんです。スイッチの設定が変わっていたとか、カーラジオが別の局になっていたとか」

そうだねえ、と老人は懸命に思い出そうとした。

「乗った時、シートの位置がズレてたな。ずいぶん後ろに下がってたんで、ぐいぐい前に動かしたよ。それと、ルームミラーのナニが」

「角度、ですか?」

「それそれ。それがずいぶん上になってたんで、下に向けた。その程度かな」

佐脇は話を聞きながら、持参した車両検分の報告書に目を落としていた。

「しかしそういうのは、警察が車を見つけた時に動かしたのかもしれんしな。それ以外はわしゃ知らんよ」

「あ、いいえ、有り難うございます。大変助かりました」

佐脇は丁寧に礼を言うと、ひかるを連れて透析室を出ようとした。

「なんだ、あんたら、もう帰っちゃうのか。ヒマなんだよ、ワシ」

「私は、岡部さんの車を盗んだ犯人を見つけなければいけませんので、忙しいんです」

「そりゃそうだな」

岡部老人は一度は納得したが、ひかるを指差した。

「この別嬪《べっぴん》さんはヒマだろ?」

「ごめんなさい、私も取材がありますので、これで……」

その代わりに、とばかりに、ひかるがぎゅっと手を握ってやると、老人は納得した。


「参ったわね」

廊下に出て、ひかるが話しかけたが、佐脇は黙って検分書を見ている。

「あの老人の身長、どれくらいだ?」

岡部はベッドに寝たままで事情聴取を受けていたが、普通サイズの病院のベッドの、爪先からベッドの端までが、かなり空いていた。

「小柄なお年寄りよね。百六十センチはない、という感じ?」

「そうだな。おれの見たところ、百五十六センチくらいだな。とすると」

佐脇が何を考えているか、ひかるには判った。

「盗んだ犯人は、背が高いってことね? シートの位置や、ミラーの角度を変えたってことは」

「盗難車が出てきた時、警察が検分する時は、シートの位置なんかは変えないはずなんだ。よほど新米の鑑識がうっかりやってしまうかもしれないが……いや、それはないな」

佐脇が手帳にメモしながら歩いていると、ひかるは「気が滅入っちゃう」と漏らした。

「どうした？　また局でエロ上司にセクハラされてるのか？」

「違うよ。岡部さんのこと。というか、人工透析のこと」

ひかるの顔には思い悩む色が表れている。

「透析が大変だって話か？　どうせ、年寄りが大袈裟に言ってるだけだろ」

「ううん。そんなことない。岡部さんの言う通りなのよ。人工透析より移植の方が絶対にいいのは判りきってることなのに。コスト的にも、健保の国の負担を考えても」

「だけど、腎臓の提供が決定的に少ないんだろ？」

「そもそも、腎臓移植の技術が飛躍的に進歩してることを知らない人が多すぎるの。病院も患者にあんまり教えないから、患者さんは自分で調べてやっと判るのよ。だから、腎臓移植の件数が伸びないのも当然でしょ？　みんな本当のことを知らないんだから。腎臓を傷めたら人工透析するしかないと思い込んでるんだから」

「いやしかし、そうは言っても、腎臓が手に入らないんだろ」

「だから。日本の医学界は、そうなるようにワザと仕向けているところがあるのよ！　腎臓移植より人工透析をやりたいのよ、病院は」

ひかるは佐脇に相対して、キツイ調子で言った。

「何故だか判る？　人工透析利権があるからよ！」

おいおい、ここにも利権かよ、と佐脇はウンザリした。

元々、日本は利権カントリーだと思っている。何かしようとするたびにワイロが必要な中国を笑えない。日本では、金が絡むすべての事柄に利権があり、それを守ろうとする既得権益者が存在する。

「病院としては、手術で腎臓病を治してしまうより、人工透析で死ぬまで通院させるほうが儲かるでしょう?　そういう病院の儲け主義の有形無形の圧力で、腎臓移植はなかなか進まないのよ」

「……病気の治療にまで利権かよ。最低だな」

佐脇は思わず吐き捨てた。

「マスコミにだって利権はあるけどね。馬鹿みたいに安い電波料で放送してる民放だって既得権益を必死で守ってるのよ。それでいて、他人の利権を攻撃してるわけだけど」

どっちもどっちだけどね、とひかるは憤慨し、佐脇も不快さを押し隠した仏頂面で病院の廊下を歩いていると、階段の方に何やら不穏《ふおん》な気配がある。押し殺した声だが、女同士が激しく言い争う様子だ。吹き抜けの階段室だから、小声でも反響して、思いのほか、はっきりと聞こえてくる。

ひかるをそっと制して、佐脇一人が階段の踊り場の死角を狙い、忍び足で近づいてみると、そこにいたのは看護師の渚恵子と、小柄で小麦色の肌をした、アジア系らしい女だった。恵子は佐脇に背を向けた形で立っており、アジア人の女の方も言い争いに夢中で、周囲のことは目に入らない様子だ。

「だから何べんも訊いてるでしょう！　私は、あなたが、どうして、ここに居るのか、それを知りたいの！」

恵子が噛んで含めるように言うと、相手の女は外国語でまくし立てた。身振り手振りを使って懸命に喋っているが、外国語だから何を言っているのか判らない。

その女は、外見からしてフィリピーナのようだった。肌の色や彫りの深い顔立ち、肉感的なスタイルからして中国でもないしタイでもない。ベトナム女性なら、もっとほっそりしているだろう。

佐脇は外国語はチンプンカンプンだし、外国人と親しくしているわけでもない。ただ、二条町にはフィリピン・パブが数軒あり、そこのマリアという女は気に入っていて、時折り指名するし、連れ出したりもする。そのマリアが日本語以外に口にする言葉と、とても似ている。

「判らないわ。日本語で話して」

恵子に強く言われた女は、なんとか日本語を絞り出した。

「私、入院しているヒトの知り合いね。そのヒト、怪我したって聞いたから飛んできた。それがいけないか？」

その女はグラマラスな躰つきとはミスマッチな、愛らしい童顔だ。花のような明るい顔を曇《くも》らせて、懸命に主張しているところがまた可愛い。ハタチそこそこに見える若さが全身にみなぎっている。フィリピーナはみんなスタイル抜群だが、彼女は特に胸がどんと突き出して腰はくびれ、尻に至る曲線がなんともダイナミックだ。セクシーな服を着ているわけではなく、スリムなジーンズにTシャツ、という姿が逆に刺激的だ。シンプルな普段着なのに、これだけフェロモンをまき散らしているのだから並みのセクシーさではない。しかし、男なら逆上《のぼ》せてしまうところだが、相手は女、それも沈着冷静な渚恵子だ。強烈なセクシー攻撃が通じるはずもない。

「正直に言ったほうがいいわ。また何かをたくらんでいるでしょう？　あなたが新宿の病院で何をしようとしたか、私は知っているのよ」

「私、アナタに会いに来たんじゃない。私、お見舞いに来た。アナタがいるなんて全然知らなかった」

そこで恵子は彼女の腕をぐいと摑んだ。

「だからここで何をしようとしているの？　今日、新宿の病院に入院していた患者さんから、とても気になるメールを受け取ったわ。正直に言いなさい。あなたたち……あの男とあなたは、あの人に、いったい何をしたの？」

「痛い！　そこ、離すね。新宿というなら、私も新宿であなたが何をしたか知っているよ。私と違って、あなた、ほんとうにやった。マスキュラックス使った。キラーナースね。私がつかまれば、あなたもつかまるよ」

フィリピーナらしき女の目には恐怖の色が浮かび、必死に逃れようとしている。だが、恵子も負けずに、信じられないほど強い力で、相手の女の二の腕を摑んで離さない。階段の踊り場で、女二人の派手な揉み合いが始まった。

このままでは危ない。どっちかが、もしくは両方が階段から転落するかもしれない。

「そこまでだ」

佐脇はすっと前に出た。

「何があったかは知らないが、あんたら、ちょっと落ち着け」

突然佐脇が出てきたことに恵子は驚き、力を抜いた。その一瞬の隙をつき、アジア系の女は腕をふりほどき、何やらわめきながら階段を駆け降りていった。

「いったい、どうしたんだ？　何があった」

恵子は振り返ると、一瞬、恐ろしい目で佐脇を睨みつけた。だが、邪魔された怒りを、咄嗟の判断で押し殺したらしい。

「いえ。何でもありません。個人的なことですから」

彼を押しのけるようにして階段室を出た恵子は廊下を早足で歩み去った。

と、階段の上からかすかな物音が聞こえた。佐脇は咄嗟に階段を駆け上がった。

そっと立ち去ろうとしていたのは、看護師の吉井和枝だった。

「あんた、ここで下の騒ぎを聞いてたんじゃないか？　あの二人は何を口論してたんだ？」

佐脇に見とがめられた和枝は硬い表情で佐脇をじっと見据えた。

この女からは妙な敵意を持たれていることは判っているが、事情をたずねるぐらいかまわないじゃないか、と佐脇は思った。

「ずっと盗み聞きしてたんだろ？」

「いいえ、何も聞いてません。何の話ですか？」

和枝はそう言い捨てると、一階上だが、恵子と同じコースを歩いて行ってしまった。

何も聞いていないというのは、いろいろ聞いたがあんたに教える気はない、という意味だろう。

「下に逃げて行ったアジア系のヒト、喋ってたのはタガログ語みたいだよね」

アジアのリゾート巡りが好きなひかるが階段を昇ってきた。

あの女がフィリピン人らしいのは確定だろうが、そんな女がどうしてこの病院に？

「見舞いに来たって言ってたよね」

まあそのようだがな、と佐脇は首を傾げた。

＊

その夜、久々に会った流れで、佐脇はなんとなくひかるのマンションに行った。

佐脇の女癖の悪さは承知の上で付き合っているひかるだが、一方的に「便利な女」でいるタマではない。彼女も適当にいろんな男と付き合っている。

「新味とか珍味もいいが、結局はいつもの味が一番という気がするな」

調子の良いことを言いながら、佐脇が好物の巨乳を揉みしだき舐め回している最中に、携帯電話が鳴った。

「なんだよ。これからだって時に。こういうタイミングで来る電話は、事件が起きた知らせに決まってる。マーフィーもそう言ってるだろ？」

「何？　マーフィーって、実演販売のヒト？」

ひかるが混ぜっ返すのを放っておいて、佐脇は警察支給の携帯電話に出た。

『佐脇。お前の出番だ。お前が大好きなコロシだよ。それも二件』

電話をかけてきたのは、捜査一係の係長・光田《みつだ》だった。

『それも、二件とも場所は同じ国見病院で、立て続けにだ。どうだ、燃えるだろ』

「そうでもないな。おれの後釜《あとがま》は、そろそろ水野にしてもいいんじゃないか？」

『つべこべ言わずにさっさと出てこい』

へいへいと応じた佐脇は、いかにも面倒そうに服を身につけ始めた。

「こういう時、かのジャック・D・リッパー将軍は浮気相手のセクシーな秘書に『お前はここで秒読みしてろ。いよいよ発射って時に戻ってきてやる』と意味深なことを言ったが、おれも同じ気持ちだ」

「ちょっと何言ってるのか判んない」

ひかるはにべもなく言った。彼女の肌はすでに紅潮して、軽くイく寸前だったのだ。

「そういうことだから一人で秒読みしててくれ」

そんなことを言っているうちに、ひかるのマンションの下にはお迎えのパトカーが到着してしまった。サイレンを鳴らしたままやって来たので近所中が目を覚ましたかもしれない。

「ま、いいか。ちょっと待たせても」

佐脇は再び服を脱いで、ひかるに向かった。


「殺されたのは、轢き逃げされて、この国見病院に入院中だった君塚剛、そして同じく国見病院の医師・西山恒夫です。君塚は四階外科フロアの自分の病室で、西山医師は五階にある自分の研究室で死んでいました。発見されたのはそれぞれ、二十時三十分と二十一時十五分。君塚は見張りの警官が確認のため個室に入った時。西山医師は看護師が患者の容体について報告しに行った時には、すでに死亡していました」

国見病院には水野が来ていて、やって来た佐脇をロビーで摑まえて、それまでの捜査状況を報告した。

現場が病院ということもあって、非常線は張られていない。死体の発見現場だけが、立ち入り禁止になっている。

「なんだ水野、お前が居るんならおれは不要だったじゃないか」

まあそう言うな、と水野の横にいた光田が口を挟んだ。

「同じ場所で二件連続の殺人だぞ。いかにもお前が好きそうな事件じゃないか」

「死体が見つかった場所で殺されたと決めていいのか？」

「おいおい。おれだって刑事になって二十年だぜ。死体に動かされた形跡はない。ベッドや床に血溜まりが出来てたんでな。鑑識もそう言ってたしな」

光田が言い返したが、佐脇はそこでおかしいと気づいた。

「ちょっと待て！　見張りの警官はどうした？　君塚の個室の前に詰めていたんだろ？　そいつはいったい何をしてた？　君塚が殺されたことに、死体を発見するまで気づかなかったのか？」

「そこなんですが、犯行時刻に、たまたま席を外していたと。トイレなのか電話が入ったかで、席を外していたと。その隙の犯行のようです」

「じゃあ時間は特定出来るな?」

「はい。席を外したのは十五分ぐらいだと言っておりますので、二十時十五分には問題がなかったのではないかと」

「その見張り警官はクビだ! 懲戒免職だ! 光田、お前が首を刎《は》ねろ!」

そう言われた光田は、まあまあ落ち着けと佐脇を宥めた。

「見張りを担当していたのは福田純一巡査だが、自殺をしかねない勢いで反省しているし、こっちもそうそう見張りに人数を割けないんでな。そりゃマル害はヤクザだが、交通事故で入院しているだけだったんだ。こんなことになるとは誰も思っちゃいねえよ」

あからさまに不機嫌な佐脇を宥めるように光田は佐脇の肩に手を回した。

「それに、おっつけ県警から一課の刑事が来る。係長として言うが、それまでにホシの目星をつけてくれや」

「無茶言うな。簡単に殺されたからって簡単に解決するわけがないだろうが?」

ますます不機嫌になった佐脇が現場に入ろうとすると、水野が引き留めた。

「あの、遺体は今、司法解剖に廻ってます」

「おいおい、こっちはずいぶん手回しがいいな。おれが検分する前だぞ」

だって佐脇さんが来るのが遅いから……と水野は口を尖らせた。

「現場が病院である性格上、入院患者のことも考えて、早期に収拾しなければという判断が」

水野が横にいる光田を見ると、光田は声をひそめた。

「国見にはホレ、いろいろと世話になってるだろ。病院側も早い処理をと言うし、上からもよしなに計らえって言われてるしな」

光田は察しろというようにウインクした。

「それとまあ、ちょうど当直が警察医の外科医の先生だったこともあって」

サイレンを鳴らして迎えにきたパトカーにムカついて、ひかるをフィニッシュさせたりして、すぐには降りてゆかなかった引け目があるので、佐脇もそれ以上文句を言うのをやめた。

「……で、死因は」

不機嫌さをなんとか押し隠して佐脇は訊いた。

「今、解剖のまっ最中ですので……病理検査が必要になれば、正確な死因が出るまで時間がかかると思います。しかしながら、死体の皮膚の状況や吐瀉物《としゃぶつ》などから見て、君塚も、西山医師も、どちらも同じ薬物で殺されたのではないかと」

「暴行されたり撃たれたり刺されたり斬られたりってことではないんだな？」

「直接の死因は薬剤のようですが……君塚の方には、死体に暴行の跡があるんです。それも、殴る蹴るではなくて……左手の指の爪が剝がされかけていました」

水野は自分で現場を撮ったデジカメの画像を再生した。

君塚の遺体画像には、水野が言った通りの傷跡があった。

「それと、こちらの画像ですが……口から左右の頰と顎にかけて線状の圧迫痕が」

「猿轡《さるぐつわ》の痕か？　死ぬ前に拷問でもされたのか、君塚は？　しかし……この傷は君塚にだけあるんだよな」

佐脇は首を捻った。

「そもそも二件は関連があるのか？　あるんだろうなあ。同じ薬剤が使われて、しかも時間的に近接しているんだから」

佐脇は考えていることをそのまま口に出した。

「拷問して二人から何かを聞きだそうとした、という線は？」

「それはもちろん真っ先に考えたさ。君塚が吐かなかったから西山を襲ったか？　いや、発見時間はあくまで発見した時間だから、そのまま殺しの順番にはならんもんな。死亡推定時刻は何時何分まで正確には出ないしな」

とりあえず佐脇は死体発見現場である君塚の病室に入った。

君塚が死んでいた個室のベッドには、拷問で出来た血溜まりと、吐瀉物が残っていた。床には犯人のものらしい足跡が付いていて、AからGまでマークされている。足跡は入り口から続いており、ベッドの周りで佇み、また出て行った動線を示している。

「君塚は、寝たままの姿勢で拷問されて毒を盛られたのか」

個室を出ると、廊下には制服警官が土下座していた。

「お前だな。ドジ踏んだ福田ってのは」

「は、はい。とりかえしのつかないことになって、申し訳ありません」

まだ若い福田巡査は、額を床にこすりつけている。

「見張りはこいつ一人にやらせてたんだっけ？」

水野に訊くと、そのようですという返事が返ってきた。

「それも問題だな。一人だとどうしたってカバー出来ない時間が出来る。どうせ光田が、見張りは一人で充分だとか言ってこんなことになったんだろ？」

そう訊かれて、水野は仕方なく頷いた。

「やっぱりな。都合が悪いもんだから、あの野郎は話を打ち切ったのか」

もういい判ったと福田巡査を立たせて廊下を歩き出した佐脇だが、ふと足を止めて振り返り、福田に訊いた。

「お前が持ち場を離れた時だが、個室の鍵は閉まってたのか？」

「は、はい」

巡査は直立不動になって答えた。

「自分が離れる時は常に鍵がかかっているのを確認しておりましたし、先生や看護師の方が入る時、そして見舞いが来た時も、常に私が開錠しておりました」

佐脇はそれ以上追及せず、階段に向かった。

「あの巡査、女に色目使われたかなんかで、とにかく油断して、女を自由に出入りさせたんじゃないか？」

「その可能性はありますね。この後、訊き出しておきます」

二人は話しながら、続いて西山恒夫の研究室に向かった。

国見は大学の付属病院ではないが、院長室以外にも、各診療科部長に個室が与えられている。西山は外科部長ではなかったが、三顧の礼を尽くして招聘《しょうへい》されたからなのか、「部長待遇」ということで自分の研究室を持っていた。

「西山先生はここで絶命されていたそうです。椅子に座って顔を天井に向けてぐったりと」

水野は大柄な西山がパソコン・チェアにもたれて仰向けで絶命している画像を見せた。

「君塚と西山の共通点は……二人とも、今はこの県の人間ではなく、外からやって来たこと。それ以外のことを調べなくちゃな」

水野はハイと頷いた。

「西山については、前からいろいろ不審な点があるとは思っていた。で、たまたま、ヤツに関する情報を集めさせていた矢先なんだ」

「あのパソコン関係に詳しい『お弟子』さんですね？」

水野は美知佳と面識はある。

「君塚についても、鳴海出身で東京でシノギをしてたヤクザというのが気になって、伊草にいろいろ訊いてたところなんだ」

佐脇は、病院内ということを気にもかけず、きわめて自然な仕草でタバコを取り出して火をつけた。

「……しかし妙だよな。おれが探っていた二人が一気に死ぬなんてな。しかもまったく別件だ。西山なんて、暴力亭主だから離婚したいっていう相談を受けてただけなんだぜ」

「佐脇さんに調べられると死亡フラグが立つんでしょうか？」

「それなら県警本部長とか県知事とか、腐った連中はとっくに死んでるはずだがな」

佐脇が軽口を叩いてタバコを吹かしていると、キャーッと言う悲鳴が響いた。

瞬時に、佐脇の色が変わった。呑気《のんき》なオヤジが猟犬に変わったのだ。

廊下に飛び出すと、悲鳴は同じフロアの奥のほうから聞こえてきた。

この五階には、院長室などの部屋と並んで二つの手術室と薬剤室がある。悲鳴は、その薬剤室から発せられている。

「どうした！」

佐脇が飛び込むと、入り口にいた看護師が、震える指で奥を指差した。

病院で使うすべての薬剤が仕舞われているキャビネットにもたれかかるようにして、女がぐったりしていた。両手を後ろ手に縛られて、足も縛られ、口には猿轡がされている。

死んでいるのか？

佐脇は「大丈夫か！」と大声を出しながら猿轡と手足の縛《いまし》めを解いた。その女は、今日の昼間、この病院の階段踊り場で、渚恵子と激しく言い争いをしていたアジア系の女だった。

「おい、大丈夫か！」

肌に触れると温かく、首筋に手を置くと脈はあった。

「おい！」

ふっくらした頬を軽く叩くと、「う」と言いながら意識を取り戻した。

「どうした？　何があった？　誰にやられた？」

彼女の目は、焦点が合わない様子で、しばらくボンヤリしていた。

「なんかクスリでも打たれたのか？　それとも……」

側にいた看護師が、彼女の様子を手早く診《み》た。頭部を診、首筋を診た。

「殴られた様子はないですね」

左腕を診ると、素人でも判る、注射を打たれた跡があった。しかもそこは静脈注射に失敗したらしく、血管の周辺の肌が紫色に変色していた。

「注射ね？　誰かにされたのね？」

いろいろ声をかけられて、目に光が戻り、ゆっくりと正気を取り戻す様子になった。

「ね？　あなた、注射されたんでしょ？　誰に？　どうして？」

「私……何も……何も知らないよ！」

言葉が通じているのかどうか、看護師と佐脇、水野を見た女は怯えたような表情を見せた次の瞬間、はじかれたように飛び上がり、看護師を突き飛ばして逃げ出した。

完全に虚を衝かれた。朦朧《もうろう》としていたように見えた女が、突然、ここまで敏捷な動きを見せるとは思っていなかったのだ。

佐脇は咄嗟に手を出したが捕まえ損ね、水野に至っては何がなんだか判らないまま、手も出せずに見送ってしまった。

「馬鹿野郎！　お前が捕まえないでどうするんだ！」

追え！　と怒鳴られた水野は、混乱しながら女の後を追った。

女はヒールの靴のまま、カンカンと足音高く響かせて階段を猛然と駆け降りていく。水野も十秒ほど遅れて後を追った。

「看護師さん、あの女は」

そう言いかけた佐脇に、看護師は頷いた。

「たしか、訪問者名簿にはアリシア・リベラと……ああ、そういえば、見舞いにきたのは君塚さん……亡くなった君塚さんですよ。急なことで気がつきませんでした」

渚恵子に問い詰められていたあの女・アリシアが会いに来たのは、君塚だったのか。

「そのアリシアが、昼間、オタクの看護師の渚さんにえらく詰問されてたけど、何なんだ？　あの二人は以前に何かあったのか？」

「さあ、そこまでは。渚さんって、自分のことは一切話さない人だから」

「で、その渚さんは？」

「あ、今日は当直明けで、夕方に帰りましたよ」

佐脇はふたたび猛烈にタバコが吸いたくなったが、さすがにここで吸うのはまずい。気を紛《まぎ》らわそうとして質問を続けた。

「ここは薬剤室？」

「ええ。大きな病院だと各階のナースステーションのそばにあるところも多いんですけど、ウチは小さいから、院内で使う分を全部まとめて、ここで管理してるんです。ここは、手術室にも近いですから便利ですしね」

なるほどね、と部屋の中を見渡していると、アリシアを追跡していた水野が息を切らして戻ってきた。

「すみません。えらく足の速い女で……見失ってしまいました」

若い部下は頭を下げた。

「怪しいな。逃げた上に、君塚を見舞いに来ていたそうだ。重要参考人として手配しよう。とりあえず、君塚剛殺害に関して。この件はお前に任せる」

そう言い残して、佐脇は出て行こうとした。

「ちょちょ、ちょっと、佐脇さん。佐脇さんはどこ行くんです?」

「おれは、君塚と西山の関連を調べる。県警から来るヤツに引っかき回される前にな」

＊

佐脇は、伊草が経営する二条町のクラブに向かっていた。君塚のことをもっと突っ込んで訊くためだ。前よりも具体的な質問をすれば、伊草もいろいろ思い出すに違いない。

制服警官に運転させたパトカーで移動中に、美知佳から電話が入った。

『ねえねえ師匠！　西山恒夫って、やっぱり叩けばホコリが出るやつだったよ。あの秘密のデータベースは凄いわ』

美知佳はもちろん恒夫が殺されたことはまだ知らない。佐脇は何も言わず、ここは弟子の報告をまず聞くことにした。

『ええとね、西山恒夫はヤクザとトラブってたみたいなの。それで東京の錦糸町《きんしちょう》にある

「東西《とうざい》病院」ってところを突然辞めて、国見病院に移ってる』

「ヤクザとトラブル？」

『そう。なんか女性関係が元で、みたいな』

「そのデータベースって、そんなことまで書いてあるのか」

人事のデータベース、恐るべし。まあ、身上調査である以上、ある程度詳しいことを記載しておかないと、医師を雇用する側の病院の役には立たないのだろう。

『でも、それだけなんだよね。で、西山恒夫は、『東西病院』に十五年勤務して、かなり内臓の手術をやって、評判は良かったみたい。その前は、出身校の帝北《ていほく》医科大系列の帝北千住《せんじゅ》病院に五年。これはまあ研修医ってことだよね』

「その凄いデータベースには、女絡みのトラブルという以上の記述はないのか？」

『ないねえ。だって、それ以上のことは必要ないでしょ。学校裏サイトじゃないんだから、あんまり書くとバレた時にヤバイし。プライバシーの侵害だし名誉毀損《きそん》になるし』

佐脇は弟子に礼を言って電話を切った。美知佳に、恒夫が殺されたと告げる必要はないだろう。ますます興味を持っていろいろ聞き出そうとするに決まっている。

パトカーは二条町に着き、佐脇は歩いて、伊草の経営するクラブに向かった。

「おやおや佐脇さん。今、噂をしてたところなんですよ」

葉巻を手にした伊草は、映画で言えば東映《とうえい》というより日活《にっかつ》映画に出てくるタイプだ。鳴海は田舎なのだから『仁義なき戦い』でもおかしくないはずなのに、どちらかといえば小《こ》林《ばやし》旭《あきら》扮するシティヤクザのように垢抜けている。

「やあ兄弟。相変わらずポーズが決まっているな」

佐脇はニヤリとして、地元暴力団のナンバー2が陣取るボックス席にどっかと座った。

「ちょっときれいドコロは遠慮して貰おうか」

「え？　佐脇さんとしたことが、熱でもあるんですか？」

伊草は驚いてみせたが、込み入った話のあることはすぐに察した。

「聞いてますよ。国見でいろいろあったみたいですね」

さすがは地元ヤクザ。マスコミより情報が早い。

「この前、いろいろ訊かれた時から、君塚について調べてはいたんですよ。東京の知り合いに電話したりしてね。その矢先にこんなことになって」

佐脇は水野に言ったのと同じことを伊草にも言うと、伊草は確認してきた。

「国見病院で今日、君塚と一緒に殺されたのは、西山という医者ですよね？」

「一緒というと不正確だが、まあ、続けて同じ病院の中で、同じ手口で殺されたわけだ」

伊草は頷いて、声をひそめた。

「これはね、まだ確かなハナシじゃないんで、それを前提に聞いて欲しいんですが」

「判ってる。ウラを取るのはこっちの仕事だ」

佐脇は先を促した。

「どうもね、君塚は、東京で医者と揉めたことがあったみたいなんですよ。腕は良いが、女に免疫がないというか、遊びが下手な医者先生。まあそんなの医者にかぎらず、ザラにいますけどね」

伊草は冷たく笑った。

「女と出来たはいいが、思うようにならないとカッとして、わりとすぐに手を上げるセンセイがいたとしましょう。センセイと呼ばれる身分で、おまけに腕が良いとなればそりゃまわりはチヤホヤしますよ。でもそれは男として、人間としての魅力とは、必ずしもイコールじゃないんだな。なのにそこが判らず勘違いしてしまう医者とか弁護士とか作家とか、センセイと呼ばれる人種には、そういう困ったヒトが多いんですが、まあハナシを戻すと、そういう勘違いセンセイが、愛人にしていたクラブのホステスを殴って、病院送りにしてしまった。病院関係なら楽勝で揉み消せるとタカをくっていたところが、あに図《はか》らんや、そこでヤクザが出てきたと」

「そのヤクザが君塚で、ホステスは君塚の情婦でもあったってオチか?」

「まあね。情婦っていうか、君塚の馴染《なじ》みだったと。で、この程度ならカネで解決出来た話なんです。君塚はバカな野郎だけど、さほど悪知恵が回らないのでね。だけど、君塚の馬鹿野郎はあいにく、センセイと同レベルのアホだった。女をキズモノにしたと激怒して、あろうことか、その勘違いセンセイをボコボコにしてしまったんです」

伊草はこのネタを愉しむように、ブランディを舐めて葉巻を吹かした。

「佐脇さんならお判りでしょうが、ヤクザは暴力が商売ですからね、素人とはレベルが違います。だがそれは最終兵器で、カタギ相手に使っちゃおしまいだ。ところがあの馬鹿にはそれが判らなかった。ボコったうえに、これで済むと思うな、みたいな脅し文句まで口にした。殺されると脅えたセンセイは、警察に助けを求めようとしたと。そうなると、今度は自分の方がヤバくなるってんで、馬鹿な君塚は焦って、ホステスに被害届を出させたんです。そうすりゃ先に手を出したのはセンセイだってことになるわけでしょ。だけど、何故か、その後すぐに被害届は取り下げられてるんです」

伊草は目を細めて葉巻をくゆらせつつ、愉しそうに殺伐とした話をする。このへんが、いくらハンサムでもヤクザだ。

「結果、センセイも君塚も暴行傷害で逮捕されることはありませんでした。つまり、内々にコトは済んだ形になってます」

「実に判りやすいパターンじゃねえか。女が被害届を取り下げて、君塚が事を収めるのと引き替えに、けっこうな金が動いたんだろ。医者にとっちゃ、ヤクザに半殺しにされたのも、ホステスをぶん殴ったのも、どっちも表沙汰になるとマズイ話だもんな」

「そうです。失うものの大きい人間は、ヤクザと関わっちゃいけないんですよ」

相手がカタギで、しかも何の落ち度もない場合は、逆にこういうことがヤクザの命取りになりかねませんがね、と伊草は教訓を垂れてブランディを舐めた。

「ヤクザと関わりを持ったばかりに、表舞台を去った人気者もいましたな」

だがよ、と佐脇が異を唱えた。

「君塚は前後も考えずに直情的に医者のセンセイをぶん殴ったんだろ？　医者センセイがテンパって被害届を出していれば、逆に君塚が懲役に行っているところだ。そんな考えなしのバカが、どうやって事態を収拾して、まんまとカネをせしめたんだ？　誰か知恵者がいたんじゃないのか？」

佐脇は、この前伊草が言ったことを思い出した。君塚には中学時代からつるんでた相方がいたと。その相方・安東健也が、とんでもないヤツだったと。

「ところでお前さんが前に言ってた、安東ってヤツ。そいつは東京に行ってからもずっと君塚と組んでたんじゃないのか？」

バカな君塚と、ある意味ヤクザよりタチが悪いという安東の組み合わせだとしたら、糸を引いているのは安東で、君塚の一件で腕の良い医者を抱き込んだという可能性もある。

「伊草よ。お前、実はもっと知ってるんじゃないのか？　君塚がぶん殴ったっていう腕の良い暴力医者ってのは、もしかして……」

さあて？　と伊草は話をはぐらかした。

「ところで犯人の目星はついてるんですか？」

「お前にだけは言っておこう。君塚を見舞いに東京から来たというフィリピーナが怪しい。犯人と決めたわけじゃないがいろいろ知ってるはずなんで、重要参考人として手配するよう命じてある」

佐脇は、アリシアが病院内で見つかったが、すぐに逃げたという顚末《てんまつ》を話した。

「なるほどね……ところで、国見病院のヤバい件、調べは進んでますか？」

突然、話を変えたのは、何かの判じ物のようだ。

「この前言いましたよね。小泉政権の医療改革で地方の医者と看護師が慢性的に足りないって話。看護師の不足は前からのことで、それはもう深刻なんですよ。いわゆる３Ｋ職場で医療事故があったら責任を問われるワリに給料が安いんで」

伊草は、愉しそうに世情の問題点を突いた。

「でね、役所への届け出の関係上、医療機関は看護師を法律で決められた数だけ揃える必要があるんですがね。数合わせをどうしてもしなければならなくなることがありましてね。急に看護師が辞めちゃったり他所に引き抜かれたりして欠員が出てなかなか埋められないって時が」

うん、だから？　と佐脇は先を促した。伊草の話にはポイントが見えないから、聞いていて、イライラしてくる。

「そういう時、どうすると思います？　ウチラはそういう商売もしてるんですよ。人材派遣もするんです。もちろんヤクザがやるんだから、ヤバい人材派遣ですけどね。ブラックリストに載ってるような人間にも職を見つけてやる。一番凄かったのは、指名手配中の犯人を口入れした時だったかな。名義貸しもしますよ。員数合わせのために、資格も何もないど素人を別人に仕立てたりね」

「だから何が言いたいんだ？」

佐脇は苛立って、伊草に迫った。

「言いたいことがあるならハッキリ言え」

「つまり、たとえば病院で働いている誰かが使っている名前が、必ずしも本人の名前とはかぎらないってことです。これ以上は言えません。今回、この件にウチは絡んでませんが、国見病院が何処と組んでいるのか判らないし、そこと事を構えたくはないですからね」

ヤクザが刑事さんに何もかも教えるっていうのも、どんなもんでしょうと言われた佐脇は鼻白んだ……が、思い当たるフシがなくはない。

「……ここはお前の奢《おご》りな」

そう言って伊草の店を出た佐脇は、考え込みながら、そのまま鳴海署に戻った。

「あ、佐脇さん。アリシア・リベラの件ですが、いきなり重要参考人というのはどうも」

　刑事部屋に入るなり、水野が飛んできた。

「ああ、その件はいい。アリシアは引き続き探さんといかんが、重要参考人手配はちょっと待て」

　佐脇は携帯電話を取り出して、美知佳を呼び出した。

「例の便利で凄いデータベースって、看護婦も調べられるのか？」

『看護師、ね。調べられるけど、ウチにあるデータは西山恒夫に関するものだけだよ。それより師匠！　どうして西山恒夫が殺されたこと教えてくれなかったのよ！　今テレビでやってるじゃん！』

「馬鹿。一民間人のお前にいちいち捜査情報を提供出来るか！　で、調べられないのか？」

『出来るよ』

　美知佳は簡単に答えた。こういう部分で美知佳は駆け引きをしない。

『馬鹿親のパソコンを使った時、いろいろ書き換えてきたんで、ウチからアクセス出来るようになってるし』

「じゃあ、渚恵子、という看護師について調べてくれ」

　ちょっと時間がかかる、と言うので、判ったら電話しろと命じて切った。

「佐脇さん。今の電話は？」

水野が訊いてきた。

「もしかして、看護師の渚恵子を疑ってるのですか?」

そうだ、と佐脇が言うと、水野は得たりとばかりに頷いた。

「私もそう思って、事情聴取をしてみようと思いました。ところが渚恵子はいません。外出したまま連絡がつかないんです」

いきなり佐脇は、部下の頭をはたいた。

「馬鹿野郎!『いません』で済む話か! なぜおれに真っ先に知らせないんだ」

「いえしかし……」

上司の剣幕に水野は驚いたようだ。

「非番で遊びに行ってるだけかもしれませんし、大したことではないと」

逃げられた、これはまずい、と思った時、佐脇の携帯電話が鳴った。美知佳からだった。

『師匠。この先が聞きたかったら高いよ』

「判ったよ。欲しいオモチャがあったら何でも買ってやる」

佐脇は、まるでわがままな子供をなだめるような口ぶりで弟子を懐柔した。

『えーと、渚恵子は、東京都足立《あだち》区出身で聖路加《せいるか》看護学校を卒業後、静岡県内の病院に看護師として勤務後、病気休職中。一九五八年二月生まれだって』

一九五八年生まれ？　そんな歳には見えなかったが、と思いつつ佐脇は、なおも訊いた。

「その渚恵子の顔写真は、あるか？」

『探せると思う。結果は師匠宛てにメールすればいい？』

そうしてくれ、と言って電話を切った佐脇は、水野に命じた。

「国見病院に電話して、渚恵子の履歴書および、病院に残ってる彼女に関する書類を全部、ファックスで送らせろ。彼女を取り逃がしたミスは、それでなかったことにしよう」

水野が慌てて国見病院に電話をしているところに、光田が書類を持って入ってきた。

「お、佐脇。いたか。司法解剖の結果と病理検査の結果が出た。君塚剛と西山恒夫の直接の死因は、筋弛緩剤《きんしかんざい》の過剰投与だと断定。静脈注射されている」

そこに相次いで、美知佳からメールが入った。

『渚恵子の顔写真』と書かれた女性の画像が添付されていた。佐脇が知る渚恵子とは似ても似つかぬ小太りの立派なオバサンのものだった。

「この、渚恵子は……明らかに名前を使われたとしか考えられないな」

何の話だ、と首を突っ込んできた光田が佐脇から話を聞いていた時、国見病院に電話をかけていた水野が叫んだ。

「えーっ！　まさか、そんなことがあるんですか?!」

水野は受話器を手で押さえたまま佐脇に報告した。

「国見病院ですが、渚恵子の履歴書や身上書など、一切がなくなっているそうです。紛失というより、盗み出された、というような口ぶりでしたが」

そこまで聞いた光田が、よし！ と叫んだ。

「渚恵子と名乗る、住所も本名も不明のその女が犯人だ！ とりあえず重要参考人として指名手配しろ。国見病院で渚恵子と名乗っていた正体不明の看護師だ！」

いやいや、と佐脇が手をひらひらさせた。

「光田さんよ、それは乱暴だろ。だいいち、被疑者不詳で指名手配って、無理だ」

「しかし二件の殺人があった後、その正体不明の女は姿を消した。しかも、その女の資料までがごっそりと病院から消えている。すべては、この女が犯人であることを告げている」

「だから、それは今の段階では推測でしかない」

「証拠がなくても自白で追い込めばいいだろ！」

突っ走ろうとする光田を、佐脇は落ち着かせようとした。

「おい光田。どうして功を焦ってるんだ？ 手柄を立てようなんてお前らしくもない」

「馬鹿野郎。くだらねえこと言ってる暇があったら、渚恵子になりすました正体不明の女の正体を洗いやがれ！」

ハイハイ判りましたよ、と返事をしつつ、佐脇は動こうとはしなかった。

「おい、さっさと動け！」

「何をどう動く？　そもそも、その正体不明の女の具体的容疑はなんですか？」

「もちろん、西山殺しと君塚殺しに決まってるだろ」

それは無理だ、と佐脇は答えた。

「動機がない」

「だからそれは本人に語らせろ」

「また無茶なことを。自白に頼る捜査じゃ、これからの、裁判員裁判の公判は維持出来ませんぜ」

佐脇は光田に冷笑を浴びせて、テレビのスイッチを入れた。

ちょうどローカルニュースが流れていたが、アナウンサーが妙なことを言っているのが佐脇の耳に飛び込んできた。

「この看護師は、さる筋からの情報によると、一部では『疑惑の看護師』『死の天使』とも呼ばれており、以前に勤務していた病院でも、入院患者の連続不審死事件が起きていた、との事実もあります。それだけに、今回の一連の殺人事件に関係があるのではないかと目されています」

おいおいなんだ、と佐脇が声を上げたので、刑事部屋にいた全員がテレビの前に集まった。

ローカルニュースは、たった今、ここで話されていた内容とそっくりな話を、何故かそのまま伝えている。

「……おい。この部屋に盗聴器でもあるんじゃないか？」

光田が低い声で言った。

「じゃなければ、どうして今おれたちが喋った話をそのままテレビが流せるんだ？」

「しかも、おれたちが知らないことまで、うず潮テレビは知ってるぞ。『以前にも連続不審死事件の関係者であるとの疑惑』って何だそれは？　どこから出てきた話だ」

「それだけじゃないですよ。『死の天使』とか『疑惑の看護師』なんて言葉は、我々は全然使っていませんよね？」

水野の指摘に、佐脇は妙に感心した。

「たしかに、『死の天使』みたいなシャレた表現はしなかったな」

「こうなったらもうテレビが先回りして、その『死の天使』とやらの顔写真も見せてくれるかもしれませんよ」

これまたなるほどと水野に感心しつつ佐脇はテレビを眺め続ける。

アナウンサーは国見病院に勤めていた看護師が二人を毒殺して一人を意識不明にさせ、しかも毒殺した男については事前に轢き逃げまでして病院に送り込んでいた、と伝えたが、しかし肝心の顔写真がテレビの画面に映し出されることはなかった。

『この疑惑の看護師がかなりの長身であることは、犯行に使われた盗難車のシートの位置などから判明しています。きわめて計画的な犯行であるとみて、警察は追及する方針です』

アナウンサーはそう言って、画面はＣＭに切り替わってしまった。

「おいおい。ローカル局に捜査方針を指示されちゃったぞ。どうするんだこれ」

張りつめた空気に包まれていた刑事部屋は、すっかり弛緩してしまった。

しかし、こんなことを、誰がいつ、マスコミに伝えたのか？　光田が言うように盗聴器でもないかぎり、こういう、ほとんどリアルタイムも同然のタイミングでは伝わるはずのない情報だった。

ここに居る刑事たちの中に、マスコミへの内通者がいるのか？

それは誰なんだ？

そいつはいったい、なんのために情報をマスコミに流す？

また一つ、答えの出ない謎が増えてしまった。

第五章　死の天使

渚恵子と名乗っていた女は、逃走し、鳴海のラブホテルを転々としていた。顔を見られず宿帳に記入する必要もなく、潜伏《せんぷく》するには、この手のホテルは持ってこいだ。それに、彼女が鳴海に来た当初の目的を達していないので、まだこの県を離れるわけにはいかない。

彼女は、ここに来る前から、常に身辺は身軽に生活してきた。家財道具は一切なし。自宅アパートではただ寝るだけ。寝具は捨ててもいい。衣類や身の回りのものも大きなボストンバッグに入れていた。タンスもないし机も何もない。だから身軽だ。こうしてすぐに逃げられる。

女は、東京から君塚を追ってきた。君塚が、違法な腎臓の密売に加担していると踏んだからだ。

彼女は警官ではないし探偵でもない。しかし、看護師として長年病院に勤務するうちに、医療にまつわるさまざまな不正や悪事を知ってしまう。自分の力ではどうにもならないことは見て見ぬフリをするしかないのだが、さすがに黙認できないようなこともある。

また、自分がちょっと動けば事態が変わることもある。

たとえば、高額の入院加療を受けながら、治療費を踏み倒して逃げる不法滞在外国人がいる。それも犯罪目的で日本に入国したような人間だ。高額な治療費は当然、日本の税金から支払われることになる。入院する前は犯罪で、そして入院した後は税金を食いつぶすことによって、彼らは日本の富をかすめ取っている、彼女はそう思った。

抗争や仲間内のリンチで瀕死《ひんし》の人間を、彼らは医療機関の前に放置して逃げる。病院は人道上、治療せざるを得ない。だが治りかけるとすぐに、そういう人間は平気で姿を消す。彼女はそういう人間に、自分なりに手を下してきた。端的に言って、彼らに「それ以上医療費がかからない状態」にしてやったのだ。役所や警察が動こうとせず、そのツケが病院に押し付けられているのはおかしい、そう思っていたからだ。

だが病院の側も、まったくの正義というわけではない。不正経理や不正労務管理、不適切な医療や医療過誤の揉み消しを見聞きすることも多かった。

そんな彼女が知りあったのが、彼女が鳴海に来る前に勤めていた新宿歌舞伎町《かぶきちょう》の病院に、「検査のため」に入院していた青年・宮路悟《みやじさとる》だった。

青年が一見してどこも悪いようには見えないことに彼女は違和感を覚えた。カルテを見ると、たくさんの検査項目とその結果だけが記載されていた。

B型肝炎、C型肝炎、梅毒、抗HIV抗体、抗HTLV-1抗体、ツベルクリン反応、サイトメガロウイルスを中心にウイルスの抗体価のチェック。HBsAg、HCVAg陽性反応。血液検査として、血液一般、一般生化学、検尿、血清学的検査、腫瘍《しゅよう》マーカー。組織適合検査として、HLAタイピング、リンパ球クロスマッチ。内分泌検査として、空腹時血糖、HbA1c、75gOGTT。生理検査として、安静心電図、負荷心電図、心エコー、呼吸機能。画像診断として、胸部、腹部X線写真、胸部、腹部、骨盤CT、腹部超音波、DIP、腎動脈造影、腹部造影MRI。消化管検査として、胃カメラ、便潜血、便ヒトヘモグロビン……。

これは、どう考えても、生体腎移植のドナー検査だ。彼女は過去に同様な検査を幾例も扱ってきた。

生体腎移植は、提供者に厳しい制限がある。原則として親族（六親等以内の血族と三親等以内の姻族）以外の非血縁者間での生体腎移植は出来ない。親族以外の第三者がドナーとなる場合は、提供意思が強制でないこと、金銭の授受などが行われないことなどが厳正に審査される。

……とは言っても事実上、金銭で腎臓が売買されている事例は、多々あるのだ。病院側が黙認することもあるし、病院側が完全に騙されるケースもある。騙された形を装う場合もある。

それだけ、腎臓移植の希望者に対して、提供される腎臓の数が決定的に少ないのだ。

金に困って腎臓を売る、とハッキリ判るケースもあったが、そういうドナーはたとえばギャンブルにのめり込んで借金をつくるなど、自分の人生を大切にしなかったことが明らかに判るような人が多かった。腎臓を売ってなんとかなるんだったら、売ればいいじゃない？　それで助かる人もいるんだから、と彼女は冷ややかに見ていたのだ。

だが、この青年は違った。みるからに天涯孤独で、暗い陰のあるその青年・宮路悟のとが、彼女はやがて気になって仕方がなくなった。

これだけの検査をするのだから、数日間の入院となる。その間にいろいろと身の上話を聞き出したことが大きい。これまでに彼女が目にしてきた「世の中に一方的に食い物にされる人たち」と同じ匂いを持っていると感じたのだ。

悪い連中にカモにされ利用され食いものにされ、財産はおろか命まで奪われかねない、善良だが無力な人々。生まれついての犠牲者……そういう人たちの持つ「匂い」というか不幸のオーラが、その青年にも、はっきり感じられたのだ。

宮路悟は、表面上は明るく振る舞っていたが、見舞客が一人もないこと、持ち込んだ数少ない私物の貧弱さなどは隠しようもなかった。入院する彼を気遣って必要な品々を揃えてくれるような肉親も恋人も、友達すらも、彼には一人もいないのだろう。

着の身着のままで入院してきたらしく、タオルやサンダルなどの日用品がまったくなくて困っていた彼に、よかったら使ってと彼女が買ってきたものを渡したことがキッカケとなって、彼女と宮路悟は打ち解けた。

いわゆる『デート商法』にひっかかり、多額のローンを背負ってしまったという悟の話を聞いて、若者を食い物にする社会に、彼女はあらためて深い怒りを感じた。

社会に出たばかりの若者を騙してスタートラインから大きな借金を背負わせ、ハンディのある人生を歩ませる。そんな悪事を放置する社会に、未来はあるだろうか。

彼女は、何かの動物ドキュメンタリーでたまたま見た光景を思い出す。砂浜で卵から孵《かえ》ったばかりのウミガメの子供たちが、海へと、波打ち際へと一斉に向かうところを、カモメやそのほかの海鳥が頭上から襲いかかって片っ端から餌食《えじき》にするという、それは心痛むシーンだった。

自然が無情なもので、弱肉強食が生き物の宿命というのは判る。だが、人間の社会でも、一応「先進国」の看板を掲げている日本でさえ、そういう弱肉強食が常識だと言うなら、文明とはいったい、何なのだろう?

「そんな借金、踏み倒してしまえばいいじゃない？　せっかく仕事だってあるんだから、また一から、地道に生きていけばいいのよ」

彼女は悟に自己破産をすすめたが、青年は「いや、おれは逆転を狙いますから」と答えた。

「おれ、ひとつ大きな取引を決めて、これまでにつくった借金も全部返して、人生をリセットしてやり直すんです」

「どういう取引なの？　危ないことはないの？」

彼女は心配になり、詳しく聞き出そうとした。

「そんなうまい話があるわけはない。絶対に危険だから乗っちゃダメ。簡単にヒトを信用すると大変なことになるわよ」

しかし悟は彼女を笑い飛ばした。

「大丈夫ですって。これは本当に美味しいビジネスなんですよ。しかも、いろいろ検査した結果、どうやらおれじゃなきゃ駄目な仕事らしいんです。みんな怖がってこういうことには手を出さないけど、実は言われてるほど大そうなことじゃないと思うんだ」

悟は教え込まれたことを反復暗唱するように言った。

「人生、度胸だよ。度胸なんですよ。ここ一番って時に思い切れるかどうか。それが出来るかどうかで決まると思うんだ。おれは今まで、それが出来なかったからパッとしない人生だったと思うんだけど、だから、今度はそのチャンスを逃すといけないんですよ」

悟は彼女を見据えて、自分に言い聞かせているようにも取れるような感じで、言った。

「多少は思い切ったこと、若いうちにやっとかないと、特におれみたいな人間は、一生浮かび上がれないから」

悟の言葉を聞きながら、そう言えば、と彼女は思い出した。

例外的に悟を何回か見舞いに来た男がいたのだ。検査入院だから見舞いと言うより様子を見にきたと言うべきか。

その男は、チャラチャラした派手な格好、そして人を舐め切った不遜《ふそん》な態度で、どう見ても堅気《かたぎ》の人間とは思えなかった。

心配になった彼女は、なおも事情を聞きだそうとした。だが悟は急に不安そうな表情になって、はっきりしたことを言わなくなってしまった。

「いや、この件については、あまり詳しいことは話せないんです。アレンジしてくれた人との約束があるから……何ていうのかな、守秘義務、みたいな?」

この時点で、彼女は確信を持った。

さまざまな検査の項目、見舞いに来た男に吹き込まれて信じているらしい「一発逆転」の儲け話。

一発逆転出来て思い切りが必要で、みんなが怖がって手を出さないこと。

その仕事とは「生体腎移植のドナー」になることではないか。

この疑いは、やがて確信に変わった。

病院である事件が起き、彼女が逃げるように姿を消さざるを得なくなったその後、宮路悟とは、連絡が取れなくなった。携帯のアドレスを交換していたのだが、機種を替えたのか、解約したのか、何度メールを送っても「不達」で戻ってきてしまう。検査入院する時に記入された住所は雑居ビルの一室で、すでに無人だった。

彼女は、悟の様子を時折り見にきていたヤクザ風の男の周辺を調べてみた。幸い、来訪者名簿に書かれていたのは本名だったので、男の背景はすぐに割れた。

ただの入院患者にそんなことはしないが、彼女は青年のことが無性に気になって、なんとか無事でいることを確かめたかったのだ。

チャラいヤクザ風の男の名前は君塚剛、隅田組傘下の田畑組に出入りする最下層の組員であることが判った。

それを聞いて悪い予感がいっそう募った。

君塚の行方を調べれば、宮路悟の居所も判るのではないか?

彼女は、悟との何気ない会話を思い出した。

「おれにチャンスをくれた人はいい人で、何もかも済んで一段落したら、T県の鳴海ってとこに一緒に行こうって誘われているんだ。魚も肉も美味いし、海もきれいないいところらしいんだ。食いもんが美味くて、海も山も近くて、何もないけどいいところなんだって。おれ、なんか疲れたから、そういうところでのんびり暮らすのもいいかなあって思ってさ。田舎なら、ちょっと働けばなんとか暮らせるだろうし」

T県の鳴海。まったく土地鑑もないし縁もゆかりもないところだが、彼女はそのうちに行ってみようと思った。

どうしてたまたま知り合った患者のことがそこまで気になるのか、自分でもよく判らない。しかし、背後に違法な腎臓移植や非合法な臓器売買の動きがあると思えば、青年が無事でいることだけでも確かめたかった。

一看護師が動いても限界があるとは思う。そういうことは警察の仕事だ。しかし……彼女の知るかぎり、警察が事前に動くことはない。被害者が出て、やっと警察は動く。不幸を未然に防ぐことを警察はしないのだ。名探偵が名探偵のくせに事件を事前に察知して未然に防ぐことは絶対にないのと同じだ。

そして、今まで、いくつかの「闇の裁き」を行ってきた彼女自身の血も騒いだ。

誰もやらないなら、自分がなんとかするべきではないかと思ったのだ。

歌舞伎町の病院から逃げる時にも「闇の裁き」は済ませて出た。たまたま入院していたヤクザと、医療費を踏み倒す気満々な不法滞在外国人、しかも黒社会の人間を処理してやったのだ。

さすがにそれは警察も不審に思う事態となり、事情聴取されるのは避けたかったので、彼女はその後、都内に潜伏した。

その間にも看護師の求人を探し、たまたまT県鳴海市にある国見病院が看護師を募集していることを知り、別名で応募した。休職中の看護師の名前を借用し、その人・渚恵子になりすましたのだ。そういう「名義売買」については、潜伏していた池袋《いけぶくろ》の、知り合いの裏社会の人間の世話になった。

慢性的な人手不足な上にチェックが甘い国見病院には、すぐに採用された。

とりあえず土地鑑のない鳴海に入って、国見病院を拠点にして、宮路悟の行方を探ろうという目論見《もくろみ》だった。現地に入れば情報はいずれ手に入るだろうとも思っていた。

そして、国見病院に勤務するようになって数日で、この病院に東京の東西病院から消化器外科の名医と言われる西山医師が移ってきたことを知り、着任早々に腎臓移植を一件済ませたらしいことも判った。だがどうやらこの腎臓移植手術は極秘に行われたものらしく、カルテなどの書類を調べても、移植手術自体の存在が記録されていない。手術室の使用状況と使用された薬剤から、その可能性があると推測できるだけだった。いわば状況証拠しかないのだ。

遅かったか……。一足先に宮路悟の腎臓は金で買われて抜き取られ、誰かに移植されてしまったのか。

もしもそうだとしたら、彼の術後の状況が心配だ。悟であるかもしれない、そして違法な腎臓移植手術のドナーだったかもしれない患者もすでに退院していた。連絡してみたが、書類に記載された連絡先には繋がらない。

そんな時に、他ならぬ悟からのメールが、彼女の携帯に着信した。それは助けを求める

SOSだった。

『このメールがあなたに届いたってことは、あまり良くない状況かもしれない。あれからおれは東京を出て……今は、このメールを削除したくてもできない状況にいるってことなんだろうな。あなたの言うことを素直に聞いて、一発逆転なんか狙わなければよかった……多分そう思っている。おれのことなんか、あなたは多分忘れているだろうけれど、おれは忘れてない。親切にしてくれて、損得抜きにおれのことを気に掛けてくれた、ただ一人の人だったから。また、あなたに会えたらいいな。その時は、こんな馬鹿なメール寄越してって笑ってくれていい。もしも、もう会えなかったら……あなたにありがとうって言っておく。それを言いたいから、これを書いておいたんだ。元気でね』

それを読んで、彼女はショックを受け、激しく後悔した。

もっと急ぐべきだったのだ。彼女には大丈夫だからと強がってみせたものの、悟は君塚に連れられて東京を離れる前に一抹《いちまつ》の不安を覚え、自分のパソコンに送信日時指定のメールを残しておいたようだ。身寄りも友人もない悟には、最後のメッセージとなるかもしれないメールの宛先が、彼女と交換したアドレスしかなかったのだろう。

何事もなければ送信前に削除できるが、そういう操作が出来ない場合は送信されてしまう、送信日時指定メール……。

一刻も早くなんとかしなければ。宮路悟がもしもまだ生きているのなら、死んでしまう前に、なんとかして救い出さなければ。

そんな時に、国見病院に姿を現したのが、君塚本人だった。特別室の患者の見舞いに来ているらしい。特別室にいる患者には西山医師を始めとする、ごく少数の病院関係者しか接触できず、厳重にガードされている。

すべての鍵を握る君塚から事情を聞き出すしかない。

だから、君塚の車のガソリンタンクに砂糖を入れてエンストさせ、交通事故を装って君塚を車で轢き、死なない程度に重傷を負わせて入院させたのだ。身体の自由を奪ったうえで、すべてを聞き出すつもりだった。

悟がまだ生きており監禁同然の状態で、ここからそれほど遠くない場所に「匿《かくま》われている」のは判った。だが、それがどこなのか、今どんな状態なのか深く追及する前に、君塚は死んでしまった。

彼女が殺したのではない。決定的なことを聞き出す前に殺すような失策は犯さない。

君塚は、何者かに殺されてしまったのだ。

彼女はまた逃げた。逃げるしかなかった。それでも彼女を追い詰める何者かの手が身辺に迫っていた。身を隠したラブホテルのテレビで観たニュースでは、君塚だけではなく、西山医師までを彼女が手にかけたかのように報じている。挙げられた「証拠」は、たしかに彼女にとって不利なことばかりだが、彼女はどちらも殺していないのだ。これは彼女に罪をなすりつけるための工作だ。警察は、あの中年の刑事は、これを見抜けなかったのだろうか？

こういう卑劣な策を弄しているのも、非合法な臓器移植で儲けている連中なのか？

思った以上に事態は悪化していた。

彼女は、自分が犯人だと疑われている以上、警察に悟の捜索を頼めないと見極めた。それに、現段階ではまだ、君塚が悟を監禁していたという証拠すらないのだ。

いや、最悪、この鳴海市の警察は、「連中」とグルである可能性が高いではないか。国見病院に勤めるようになってからすぐに、この病院と鳴海署との密接な関係には気づいていた。ここの警察は信用できない。こんな警察なら悟を見つけても、抹殺してしまうことだってあるかもしれない。

自分の手で見つけ出すしかない。だが、手がかりがない。

彼女は迷った末に、国見病院に勤めている間に集めた証拠を、東京の、この人なら、と信頼できると思った、ある人物に送った。決定的なものとは言えないが、自分のことを知るその人ならば、あるいは動いて、調べてくれるかもしれない。

きちんと対処してくれているのだろうか？　いや、それは逆に彼女を追い詰めることになっているかもしれない。

可能性は五分五分だ。信頼できると思ったのは彼女の思い込みかもしれないのだ。

＊

「あのニュース、アレはいったいどういうことなんだ?」

佐脇は、地元ローカル局『うず潮テレビ』近くのレストランに磯部ひかるを呼び出して詰問した。

「おれは何にも言ってないよな。つーか、おまえんとこは刑事部屋に盗聴マイクでも仕掛けてるのか?」

「……いや。お前さんが何かしたっていうんじゃない。とにかく、事情を知りたい。ウチの連中は、誰ひとり『うず潮テレビ』には情報を漏らしてないと言ってる。あのお調子者の光田も、上の連中もな」

仏蘭西亭《ふらんす》はいつも二人が会って食事をする場所だが、今日の佐脇は怒りの形相だ。

「あれは、タレコミみたいなの。でも、ウラを取らないままオンエアしちゃったのが、局内でも問題になっていて」

「そうだろうな。ウラなんか取れっこないもんな。捜査線上に浮かんだ容疑者はこうだが、証拠がない、と署内で話していたら、まさにそれと同じ話を、うず潮テレビのアナウンサーが喋ってたんだからな」

ひかるは目の前に置かれたグラスを意味なく傾け、氷の音をさせながら答えた。

「あの『死の天使』うんぬんに関する情報は、ウチの報道局長が直接電話で受けたらしいの。絶対間違いない情報だけど、警察にウラを取ったら、絶対に否定されるって。最高の秘密だからって」

「だからって、ウラを取らないで放送するか？　普通」

「そこなのよね、問題は」

「タレコミってことは、誰がかけてきた電話か、それも判らないってことか」

「電話をかけてきたのは女性。そしてどこかたどたどしい口調だった、という話は聞いたわ」

「たどたどしい口調、ってことは、そいつは日本人じゃなかったんだな？」

「さあ、そこまでは。ねえ、これは推測なんだけど」

ひかるはグラスの水を一口飲んだ。食事時なのに、佐脇はコーヒーだけ。ひかるに至っては何も注文していない。食事しながら話す状況ではないのだ。

「ワイドショーみたいな感覚だったと思うのね。信憑性のあるネタだし、一応スジも通ってるし、ちょうど放送時間にハマッたし、ローカルニュースだし、やっちゃえ！　って思ったんじゃないかと」

「それは報道局長じきじきの指示だったのか？　じゃあ会わせて貰えるかな？」

佐脇がそう言うと、ひかるは返事を渋った。

「知ってるよね？　ワタシ、契約なんだよ。しがない契約リポーター。警察が直接話を聞きたいからって乗り込んでよ。私は嫌だよ」

「それが出来るくらいならわざわざ頼まない。そういうことをすると、やれ警察の圧力だ報道機関への締め付けだとギャアギャア騒がれるんだよ。おれとうず潮グループの仲が悪いの、知ってるだろ」

警察がマスコミを簡単に「事情聴取」出来ないのは、警察と地元マスコミとの微妙な関係があるからだ。

うず潮テレビのバックにはうず潮新聞がついており、この地方新聞は地方財界によって設立されていて、有力企業がバックについている。当然政界にも発言力があるものだから、県知事にコントロールされている県警としては、うず潮グループに対しては腫れ物を扱うような対応を取らざるを得ないのだ。

唯一の例外が、佐脇がうず潮新聞社主の過去の犯罪を暴いた事件だ。暴力団関係者に弱味を握られた当時の社主は、この県に進出しようとしていたパチンコチェーンの宣伝記事を、うず潮新聞に掲載することに同意した。それも広告ではなく、文化面の記事としてだ。

その癒着と、つけ込まれるきっかけとなった犯罪については、だが、すべて当時の社主の個人的な過ちとされて、組織としての新聞社やグループ全体には波及しなかった。それはまさに、うず潮グループが自らの影響力を行使して生き残りを図った結果だった。

マスコミ・財界・政界のトライアングルが結束したとも言える。県外のマスコミがいろいろと取材しようとしたが、この三位一体のチームワークは鉄壁で、よそ者を徹底して排除した結果、散発的な報道がされたきりで、急速に忘れられた過去のことになっていた。

「で、どうなの？　あの報道……『死の天使』とかいう看護師が二人殺したっていう話は、事実無根なの？」

ひかるは逆に突っ込んできた。

「いや……言ったろ。刑事部屋で喋ってたそのまんまなんだよ。おれたちの間でも、『疑惑の看護師』がクロじゃないかという意見が優勢だった」

「国見病院に勤めていた看護師が二人を薬殺して、しかもその一人については事前に轢き逃げまでして病院に送り込んでいた、って鳴海署は断定したのね？」

「おいおい」

佐脇はニヤリとした。

「うまいことおれから話を引き出すな。これ以上は喋らん。それに、おれは、『疑惑の看護師』は、実はクロではないんじゃないかと思っているし」

「どうして？」

ひかるはすかさず訊いた。

「だから、それは言えねえよ。というか、それはおれの心証であって、証拠も何もないからな」

そう言って佐脇は立ち上がった。

「すまん。食欲がねえんだ。おれのツケで何か食って帰れ」

「どうせ店の奢りにさせるくせに」

ひかるの声を背中で聞き、佐脇は仏蘭西亭の出口に向かった。

＊

翌日。

国見病院の連続殺人事件に関して地元ローカルテレビ局・うず潮テレビが捜査状況をリークした件について、捜査一係の係長として、光田が先方に乗り込んで事情を聞いてきた。

「勇《いさ》み足の報道だったと認めて、うず潮テレビはおれたちに謝罪した。だが、問題の看護師が捜査線上に浮かんでいることは事実だし、しかも事件直後に姿を消している。だから取消しとか訂正の報道は求めなかった。まあ、マスコミとは持ちつ持たれつだからな。というか、貸しを作っておいたほうがいいだろ」

光田はこの件を軽く処理することに決めたようだ。

「しかし……ここで喋っていたことがあたかも筒抜けだった件については」

真面目な水野が声を上げたが、光田はそれをいなした。

「偶然の一致ということだろ。というか、あれだけの材料があれば、『疑惑の看護師』って推理はありがちだよな」

「イヤイヤそう言う問題じゃなくて……テレビ局が、正体不明の誰かからのタレコミを鵜《う》呑《の》みにして報道しちゃったという件についてはどうなるんです？」

「だから」

イラッとしたのか、光田は声を荒らげた。

「ウラを取らなかったとか、タレコミをそのまま流したことについては、報道局長がおれに頭を下げたよ。つい魔が差した、って」

ずいぶん軽い言い方だよな、と佐脇がヤジを飛ばした。

「ゴメンで済めば警察いらない、って言葉、知ってるか？」

「だからこの件はもういいだろ。うず潮テレビにはこっちも世話になることもあるんだし、どうせショボいローカルニュースなんか、みんなすぐ忘れるって」

光田は、それよりも、と話を変えた。

「警視庁から捜査協力の要請があって、刑事さんが見えている」

どうぞ、と声を掛けると、ドアが開いて風采《ふうさい》の上がらない、髪の薄い小柄な初老のオヤジが入ってきた。

「こちらは、警視庁台東署刑事課・組織犯罪対策係の殿山《とのやま》警部だ」

光田は、まるで転校生を紹介するかのように言った。

「どうも、殿山です」

初老のオヤジは、腰を曲げて佐脇たちに名刺を差し出した。

「警視庁《さくらだもん》の刑事さんが、どうしてまたこんな田舎へ？」

佐脇は東京から来た初老の刑事に当然の質問をした。

「ウチが以前かかわったヤマの関係者が、どうやらお宅が捜査中の事件と絡んでいるようなので、早速飛んできた次第です。昨夜の、こちらのローカルニュースの報道についても、知らせてくれる人がありましてね」

物腰低く丁寧な口調で喋る殿山は、風貌だけ見れば確かにまるで冴えないオッサンだ。しかし、ひと目見ただけで、佐脇には、このオヤジはおれと同類だ、と判った。

「こちらの殿山警部は、警視庁では『スッポンのトノさん』と呼ばれて、知る人ぞ知る百戦錬磨《れんま》の刑事だぞ。狙いを定めた容疑者にしつこく食らいついて自供に追い込む名人、だそうだ」

光田の言葉を殿山はイエイエと遮った。

「ワタシは小さな所轄《しょかつ》の冴えない古ダヌキです」

殿山はあくまで腰が低い。光田が佐脇を紹介した。

「この佐脇は、ウチの古株でありますが、同時に不良債権とも呼ばれております。自供に追い込む前に手が出てしまうんでね」

「ですが、おれの読みはそれほど外れませんので」

「偶然とか運の強さだろ、それは」

そう言い切った光田は、殿山の捜査協力に佐脇を付けると決めた。

「早速ですが、すり合わせをしたいので、どこか場所を」

ではこちらにと、佐脇は水野を連れて殿山を会議室に案内した。

「まず、昨夜のこちらのローカルニュースでも報道されたそうですが、『疑惑の看護師』あるいは『死の天使』とされる、渚恵子と名乗る女の身元は判明しましたか?」

「いや、お恥ずかしいことに、まったく判りません」

「そうですか。その看護師は、おそらく霧島響子《きょうこ》という女性です。その霧島響子と、不正な生体腎移植および非合法な臓器売買の関係についてですが」

会議室のパイプ椅子に座って早々に、殿山は本題に入った。

「その霧島響子は、臓器移植がらみで行方《ゆくえ》不明になっている宮路悟という青年を」

「ちょ、ちょっと。ちょっと待ってください」

こちらが何もかも事情を知っているという前提で話を進める殿山を、佐脇は止めた。

「話が見えません。こっちはまだ何も摑んでないんです。霧島響子とか不正な移植とか臓器売買って、何のことです？」

初めて聞く話ばかりが殿山の口から出てくることに、佐脇は慌てた。

「ああ、これは失礼。先を急ぎすぎました」

殿山は手元の資料をばさばさと探した。

「まず、こちらで『渚恵子と名乗っていた女』についてですが、昨年の十二月に、新宿のある総合病院を辞めた看護師の中に、今回、渚恵子を名乗った女とおぼしき人物がいるのです。その病院は看護師の出入りが多いのですが」

殿山は資料を滑らせて佐脇に寄越《よこ》した。

「霧島響子。一九八四年五月二四日東京の杉並《すぎなみ》生まれ。都立看護学校を卒業後、都内の病院数カ所で働き、その後、東京の歌舞伎町新宿総合病院に雇用されましたが、十二月十日からずっと欠勤しています。そして、響子がいなくなる直前の十二月八日に、同病院でやはり筋弛緩剤を用いたのではないかと疑われる不審死事件が立て続けに二件、起きております。死んだのは不法滞在中の外国人、および暴力団組員です。その後、病院の院内に備蓄してあった筋弛緩剤の数が合わないことが判明しました。関係者の証言を突き合わせると、霧島響子の容疑が濃厚であることを示しているのですが、決定的な物証がないので、要注意人物として現状は推移しております。写真がありませんので、似顔絵を描かせました」

殿山は、一枚のイラストを差し出した。そこに描かれているのは、まさしく、佐脇が渚恵子として知っている女の顔だった。文句なしの美人。目は切れ長で、クールな感じ。注射されたら、いかにも痛そうな……。

「この霧島響子と、こちらの国見病院にいた渚恵子が同一人物ではないかと推測する理由ですが、国見病院関連の資料が数日前、台東署の私宛てに送付されてきました。関連のある別件で動いていたので、私にタレ込みがあったのでしょう。差出人の名前はなかったけれど、自分は歌舞伎町新宿総合病院に居た者です、とのメモが添えられていたので、私には判った」

「送られてきたのはどういう資料ですか？」

「私も素人なのでよく判らないが、どうやらこの国見病院で、ある手術が行われ、それが適正なものではなかった可能性がある、ということを言いたいらしい。あと、宮路悟という青年を探してほしいと」

殿山の口調の歯切れが悪いのは、雲をつかむような話で、摘発するための決定的な証拠にはならないことを、自分でも判っているからだろう。佐脇は言った。

「このイラストは……たしかに渚恵子と名乗っていた女にとてもよく似ていますが」

そうでしょう、というように殿山は軽く頷いた。

「歌舞伎町新宿総合病院には、霧島響子の履歴書も身上書もないのです。それらの書類を提出せずに就職することはありえませんので、姿を消す直前に、響子は自分の痕跡をすべて処理していったのではないかと思われます。で、関係者の証言を元に、この似顔絵を描かせました。名人が描くと、モンタージュ写真より似るんです」

「鳴海署としては、西山恒夫も君塚剛も、どちらも同じ人物に殺害されたと睨んでいるのですが、どうやらそれが霧島響子のようですな」

「彼女の犯行だと仮定して、動機はなんです？」

殿山は試験官のように佐脇を問い質《ただ》した。

「動機はさておくとしても……二件とも筋弛緩剤を使ってます。新宿の病院で起きた不審死事件で検出されたものと同じ薬剤ですな。さらに殺された西山恒夫が君塚剛に脅されていたこと。そして、君塚の見舞いに来たアリシアというフィリピン人女性が薬剤室で意識朦朧状態で発見され、直後に逃走したが、そのフィリピーナと、霧島響子こと渚恵子は、同じ日の昼間に激しく言い争いをしていた。この件も筋弛緩剤が使用された可能性があります」

「アリシアですか……」

殿山は思わず苦笑した。

「知ってるんですか？」

「ええ。アリシアは、私が関わった資産家殺人未遂のホシと目される人物でして。現場は霧島響子も勤めていた新宿の病院で、事件が発覚したときには行方が摑めない状態になっておったのです。そうですか、ここに現れていたんですか」

「病院で殺人未遂？　霧島響子はその件にも嚙んでいたんですか？」

「さあ、それも漠としたままです。ただし、アリシアについては、東京の田畑組組員と繫がりがあることは判っております」

「とすると……組としてヤバい存在になってしまった君塚を殺しに来た、とか？」

「さあ、それは判りません。本当に見舞いに来たのかもしれませんし。でも、アリシアとしては、この病院に霧島響子がいるとは思ってもみなかったのでしょう」

殿山は、一つ一つ確認するように言った。

「とはいえ、動機はまだ判りませんが、状況から判断すると、霧島響子には君塚と西山、そしてアリシアを殺害する手段とチャンスがあったことになります」

「しかし、それだけでは、ホシとするには非常に弱いですな」

「……そうなんですよ」

佐脇はここでため息をついた。

「やはりネックになるのは動機です。ところがその動機が見あたらない。たとえば西山恒夫は暴力亭主で、女房から離婚を言い出されそうな雲行きでしたが、その件と霧島響子とはまったく関係ありませんから、西山恒夫を殺す理由がありません。君塚に至っては、まったく何も思い当たる節がありません」

水野が気を利かしてコーヒーを運んできた。

「や。すまんです」

殿山が美味そうにコーヒーを啜《すす》っているのを見ていた佐脇は、そろそろかという調子で訊いた。

「……殿山さん。あなたがさっき言った、『霧島響子と、不正な生体腎移植と非合法な臓器売買の関係について』なんですが」

それそれ、と殿山はコーヒーカップを置いて身を乗り出した。

「日本では腎臓移植に必要な腎臓が決定的に不足している、ということはご存知ですかな？」

それは知っていますよ、と佐脇は頷いた。ひかるも岡部老人も、そう言っていた。

「それに目をつけた連中が、臓器の、主に腎臓ですが、臓器の不正売買をやっているという疑惑があるんです。その情報提供者が、霧島響子と思われる人物なんです。私がこちらに来たのも、その人物からの情報提供があったのでね」

殿山は、佐脇を見据えて、言った。

「証拠のないのは承知で、もうハッキリ言ってしまいますが、おたくと太いパイプのある国見病院で、違法な腎臓移植手術が行われたようです。地下マーケットで買い取られた腎臓が、病院側の不適切な倫理審査を経て、もしくは、そんなものはまったく経由せず極秘裏に、つまり非合法的に移植された疑いがある」

佐脇は水野に、国見病院の家宅捜索を準備するよう命じた。

「手術記録をとにかく確保するんだ。しかし家宅捜索だと大々的になってしまうのがマズイところだな……内々に必要書類を自発的に提出させようか」

殿山は、佐脇と水野が段取りを相談するのを黙って眺めていたが、途中で割って入った。

「必要なのは、この書類ですかな？」

殿山がカバンから出したのは、分厚いバインダーだった。その中には、一週間前に国見病院で行われた腎臓移植手術に関する書類のコピーが入っていた。

「これも霧島響子が送ってきたものです」

それを見る佐脇に、台東署の古ダヌキ刑事はページを飛ばしながら要点を解説していった。

「国見病院には、東京の錦糸町にある東西病院から消化器外科の名医と言われる西山医師が先月移ってきて、着任早々、腎臓移植を一件済ませたらしい形跡があると。だが、どうもその手術は正式なものではないし、肝心の入院患者についてのカルテが曖昧《あいまい》すぎてお話にならない。名前が『鈴木太郎《すずきたろう》』で生年月日などもいかにも適当に記入されていて不審なことだらけだし、カルテにも要領を得ない『開腹による検査』などということが書かれている。しかし、記録に残されていない手術が行われたことは明らかで、準備された基剤や薬剤などから考えて、それは臓器移植手術だったらしい。しかし、移植手術には必須の院内の倫理委員会などは一切開かれていないし、本来は明記されるはずのドナーとレシピエントの氏名も所見も書かれておらず、連絡先として記載された住所は架空のものだった。そんなことは正式な手術ではあり得ないことであると」

殿山が一気に説明したので、予備知識がない佐脇は、きちんと理解出来たか自信がない。

まあ、おいおい確認しながら話を聞き直すか……。

「で、その正式ではない移植手術は、うまく行ったんですか？」

「そこまでは、霧島響子にも判らなかったようですな」

「しかし、執刀医の西山は殺されてしまったんですよ。霧島響子が西山を殺したとすれば、それは何のためです？」

「さあ、それは私にも。しかし今回こちらでもう一人、殺されたヤクザ、君塚剛ですが、この男がその生体腎移植や生体腎臓売買に関して深く関わっているという心証はあるんです。私としては真っ黒なんですが……いかんせん証拠がありません」

その点については、と佐脇は伊草や美知佳などから仕入れた情報を口にした。

「君塚は東京にある広域指定暴力団・隅田組系列の田畑組の組員ですな。この田畑組はインテリ崩れが多く、以前から医療絡みのネタをシノギにしていた。最初は病院の職員と組んで死亡した患者の情報を取り、組の息のかかった葬儀屋につないでキックバックを取る、といった程度のものだったらしいが、病院を抱き込めば何でも出来ることに気がつけば、非合法な臓器売買や移植手術などに手を出すようになってもおかしくはない。そして、そこの組員である君塚は、たまたま女絡みで西山恒夫と揉めた末に和解していた形跡がある」

それを聞いた殿山の佐脇を見る目つきが変わった。どことなく田舎刑事の力量を測るような感じがあったのだが、今やその表情は「そこそこやるな」というものになっている。

「なるほど。『証拠らしいもの』ならゴロゴロ転がっているというわけですな。だが、今のままでは何の証拠にもならない。なにか一つの新事実が出てくれれば、全部がオセロみたいに全部クロにひっくり返るのに」

「まさにその通り！　この件は宝の山なんですよ。しかし現状ではガラクタの山でしかない」

なにがあれば状況はひっくり返るのだろう？　このパズルには、どんなピースが足りないのだろう？

「何らかの理由で、霧島響子が不正な臓器売買や移植手術を憎んでいて、臓器ブローカーたる君塚や違法移植手術を手がける西山を抹殺しようというなら、それはそれで動機にはなるわけですが……」

「しかし、その霧島響子と思われる看護師が資料を私に送りつけてきた、その第一の目的は、もしかしてドナーにされたかもしれない宮路悟という青年を探してほしいということなんだ。だとすれば、執刀医だったかもしれない西山を殺してしまうのはおかしいですな」

君塚殺しと西山殺しは、手口が同じで時間的にも連続して行われたものではあるが、別件として考えるべきではないのか？

少なくとも西山殺しについては、一番動機があるのは、西山のＤＶに悩み、同時に同性愛の相手から離婚を強く奨められている西山千春と、その相手である吉井和枝をまず疑うべきではないのか？

もちろん、捜査のイロハとして、この二人のアリバイは真っ先に調べた。両人とも、完全なシロとは言えない。

千春は殺人が行われた時間帯には自宅にいたと供述しているが、それを証明する人物はいない。

和枝は、国見病院で夜勤だった。だが、彼女がずっと忙しく働いていたことは、複数の同僚の看護師が証言している。

とすると、やはり疑わしいのは霧島響子と西山千春か……。

「とにかく、いろんな選択肢を潰していきましょうか」

殿山の提案に、佐脇は同意した。

*

同じころ。安東健也は、激しく焦っていた。

何もかも、することなすことすべてにおいて、不味い目しか出てこない。

もうひとつ腎臓を見つけなければならない。それも、活きの良いのを、緊急にだ。

手術がまさかの失敗をし、支払が溜っている上納金をつくる当てがなくなった。

おまけに、使い勝手の良かった相棒までが何者かに殺されてしまった。

「一体、どうすりゃいいんだ!」

健也は安いビジネスホテルでビールとジンをちゃんぽんにして飲みながら、吼《ほ》えた。

数日前までは、ヤクザになったからにはゼイタクしないでどうするんだとばかりに街一番の鳴海グランドホテルのスウィートに泊まっていたのだが、金が出来る当てが突然、消え失せてしまったので、慌てて安宿に引き籠もったのだ。

　これまで、オイシイ思いもしたが、それだけの苦労もした。今までかなりの努力をし、修羅場も潜って、やっとここまできたのだ。それが、「生着出来ず」というたった一言で崩れ去ってしまうのか……。

　この非合法ビジネスは、決して順調ではなかった。ずっと使っていた大庭《おおば》という移植医が、表沙汰になる危険を察知したのか、これ以上やりたくないと言って来た。

　医者がいなくては話にならないが、都合よく使えて腕のいい外科医はそうそういるものではない。

　その時ちょうどタイミング良く相棒の剛の女とトラブルを起こしたのが、消化器外科医の西山だった。

　暴力沙汰にして手っ取り早く金をむしろうとした剛に、「あの医者はもっとしゃぶれる」と説得して非合法な腎臓移植に引き摺り込んだのは健也だった。

　最初は強要されるままに北関東の病院に出向いて移植手術をしていた西山だが、成功が続いて申告しなくても良い大金を手にすると、態度がコロッと変わった。西山は、自分から積極的に腎臓移植手術を手がけるようになっていた。

　が、一難去ってまた一難。それまで手術に使っていた北関東の病院がＮＧになった。違法な手術を許せない院内の誰かが、地元の医師会に密告したのだ。

それを聞いて弱気になった西山が「手を引きたい」と言い出した最悪のタイミングで、アニキ経由で大きな話が舞い込んでしまった。

関西の政財界を牛耳る大物・阿久根《あくね》の、腎臓移植。重度の糖尿病で、余命のカウントダウンが始まっていて、腎臓移植がどうしても必要だった。しかし、移植コーディネータに任せていてはなかなか順番が回ってこないし、海外に出かけて移植を受けようとしても、外国人への腎臓提供が禁止されてしまった。

残された手段は、健也のような非合法臓器ブローカーの世話になるしかない。

「金に糸目はつけない！」と宣言されて、健也と剛は、血眼になって最高のドナーを探し、ようやく見つけ出した。

身よりナシ、借金アリ、病歴ナシの若者。

新宿の病院であらゆる検査をして組織の適合性も万全であると、合格のハンコを貰った。しかしその病院では違法な手術は出来ないし、ひっそりやりたいという西山の強い希望もあって、田舎の病院を探すことになった。

健也が見つけ出したのが、故郷の鳴海にある国見病院だった。

地方のまったく無名の、誰も注目しない小さな私立病院。経営はジリ貧で、ここも一発逆転の決め手となるような看板を欲しがっていた。「国見に行けば腎臓は治る」というような、目玉商品……いやそれ以前に、倒産を避け、職員に給料を払い続けるための運転資金が必要だった。

健也が大金をチラつかせると院長も理事長も事務長も、「目先の金」に簡単に転んだ。出所の怪しい生体腎や死体腎の移植を裏でこっそり引き受けることを、健也は国見病院側に承諾させた。国見病院としては当座の資金とノウハウを獲得し、いずれは正式な生体腎移植手術を手がける病院になる心づもりなのだ。だから西山医師も高額の報酬と引き換えに受け入れた。

ヤバい橋を渡ることにはリスクがともなうが、バレさえしなければ、莫大な金額が病院には入ってくる。いずれオモテの手術も増えれば、病院の箔《はく》もつく。

国見病院には、もう一つの抜け目のない計算があった。

長年、誰も引き受けない警察医を務めてきて、県警や鳴海署に恩を売ってある、という読みだ。警察を味方につけているほど心強いものはない。マスコミは抑えてくれるし、そもそも、立件されなければ問題は起きていないのと同じなのだ。

身を隠すように地方に息を潜めていたい医者。

当座の金と将来の看板が欲しい病院。

目立たず非合法な手術をしたい患者。

この三者の折り合いがついて、西山恒夫は国見病院に移籍した。レシピエントも東京の病院から転院してきたし、宮路悟も腎臓を提供するためにやってきた。

苦労した御膳立は万全で、すべてが完璧に運ぶはずだった。

すでに健也と君塚剛は手付け金でカネ回りが良くなっていて、贅沢を覚えていた。レシピエントである阿久根からは一億円近い莫大な成功報酬が約束されていた。手付けの数百万を使ってしまっても、後からもう数千万入るのは確定していた。そこから宮路悟に腎臓の代金を払っても、手元には大半が残る計算だった。

悟には「腎臓売って人生一発大逆転」とかオイシイことを言って納得させたが、ヤツの借金はたかが二百万だし、礼金だって百万以上渡すつもりはなかった。文句を言われれば、検査入院に莫大な金がかかったとかなんとか、いろいろな経費を持ち出してケムに巻く自信はあった。

勝ち組は、おれだ。おれこそ、人生の勝者だ。

健也は、自分の人生は順風満帆だ、とそれまで思っていたのだ。

それが……。

「生着しなかった」の一言で、すべてが暗転してしまった。

腎臓移植を何度も繰り返していた北関東の病院とは違って、国見病院は、設備は劣るしスタッフも慣れていなかった。西山は名手であっても、手術にはチームワークが必要だ。いくら執刀医が優秀でも、それだけでは手術は成功しない。

想定外のアクシデントに健也はパニックになった。

最初の手術が失敗した以上、受け取った金額のほぼ全額を返すように阿久根側からは言われた。紹介したアニキからも、おれの顔を潰す気か、と追い込みをかけられている。いい気になって払うべきものを後回しにしたせいで、田畑組への上納金を作る当てがない。

八方からプレッシャーのかかった状態で、健也は追い詰められていた。

だが、そんなこと言われても、急に次のドナーが見つかるはずがない。

しかも、西山医師と、君塚剛が殺されてしまったのだ。

これは、何者かの妨害によるものとしか思えない。

誰が、おれの邪魔をしてるんだ？

健也は、ライバルの顔を思い浮かべた。

同じ組で、健也と剛の儲けが急増して立場が逆転してしまった先輩か。それとも、自分たちが中卒なのをバカにしていた、ヤクザのくせに学歴をひけらかすだけの、ダメ野郎たちか。

鳴海駅近くのみすぼらしいビジネスホテルで、健也は思い切り壁を殴りつけ、チクショーっ！　と叫んだ。隣から「やかましい！」と怒鳴られて、一瞬、キレそうになった。そのままドアを開けて隣室に乱入して、今怒鳴ったヤツを半殺しにしてやろうかと思った。

しかし、懸命に深呼吸して、なんとか自重した。

ここはとにかく冷静になって、この絶体絶命の窮地から脱出しなければならない。このヤバい局面をなんとか切り抜け、自分を陥れたヤツに復讐してやるのだ。

しかし、どうやって？

彼は、バスルームに入って冷水シャワーを頭から浴びた。なんとかクールダウンして打開策を絞り出そうとした。

アニキにもう一度泣きつくか？

実は、西山と君塚剛が殺されたと知ってすぐ、健也はアニキに電話した。しかし、頼みの綱のアニキは冷たかった。

「おれまで道連れにする気か？　あの話はおれからの紹介だ。おれの顔を潰したらタダで済むと思うなよ！」

なんとか自力で解決しろ、と怒鳴られて、通話は切れた。

どうにも出来ないから、泣きついたんじゃないか……。

西山の代わりになる移植医は、なんとか手配出来るだろう。西山の前に使っていた大庭を脅してでも復帰させればいい。

そうなると、唯一にして最大の問題は、新しい腎臓だ。

この際、生体腎には拘《こだわ》らず、死体から抜き取ることも考えるか……誰かを殺して、腎臓を抜き取るというのはどうだ？

そう考えた時、閃いた。

アイツ……腎臓を一個抜いた悟。アイツにはまだ、もう一個、腎臓があるじゃないか。

生着しなかったのは、腎臓に問題があったからではなく、国見病院では初めての手術だけに、いろいろと不慣れなことがあったからだと聞いている。

ならば……。

同じドナーの、もう一つの腎臓なら、適合性に何の問題もない。わざわざ検査をやり直す必要はない。すぐ移植にかかれる。

いや、さすがにそれは、と反射的に否定する小さな良心の声が聞こえたが、次の瞬間、そんなものに耳を貸すことはない、と思った。腎臓を用意できず、阿久根の病状が悪化すれば、殺されるのは自分なのだ。ヤツが死ぬか、自分が死ぬか。二つに一つなのだ。

それなら答えは決まっている。

宮路悟。

ヤツからもう一つの腎臓を抜いてしまえばいい。

そうすれば、ヤツに支払うはずだった礼金も、借金をチャラにしてやる金も自分のものだ。

アイツの身柄は腎臓を抜いたあと、一人では出てこられない場所に事実上、監禁状態にしてある。レシピエントが大物だけに、ドナーの口から秘密が漏れるのは避けたかったからだ。いや、本心を言えば、アイツに報酬をまともに払う気は最初からなかった。本当に天涯孤独で、誰一人捜さないのかどうか、実を言えば、それを見極める時間がほしかったのだ。アイツの面倒は君塚剛が見ていたが、まだ生きているはずだ。

剛は、悟を、身寄りも友達もいない理想的なドナーだと自慢していた。ならば、アイツがこの世から消えても、誰一人気にする者はない。アイツが死んでも、悲しむ者はいないのだ。それどころか、アイツが死んだことすら、誰も気付かないだろう。

これ以上の名案はあるか？　ない！　絶対にない！

健也は、この思いつきに小躍《こおど》りした。こんな最高のアイディアを、どうして思いつかなかったんだろう？　おれもまだまだ甘いな。だからアニキに怒鳴られ、電話を切られてしまったんだ。こんな程度のハードルを楽々と越えられなくて、いっぱしのインテリヤクザにはなれないじゃないか！

健也は、中学を出てすぐの時に犯した犯罪を思い出した。

あの時も、組への上納金に困っていたのだ。

これはもう、誰かから盗るしかないと決めて、目の色を変えて獲物《えもの》を物色した。

その時、ふと目に付いた民家に押し入ったら、婆あとガキがいたので、ガキを痛めつけて金のありかを婆あに喋らせようとしたのだ。結果として二人とも殺してしまい、ほんのわずかな金しか奪えなかったのだが。

でも、それからおれも修業して、もっと賢くなった。あの時は、計画性なんかまるでなかった。バカなガキの短絡的犯行とか言われたが、今は違う。今のおれは、こんなに周到な計画を立てられるのだ。

悟の死体をどうするかが未定だし、ヤツの一つしか残っていない腎臓をどこで抜くのかという問題もあるが、それはなんとかなるだろう。執刀する医者が口を噤《つぐ》めばいいだけのことだ。

興奮してバスルームから出てきた健也は、大庭に電話を入れた。

「先生！　どうしてもやってもらわなくてはならないことができましてね！」

健也の冷血な計画は、着実に進行し始めた。

＊

東京から来た殿山に付きあって動いていた佐脇は、ヘトヘトになっていた。

自分のペースで動く分には、どれだけハードでも案外疲れないものだ。自分の体調に合わせて短い時間でも休みを入れたりスローダウン出来るからだ。しかし、他人に合わせるとまったく疲れ方が違う。

自分とタイプが似ているように感じて年長だからと油断していたのだが、殿山は実に精力的に動いた。

「無理やりここまで出張させて貰ってるんですからね、その分働かないと」

と、映画版『砂の器』に出てきた刑事みたいなことを言って、資料を探し出し、読み込み、聞き込みに廻った。

殿山の関心は、霧島響子に集中している。彼女の行方を追って、闇の臓器移植ネットワークを炙《あぶ》り出して壊滅させたいのだろう。

だが、佐脇としては、君塚剛と西山恒夫を殺した被疑者を追って逮捕したい。二件とも霧島響子の犯行かもしれないが、そうではない可能性も高い。

選択肢を潰すのなら、先に西山千春が君塚を殺した可能性を否定すべきか、いや霧島響子が西山医師を殺した線を潰すべきか。

逃走したアリシアの行方を追うのは諦めて、水野に西山千春の身辺を洗うよう命じた。並行して捜査しなければ先に進まない。

捜査令状をとらず、任意で国見病院関係者を聴取し、提出させた書類を調べた。

西山恒夫を東京の『東西病院』から引き抜く形で招聘したのは、低迷する病院経営の起死回生を狙ってのことだという建前は、何度聴取し直しても変わらない。形としては合法的な腎臓移植のシステムを整えつつあるところであり、消化器外科では手術実績のある西山恒夫をチーフとして、病院をあげて腎臓移植を今後推進する、いずれ倫理委員会も院内に設置する、との話だった。

　表面的にはまったく何の問題もない。疑えばキリがないが、臓器移植ネットワークだけがコーディネートする心臓移植とは違って、腎臓の場合は、親族や善意の人物からの提供も受けられる。ここにグレーゾーンが出来てしまう理由がある。これは、腎臓移植の特殊性に起因するものだけに、一概に取り締まることは出来ない。

「しかし、霧島響子の足取りはふっつりと消えてしまいましたな」

　酒が好きで強い者同士。佐脇と殿山は二条町の安酒場で飲み明かした。

「君塚を轢き逃げした犯人ですが、かなり背が高い人物だとか」

「ええ。シートの位置やルームミラーの角度などから、そう推定してます」

　佐脇は、判ってますよと付け加えた。

「それは霧島響子だろうとおっしゃるんでしょう？　私も、その線は疑ってますが」

「背の高い、すらりとした女でしたからな」

　君塚を轢いて入院させたのが霧島響子なら、違法な腎臓移植について病院で聞き出そうとした、という線でスジは通る。だがしかし、大事な情報源の君塚を殺してしまうのは、おかしいのではないか。

「ここでも使われたのは筋弛緩剤ですな。拷問しすぎて死んでしまったのか、それとも、聞き出すことはすべて聞いたので用済みだし、顔を見られているので口封じに殺しか」

「口封じだとしたら、ヤクザみたいな考え方ですな」

佐脇は、犯人が響子という説にはどうしても抵抗があった。しかし、あの女なら、社会に、あるいは自分にとって害悪であると判断した瞬間、何のためらいもなく手を下しそうな気もする。

「歌舞伎町新宿総合病院での不審死も霧島響子の仕業《しわざ》とすれば、彼女は……過去に何があったかは知らないが、いわゆる反社会勢力に属する人間をひどく憎んでいるフシがある。霧島響子が犯人でも私は驚かないが、それなら自分が逮捕される危険を冒《おか》してまで、私に連絡してきた理由が判らない」

「執刀医の西山は、『処刑』ということで？」

「霧島響子が、違法な腎移植を強烈に憎んでいるなら、その可能性は否定出来ません。なんせ、私に重要な資料をドカドカ送りつけてきたんですからね。警察を動かしてでも、やめさせたいと思っていることは確かだな」

だがここで響子の動機を推理しても仕方ない。時間の無駄だ。推測以上の何物でもないことをアレコレ考えても酒の肴《さかな》にはならない。

「人というものは、他人から見れば計り知れない過去の因縁や遺恨を根に持って、ふつふつと怒りの火を燃やし続けていたりするものだからなあ」

「では、重要参考人として手配しますか？」

「私としては、そのほうが真相解明に早く近づくと思うんだがね」

じゃあその件は、明日署で詰めましょうと引き取って、今夜はお開きにした。

殿山と別れて自宅のボロアパートに帰ってくると、玄関ドアの前に女が立っている。ジーンズにトレーナーという、近所の主婦がコンビニに買い物に出たような格好だった。

磯部ひかるなら合鍵を持っている。この女は……。

「もう、本当の名前は判ってる頃じゃない？」

渚恵子だった。いや、霧島響子と呼ぶべきか。

「どうしておれの部屋を？」

「だって、あの時、別れ際に、自宅の住所と電話番号を走り書きした名刺をくれたでしょう」

佐脇は、自分が寝た女のうち、これはという相手には自宅を教えることにしている。

「ま、中に入ってくれ」

刑事が、重要参考人として指名手配しようとしている女と会っているところを、誰かに見られては不味い。

六畳間の万年床を丸め、両手をパワーショベルのようにして散乱《ちらか》り放題のガラクタを部屋の隅に追いやり、ようやく来客を座らせた。

「何してるの?」

消臭スプレーを撒こうとしていた佐脇に、響子は怒ったように言った。

「いや、加齢臭を消そうと思ってね」

「そういうことはどうでもいいの。大事なことで来たんだから」

そりゃそうだがレディに配慮して、と言いかけて、止めた。一切の無駄を嫌う女がいるとしたら、それが響子だ。

「警察は私を捕まえようとしてるんでしょう? あのテレビのニュースによれば」

「あれは何者かが勝手にチクったので、警察の方針ではない」

そう言って、付け加えた。

「でも、たぶん明日には、アンタを指名手配することになるだろう」

沈黙がイヤで、佐脇は立ち上がって冷蔵庫から飲み物を出そうとしたが、それも響子に断られた。

「余計なことに気を遣わないで、私の話を聞いて」

響子は、まなじりを決して佐脇を見据えた。

「まず、私は、西山恒夫は殺していません。『死の天使』うんぬんをテレビ局に通報したのは、あれはアリシアね。彼女は歌舞伎町の病院でのことを知っているから。でも、少なくとも、ここでは私は誰も殺していない」

佐脇は、余計な質問を挟まずに、響子の話を聞くことにした。

「君塚剛も殺していません。君塚に関しては疑われても仕方ない、とは思ってます。君塚の車に細工した上に轢き逃げして入院させたのは、私です。ああ、それは順序立てて話しますから」

堪《たま》らずに質問しようとした佐脇を制して、響子は話を続けた。

「君塚に口を割らせようとして拷問したのも私です。だけど、殺してはいません。拷問が過ぎて死んでしまったのでもありません。私は看護師ですから、その辺の加減は判っています。だいいち、唯一の情報源である君塚を殺してしまったら困るのは私です」

山ほど訊きたいことがあって混乱しかけた佐脇は、頭を振って自らを落ち着かせた。

「……では訊きたい。拷問して寸止め状態だった君塚は、何故死んだ？　というか、誰が殺したのなら、その場にアンタがいなかったのは何故だ？」

「口を割らない人間に白状させるのは至難の業よね？　刑事さんなら知ってるでしょう？」

「警察は拷問はしない。いや、しないことになっている」

「拷問しても、喋らないヤツは喋らないでしょ？　でもこっちは、君塚から聞き出さなきゃいけなかったのよ。だからと言って痛めつける一方じゃダメでしょう？　緩急をつけて相手の気の緩みにすかさず付け込んだり、わざとインターバルを置いて恐怖心を煽ったり、そうして波をつけなきゃダメよね?」

「おれはそういうことは知らんよ。知らないが、聞いた話によれば、そうなんだろうな」

佐脇はニヤリとした。暴力でゲロさせるのは、大きな声ではいえないが、いわば常套《じょうとう》手段だ。もちろん、相手を選ぶし、無実臭い相手には手は一切挙げない。その見極めは職人芸だと自認している。

「拷問にインターバルを置こうとして、あんたが個室を出たところで、何者かが入れ替わりに侵入して君塚を殺害したと? それは君塚に喋られては困る人間の口封じだったのかな?」

「私は、そうなんじゃないかと思ってるけど」

「そこで問題になるのが、個室の前で見張っていた巡査の存在だ。あいつは、ちょっと席を外した、その隙を突かれたと証言した。すると、それはウソだってことだな?」

「あのおまわりさんがそう言ったのなら、それはウソです」

響子は、見張りをしていた福田巡査と肉体関係を持ち、拷問を実行した時間帯には、彼女が見ているから三十分くらい休憩してくるようにと言ったのだった。

「それがバレたら申し開きが出来ないから、あの子はウソをついたんでしょう」

響子は巡査を子供扱いしている。

「ならば訊こう。アンタは君塚から、何を聞き出そうとしたんだ？」

「特別室の患者に生体腎を提供したドナー、宮路悟の行方よ」

「そうか。移植された患者は特別室に入っているのか」

佐脇はそうだろうなと頷いた。

「その、特別室に入っている患者は、誰なんだ？　その患者が、腎臓を移植されたんだろ？」

「それは、私にも判らない。カルテにもきちんと書かれていないから。だからこれは絶対に、非合法な、表に出せない手術なのよ。正規の手続きを踏んでの移植手術なら、カルテにもきちんと記載されるだろうし記録が残っているはず。たとえカタチだけでも倫理委員会みたいなものが開かれたはず。でも、そういう形跡が一切ないということは、違法な手術をしたに違いないのよ」

違法に入手した腎臓を移植するとかね、と響子はぴしりとした口調で言い切った。

佐脇は、彼女の迫力にちょっと驚いたが、負けないよう踏ん張った。

「アンタが調べても、特別室の患者の正体は判らなかったのか。病室に入ってみたことは？」

響子は首を横に振った。

「特別室には、私みたいな看護師は入れないのよ」

残された糸口は、特別室の患者だけなのだと佐脇は理解した。

「……で、アンタ、目的は達成したのか？　ドナーの宮路悟の行方は判ったのか？」

その問いに、響子は黙って首を振った。

「そうか。判らないのか。そういうことならおれたちが探した方が早いんじゃないか？田舎警察とは言え、一応、そういうのは本業だからな。何か手がかりは？」

しかし、響子は頑なに黙ったままだ。

「なあ、ちょっと考えてみろよ。行方不明になった人間を探すのは、警察の仕事だ。やり慣れてる。ノウハウもたんとある。あんたが知ってることを教えてくれれば、おれたちが動いて探し出してみせるが、どうだ？」

響子はしばらく佐脇の顔を眺めていたが、腹をくくったように口を開いた。

「宮路悟は、あるところに監禁されているようなの。でも、それがどこで、どんな状態で監禁されてるのか、判らない。隠してるんじゃなくて、本当に判らないの」

「……それを聞き出す前に、君塚が死んでしまったのか」

「そうよ。あと五分あれば良かったんだけど」

場所が判らなければ、どうしようもない。

ああそうそう、と佐脇は話を変えた。

「……東京から刑事が来てるんだ。アンタと旧知のヒトなんじゃないか？」

そう言われた響子は、一瞬、懐かしそうな顔になったが、すぐに硬い表情に戻った。

「旧知以前の、ほとんど何の関係もないヒトだけどね」

「その刑事は、アンタを重要参考人として指名手配することを強く主張しているぞ」

響子はふ～んと生返事をした。その表情から彼女の気持ちは読み取れない。

「まあ、私がやったと思われても仕方ないわね。でも、まだ捕まるわけにはいかないの」

「ドナーの件か」

そう、と響子は頷いた。

「いろいろと想定外のことが重なったわ。アリシアに出くわすとは思ってなかった。あの女は、私のことを知ってるしね」

「知ってる？　どう知ってるんだ？」

「新宿の病院で、あの女が遺産目当てで金持ちのじいさんを殺そうとしたのを私が防いだことがあったの」

「お前さんは、聞けば聞くほどボロボロいろんなことが出てくる女だな」

「余罪みたいに言わないで。本来警察が守るべき人を、私がかわりに守ったんだから」

響子は、素っ気なく言った。

「そういうことを、どうして新宿署に通報しなかったんだ？」

「さあ、なぜかしら？　しても無駄だと思ったからかもね」

自分の余罪を追及されるのが嫌だったからだろ、という言葉を飲み込んだ佐脇は、話を変えた。

「で……どうしておれに会いに来たんだ？」

「警察の動向を知りたいのと、私がやってないってコトを伝えたかったから。二人を殺したのが誰だか知らないけど、私以外に可能性のあるヒトを追及してほしいから」

「それは……判った」

佐脇がそう言うと、響子はトレーナーを脱いでブラを外した。

「おいなんだ、それは？」

意外な展開に、佐脇は驚いた。

「お礼よ。私の話を聞いてくれたから」

響子はそう言いつつ、佐脇に抱きついて唇を合わせ、舌を入れてきた。

「お礼と言うより、口封じか？　ここに来たことを黙ってろという……」

響子はふふふと笑って答えなかった。

そのまま彼女はジーンズを脱ぎ、佐脇の服もスルスルと脱がせた。看護師だからか、実に手際が良い。

「佐脇さん、最近はどうなの？　私はね、こんなことになってしまって、正直ご無沙汰してるわけ。セックスには鎮静効果もあるから、ね」

なにが「ね」なんだかと思いつつ、響子の巧みな愛撫を受けて、佐脇は据《す》え膳《ぜん》は絶対食う、というモットーに忠実になることにした。

手早く佐脇を脱がせた響子は、その逸物をぱっくりと口に含んだ。

彼女の舌はぬめぬめと亀頭に絡みつき、硬くすぼめた唇が、サオを上下して擦り上げていく。

時折見上げる彼女の妖艶な眼差しと相まって、佐脇のリビドーは一気に上昇した。

響子の舌さばきは天性のものと言えた。舐めながらちゅばちゅばとペニスを吸う。

いつのまにか彼女の手が、刑事のふぐりを揉みしだいていた。

佐脇の男根は完全に屹立した。

それを見た響子は全裸になると彼の上に跨がって、佐脇のモノを女芯にずぶずぶと飲み込んでいった。

肉棒を根元まで収めた彼女は、やがて、ゆっくりと腰を振りはじめた。

そのクールな顔立ちは獣欲に火照り、知的な瞳も、霞《かすみ》がかかったような淫靡な光を放っている。

跨がられて動けない佐脇の上で、見事なラインを描く乳房がぷるぷると揺れ、くびれた腰がうねうねと蠢く。

「どう?」

「ああ、相変わらず、いいぞ」

そう、それは良かったわ、と響子が頷くのと、腕にチクリとした痛みが走ったのが同時だった。騎乗位のセックスでデレデレになり、完全に油断していた刑事は、我に返り、目を見開いた。

「な、なにをした！」

「ちょっと、筋弛緩剤の弱いのを……もがいてもダメよ、即効性だから」

隠し持っていたらしい注射針を、響子が右手に持っている姿が二重に見える。

響子の言った通り、佐脇の全身から力が抜けてきた。動いて響子を振り落とそうとしても、それが出来ない。

なのに、ペニスだけは元気を保って勃起し続けている。

「これはご褒美《ほうび》。冥土の土産に思いっきり快感を浴びて」

おれはこの女に殺されるのか？　やはり、連続殺人の犯人は響子だったのか？

が……そんなことはどうでもよくなるほどに、佐脇の全身には快感が満ちあふれた。

このまま死ぬのか？　これがこの世で最後のセックスなのか？

ものすごい恐怖を味わいつつのセックスは凄まじい快感を生んだ。これが最後と思うからか？　死と裏表のセックスだからか？

佐脇のペニスを愛液が垂れ落ちる響子の女芯が上下し、部屋中に淫猥な肉と淫液のまざり合う音が響いた。

「あぁッ」

痺れるような喜悦の中、糸が切れたような感覚があり、激しい射精が始まった。

激しく痙攣し、いつまでも続くかのような、法悦のような快楽。

佐脇はこのまま死んでも、まあ、仕方がないか、と思っていた。

我が人生に悔いなしか……。

「馬鹿ね。大丈夫よ。死にはしないから。私が逃げるまで時間が欲しかったの」

そう言っていっそう腰を振って花芯を締めると、響子は自らもオーガズムに達した。

ガクガクと全身を震わせ、背中を反らしてアクメを貪ると、響子は意地悪な目で佐脇を見た。

「筋弛緩剤といってもいろいろあってね。薬のセレクトと分量に微妙な調整があるの。これは私だけが知ってる秘伝よ。ちょっと経てば効き目は切れるから」

響子はそう言うと躰を離し、後始末もそこそこに部屋から出て行った。

佐脇はその姿を見送るしかなかった。

第六章　絶望の人間牧場

「ちょっと、どこに行こうと言うんです?!」

響子が突然佐脇のもとを訪れ、慌ただしく去ったその翌朝、国見病院に殿山と、そして水野を伴って乗り込んだ佐脇は、ロビーからそのまま病室に向かおうとして事務職員とガードマンに阻止された。

「特別室だよ。そこの入院患者に面会したい」

「申し訳ありませんが、その患者さんは面会謝絶になっております」

「おい。おれは刑事だぞ。職権で会いたいと言ってるんだ。通せ」

佐脇は、コワモテぶりを発揮して強行突破しようとしたが、事務職員は必死に抵抗して、ロビーで揉み合いが起きた。

同行している殿山は、手は出さずに地元の佐脇に任せて控えている。

水野は、と言えばハラハラしつつ成り行きを見ている。貴様、公務執行妨害で逮捕する、と佐脇がいつ言い出すか判らないので、その時は止めようと思っているのだろう。

すぐに報告が行ったものか、小太りの中年男がすっ飛んできた。事務長の井原《いはら》だ。

「今日はどういったご用件です？　鳴海署からは何も聞いてませんよ」

「警察が仕事をするのに、いちいち前もっておたくの了解を取らなきゃならんのか？　通るぞ」

「それは困ります。困るんです。とりあえずお話ししましょう。まま、どうぞこちらへ」

事務長はなぜかひどく狼狽《うろた》えている。

「どうしたんだ。今日だけ扱いが違うじゃねえか。おたくと鳴海署は持ちつ持たれつだろ」

応接室に案内され、ソファに殿山と水野にはさまれて座った佐脇は足を組み、高飛車《たかびしゃ》に文句をつけた。

「はいそれはもう鳴海署さんには、いつもひとかたならぬお世話になっております、おりますのですが、と言いつつ、井原の態度はいつになく硬い。

「いくら警察でも、問答無用に院内に入られるのは乱暴ではないでしょうか？」

「ああ？　聞こえねえな。今までだって好き勝手に入ってたろ」

「ですから今までご自由に出入りされていたのは、あくまでも事件の捜査で、ということでしょう？　でも現場検証は終わったし、関係者への聴取も終わりましたよね？　その上と言うことであれば、事前にご相談いただかないと。こちらは病院ですし、他の患者さんのこともありますから」

いつもなら小役人風の笑顔を浮かべて腰の低い井原だが、今、佐脇に相対しているその顔は、真っ赤になって強ばっている。まるで義経《よしつね》を守る弁慶《べんけい》のような形相《ぎょうそう》だ。

「で、今回のご用件はなんです？　特別室の患者様にどういう御用です？　その患者様と捜査は関係ないでしょう？」

「関係あるかないかはこっちが決める。判断の理由は『捜査上の秘密』で口外できない」

伝家の宝刀を抜くように重々しく言ってやった。『捜査上の秘密』を持ち出せば、大体の民間人は大人しく引き下がるものだが、しかし、今日の井原には効果がなかった。

「そうおっしゃるなら、こちらには守秘義務があります」

井原は、ここは譲れない、とばかりに、目を大きく剝いてみせた。なんだお前は。歌舞伎役者か。

「佐脇さん。一応」

水野が横から、囁いた。

「ご存じとは思いますが、医者や弁護士などには刑法第百三十四条で守秘義務が課せられてます。『正当な理由なくして、その業務上取り扱ったことについて知り得た他人の秘密を漏らした場合』には懲役もしくは罰金刑が」

「判ってるんだよ、そんなことは」

佐脇は声を荒らげた。

「おれたちにはその『正当な理由』があるじゃないか」

佐脇は、しかし、その『理由』については、はっきりさせたくなかった。内々に調べを進めて、犯罪の概要を固めてから動きたい。

「ですから。どういったご趣旨《しゅし》か判らなければ、正当な理由かどうか、こちらが判断出来ないじゃないですか。鳴海署が言うのだから、すべて正しいとでもおっしゃるので？」

井原は意外に粘ってきた。

「では言う。君塚剛及び西山恒夫の殺人事件に関して、両人が非合法な臓器移植に関わっていたことが事件に発展したのではないかという疑いがある。そして、ここの特別室に現在入院中の患者にも、その非合法移植手術に関係しているのではないかという疑念があるので、当人に会って確かめたい」

「それは無理です」

井原はにべもなく断った。

「患者は面会謝絶で、そういう質問に答えられる状態ではありません。きわめて危険な容《よう》態《だい》なのです」

「政治家なんかが、よくそうやって病院に入ってほとぼりを冷ますよな。そういうことか？」

「いえ。本当に重篤《じゅうとく》な状態にあるのです」

井原の態度には、まったくブレがない。

「医者が同席してストップを掛けて貰っていい」

「ですから今、ストップを掛けております」

小役人風の井原が、能力の限度いっぱいに必死に頑張っているのがよく判る。

「じゃあ、患者に直接聞くのは止めてアンタに問う。特別室に入っている患者がどこの誰で、どんな症状で、主治医は誰で、どんな手術をしたのか、洗いざらい教えて貰おうか」

「それもお断り致します」

井原は、さっきは真っ赤だった顔が緊張のあまりか青くなっている。

これは病院の最上層部から厳命されているのだろう、と佐脇は判断した。

「じゃあなにか？　何か訊こうと思ったら、あんたを逮捕するか、重要参考人として拘束して取り調べなきゃいかんのか？」

「……その場合は、弁護士を同席させていただきます。当病院の顧問弁護士ですが。その上で、黙秘致します」

「おいおい。喋ったらアンタ馘《くび》にでもなるのか？　それとも沈黙の誓いを破ったとして、あの二人みたいに殺されたりするのか？」

半分冗談で言ったのに、井原の顔は凍り付いた。

「とにかく、しかるべき手続きを取ってください。それでもお話し出来ないことはお話ししませんし、特別室の患者さんに会わせることも出来ません」

それを聞いた佐脇は、何も言わない殿山を見てから、携帯電話を取り出して水野に渡した。

「おい水野。署に電話しろ。正式に、国見病院のガサ入れをする。家宅捜索の令状を取るよう伝えてくれ。それと、国見病院の事務長の逮捕状を取れ」

「いや……それは無理です」

水野は佐脇を止めた。

「家宅捜索の令状が出るまで時間がかかりますし、井原さんの逮捕状を取るにしても……そもそも容疑はなんです？」

「馬鹿かお前は！　お前はどっちの味方なんだ？　こいつらにカネでも握らされたのか？」

「違いますよ。ここを強行突破しても、おそらく公判で証拠不採用になるか、あるいは、捜査の手続きが適正ではないとされて潰されます」

水野は小声で付け加えた。

「忘れてませんか？　ここは他ならぬ国見病院ですよ」

水野はハッキリとは口にしないが、国見病院がわざわざ面倒な警察医を引き受けている裏にはそれなりの思惑があり、県警上層部との癒着《ゆちゃく》については誰もが知っている、と言いたいのだ。上の方からいずれ圧力がかかるのも判っていたが、佐脇としても、ここで引き下がるつもりはない。

「そうか。逮捕状がおりないか。だったら、令状の要らない現行犯でしょっ引くぞ。公務執行妨害でどうだ？」

そこでずっと黙っていた殿山が口を挟んだ。

「佐脇さん。そんな、出来の悪い公安の真似していいんですか？」

殿山の言葉に勇気を得たのか、井原は真顔で言った。

「そうですよ。ここは日本ですよ。人権を無視されるおつもりですか」

などと言いながら、わなわなと震える手で額の汗を拭った。

「強権を発動なさるなら、それなりの根拠をお示しいただかないと。国見病院にも弁護士はついておりますのでね」

どうやらここでこれ以上押すのはまずい、と佐脇も判断した。

「……判ったよ。無理強《じ》いはしない。あんたの顔も立てなきゃな」

佐脇は折れて見せ、携帯電話を水野から取り戻した。

「有り難うございます」

あからさまにホッとした表情で井原は頭を下げた。

「だが、それほどの重要人物が入院してることが判った以上、所轄の鳴海署としても、万全の措置を講じる必要があるな」

「はあ？」

井原は、佐脇が何を言い出すつもりか皆目《かいもく》見当がつかないという表情だ。

「ウチの警護をつけよう。いや、君塚にも警備をつけてたのにあのザマだから、実に面目《めんぼく》次第もないんだが、だからこそ、同じことを繰り返してはいけない。今度ばかりは、絶対に問題が起きないように完璧な警護をする。どうだ？」

佐脇の隣で、殿山は大きく頷いたが、井原は判断できず、戸惑っている。

「どうだって言われましても……これは理事長の決裁を戴かないといけないことだと思いますので」

「それは結構」

佐脇はそう言いながら立ち上がった。

「あ、どちらへ？」

「警備の警官を配置する現場を見ておきたいので」

佐脇の意図が判った井原は、慌てて止めようとした。

「困ります！」

「遠慮するなよ。現場を見ないと警備配置の具申も出来ないからな」

「ですから警備は必要ありません！　ウチにも警備員はおりますので」

「ご心配はごもっとも。しかし、今度は絶対に失敗しませんから。殿山さん、行きましょう」

わざと井原が止める理由を曲解し、鈍感さを装った佐脇は、ずんずんと病院内を歩いて行く。殿山と水野もそれについて行った。

井原も「いやちょっと困ります」などと言いつつ、付いていくしかない。

「で、特別室はどこだ？」

エレベーターに乗った佐脇は問い質《ただ》した。

「……五階です」

井原は、渋々答えた。

「しかし、五階には手術室と薬剤室、そして院長室があるだけじゃなかったのか」

「特別室は、院長室などがある区画に入っておりまして」

井原が説明した。

「ですから二ヵ所のドアを通過する必要があり、簡単には入れません。本当に警備は必要ないんです」

「警備の必要性の有無はこちらが判断する」

佐脇は高圧的に言うと、エレベーターを降りて院長室に通じるドアを開けようとしたが、鍵がかかっていて入れない。

「なるほど。これだと誰もが自由に入れないな。でも、せっかくだから院長に挨拶したい」

「院長は不在です。ここ数日、忙しくて」

事務長は間髪を入れず答えた。

「では、理事長に会いたい。理事長室はここにはないのか？」

「ありません。『医療法人社団国見会』のオフィスは、当病院内には置いておりません」

事務長はこれにも即答した。

「判った。それは判ったから、ちょっとこの鍵を開けてくれよ。その特別室とやらが本当にこの中にあるんなら、警備は必要ないと報告できるしな」

井原の顔にホッとした表情が浮かび、事務長はその場の流れに乗った感じで解錠した。

ドアの中には短い廊下があり、その突き当たりには「院長室」と書かれたドア、そして廊下の左側に大きな引き戸があった。

「ここが特別室か？」

井原がハイと応じたのと佐脇が引き戸を開けたのは同時だった。

「何をするんです！」

井原が叫んで佐脇を引き留めようとした時には、佐脇は特別室に数歩踏み込んでいた。

佐脇に続いて殿山が入る。水野はさすがに躊躇して廊下にとどまっている。

君塚の入っていた個室より遥かに広く、さながら高級ホテルのようだ。ベッドの脇には応接セットがあり、壁際には立派なデスクもある。ベッドも豪華な調度にふさわしく、国見病院標準の白いパイプのものではない。ホテル仕様のデラックスなセミダブルだ。大型テレビや冷蔵庫もあり、通常は病室として使うのではなく、どうやら院長が院内に泊まり込む際の別宅としての用途があるようだ。

しかし今は、井原が言ったように、ベッドに寝ているのは明らかに入院患者だ。腕からは点滴のチューブが延びているし、傍らにはバイタルなどを計る生体情報モニターなどの機器が作動している。

ベッドでこんこんと眠っているのは、老人だった。かなり弱って痩せている。太い眉と高い鼻が特徴で、肉付きがよくて元気なら、かなりアクの強い、迫力ある風貌だろうと思われた。その高頬にある大きな黒子《ほくろ》に佐脇は目をとめた。

「さ、病室からすぐに出てください！　この患者様は面会謝絶の重態なんです！」

井原は必死になって佐脇と殿山を特別室から排除しようとする。

「この件、遺憾《いかん》ながら問題にさせていただきます。ここは病院なんですよ！　いくら刑事さんでも、医療の邪魔をすることは許されません！」

二人の刑事を廊下まで押し出した井原は、般若のような形相で言い放った。廊下にいた水野は困惑した表情だ。

「見ましたか？」

病院を出ながら、佐脇は殿山に訊いた。

「ええ。見ましたとも」

殿山はそう答えたものの、心当たりはないようだった。

「大物風の感じは漂ってたんですがねえ……」

「どこかで写真か何かを見た記憶はあるんだが……どうも思い出せない」

あれは誰だろうと話していると、佐脇の携帯電話が鳴った。

「来た来た来たと。さっそく圧力がかかったようです。これは署のお偉いさんからの呼び出しですな」

「判ります。私もしょっちゅうですから」

二人の刑事は首をすくめて笑った。

佐脇は結局、霧島響子本人が昨夜やって来て潔白を主張したことを、殿山には言わないままに別れた。東京での不審死事件で響子が疑われているとすれば、彼女のことは、無事に逃がしてやりたかったのだ。

＊

「おい君、佐脇君。困ったことをしてくれたな」

署に戻った佐脇は、早速、刑事課長の公原に会議室に呼び出されて説教された。

「この件は、口頭注意では済まんぞ。正式な懲罰になるかもしれん。戒告くらいは覚悟しておけ」

何を言っても無駄だと思っている佐脇はニヤニヤしつつ了解ですと返事をしたが、「殿山さんと水野は関係ないですから」と付け加えることは忘れなかった。

「判ってる。客人と若い有望な水野には責任はない。お前が連れ回しただけだ」

「それは結構。結構ついでに伺いますが、これはやっぱり国見病院と県警の深い付き合いあってのこと、ってヤツですか?」

「それとこれとは関係ないだろう!」

図星だったのか公原は逆上しかけたが、なんとか自分を抑えて付け加えた。

「ただ……国見病院からは長年にわたり、県警の活動に対して多大な貢献《こうけん》を頂戴してるんでな。それは事実だ。それぐらいは君も知っているだろう?」

「まあ、これからも、変死とバレては困る死体も出るかもしれませんからね」

かつて「自殺」とされた、おれの部下のようにな、と佐脇は心の中で毒づいたが、それは口にしなかった。

しかし現状では、国見病院を槍玉《やりだま》に上げようにも、違法行為があったという確たる証拠がない。鳴海署上層部はもちろん県警幹部を納得させるだけの材料がないのだ。県警ぐるみで国見病院を贔屓《ひいき》している以上、捜査を入れるには、有無を言わさぬハッキリした証拠が必要なのだ。

「とにかく、余計なトラブルばかり起こすんじゃない。見ろ。東京から来た殿山サンは精力的に動いてるじゃないか。君も負けずに働け！」

公原の偉そうな口調に、佐脇はへらへらと応じた。

「まあ、勉強して出直して参ります」

八代目桂文楽《かつらぶんらく》最後の高座みたいなことを言って、会議室を出た。

当初二件の殺人に関して一番怪しいと思われた霧島響子は、佐脇の心証ではどうやら真犯人ではない。しかもこの件には違法な腎臓移植が絡んでおり、響子によれば、ドナーにされたと思われる一人の青年が行方不明なのだという。

口封じかつ報酬を支払いたくない、との理由から、腎臓を取られた青年が犠牲となる可能性は高い。最悪、死体がもう一つ増えそうな雲行きだ。

拷問《ごうもん》してまで君塚の口を割らせようとしたからには、あまり時間がないと響子も思っているはずだ。

殿山の知恵を借りようにも、客人は国見病院の前で別れて、どこかに行ってしまった。

特別室の患者が突破口になるかと思ったが、その糸も切れてしまった。どうすればいいのか、と八方塞がりになった佐脇の脳裏に一人の男の名前が浮かんだ。

困った時のキャリア頼み。

こういう時こそ、腐れ縁だが、警察庁の高級官僚・入江雅俊《まさとし》の出番ではないのか。

佐脇は携帯電話に登録されていた番号を入力した。話の内容を誰にも聞かれたくないので、階段を上って屋上に出た。

『おや、佐脇さん』

携帯電話のスピーカーから、入江の皮肉っぽい声が流れた。

『また何かお困りですか？』

「ああ困ってる。忙しいあんたと世間話するために電話したわけじゃない」

入江はかつて、佐脇を抹殺するために警察庁から送り込まれた「刺客」だった。それは佐脇が、T県選出の大物代議士の子息の犯罪を曝《あば》こうとしたからだ。だが佐脇は持ち前の悪知恵と人脈を駆使してなんとか窮地を逃れた。まさに首の皮一枚、薄氷の勝利で入江を返り討ちにしたのだ。以後、二人はある意味、お互いを認め合う間柄になった。完敗して中央に戻った形の入江だが、佐脇の知恵袋のようなバックアップ関係が続いている。

「入江警視長。いや、また出世したんでしたっけ?」

『警視長で結構です。出世してなくてすみませんね。これでも警視総監から三つ目のポジションなんだから、ここから先はそうそう上がれませんよ』

「いやいや。今のままでもウチのクラスの本部長になれるんだから、また来てくださいよ」

『佐脇サンがいるから、嫌です。アナタがT県警を辞めたら考えましょう』

お互い恒例になったイヤミの応酬は、挨拶代わりだ。

『そうそう。東京からそちらに刑事が行ってるでしょう? 面倒見てくれてますか?』

「なんでも知ってるんですね。さすが警察庁刑事局刑事企画課課長サマだ」

その点に関して、佐脇は皮肉でもなんでもなく、入江を凄いと思っている。

『殿山さんは、外見は冴えないオヤジですが、なかなかのやり手ですよ。今回そちらに出張したのは、ある看過できない違法行為に関して、さる筋からの情報提供があったので、その裏を取るために飛んでいった、と聞いていますが』

「その件ですが」

入江が事情を知っているのなら話が早い。佐脇は、さっそく本題に入った。

「その違法行為が臓器売買であることは、あなたも知っているはずだ。しかも事実である線が濃くなってきた。レシピエントらしい患者の所在も掴んだが、そいつが誰だか判らない。かなりの大物であることは間違いないが、きちんとしたカルテも記録も何もない。入院患者なのに書類が存在しないんだ。だが、調べようにも上から圧力がかかってどうにもならない」

電話の向こうで入江はため息をついた。

『十年一日のごとし、ですか。毎度おなじみ「上からの圧力」をかけられるような大物と言えば数も限られますが、移植されたという臓器が何か、それは判りますか？』

「腎臓だ。トノさんに情報提供したのと、たぶん同じ人物からおれも話を聞いている」

『写真は？』

「それはない。だがそいつをおれは見た。老人だ。ずいぶん憔悴《しようすい》していたが、元気なら、アクの強そうな顔立ちで、濃い眉に高い鼻に……そうそう、頬に目立つ黒子があるな」

佐脇は、特別室のベッドに横たわっていた老人を描写した。

黙って聞いていた入江は、落ち着いた声で『了解しました』と答えた。

『ほぼ誰だか判りましたが、裏を取ります。権力の世界は野生動物と同じで弱肉強食ですからね。弱みを見せた途端に敵が襲ってきます。だから深刻な病気は隠す。透析でさえ、表沙汰にしない大物がいる。だから移植も極秘裏に、と考えたのかもしれません』

地獄耳の入江には「移植を受けなければならないほど深刻な腎臓病の大物」が誰なの

か、当人が極秘にしていても、どうやら心当たりがあるらしい。

『政界でも財界でも学会でもヤクザ界でも、とかく地位が上がると腎臓に深刻な症状を抱える例が……いや、こういう表現をすると腎臓病がいかにもゼイタク病のようですが、それは正しくない。人体に害のあるものが環境中に増えてきた関係もあるのでしょう。腎臓に重い症状が出る人が増えてるのでね……ただし移植の技術は驚くべき進歩をしているのに、肝心のドナーが決定的に足りない。そこで、なんとか腎臓を手に入れたい患者が、思いあまって一線を越える。これまで金と地位のあるものは、日本の法に縛られない外国に行って移植手術を受けていましたが、最近はそれも出来なくなって、日本国内で強引に腎臓を手に入れようとする事例が増えてきているようですね』

「おっしゃる通り。で、そういう、金と地位を使える強引な連中のなかに、入江サンが思い当たる人物が居ると？」

『確認します』

入江は自信たっぷりに言った。

この男の元には、どんな極秘のデータベースにも入っていないような、いや、記録にはとても残せないような、未検証だがホットでヤバい情報がたくさん集まってくる。佐脇はそのおこぼれを頂戴するのだ。

階段を下りて職員食堂に入り、カレーとラーメンを注文したところに、水野が飛んできた。

「佐脇さん、どこに居たんですか！　探したのに！」

水野は完全にテンパっている。

「新展開です。銀行ＡＴＭの監視カメラに、西山千春が、吉井和枝名義の預金の一部を、自分名義の口座に移している姿が映っていることが判明したんです」

「それがどうした？」

佐脇は出来たてのラーメンを啜《すす》りこんだ。

「だから。この二人は物凄く怪しいじゃないですか」

「怪しいのは当然だ。だって二人はレズだからな」

「しかもですよ。吉井和枝は、西山恒夫が借りていた銀行の貸金庫を、代理人として開けてるんです。何を取り出したのかまでは詳細には判りませんが、監視カメラの映像を見る限り、数冊の預金通帳を取り出しているようなんです。これ、繋がってると思いませんか？」

「まあ、なんらかの関連がある線は濃厚だろうなあ」

佐脇はカレーを頬張った。

貸金庫に何を入れて何を取り出したかは、記録に残らない。貸金庫の空間の管理は、借りた者の自由だ。だから、監視カメラの映像を頼りにするしかない。

「移した金額はいくらだ？」

「一日に振り込める限度額の五百万円です」

「で、その吉井和枝の口座に入っていた全額は？」

「五千万円です」

佐脇の手が止まった。

「デカいな。そうすると、別の線が出てくるな」

佐脇はスプーンを置いた。

「吉井和枝は、西山千春に離婚を勧めていたし、家庭内暴力が激しい千春の暴力亭主を殺す動機はあると思っていた。和枝は看護師だから、筋弛緩剤の扱い方は知ってるだろう。だがしかし、いくらレズの相手の亭主でも、殺したとまで考えるのは飛躍《ひやく》がありすぎる。それに和枝が犯人なら、君塚殺しの説明が付かなくなる。な？」

同意を求められた水野は、「ええ」と応じた。

「とはいえ、巨額のカネが絡んでくると、人間の考えってのはどんどんおかしな方向に向かうもんだ」

そう言うと、佐脇はラーメンのスープを啜った。

「どっちにしても、霧島響子の線は薄まったな。このラーメンの味みたいにな」

「西山千春と吉井和枝を参考人聴取しますか？」

水野の問いに、鳴海署の古株刑事は「当然だろう？」と答えた。

「ところで、銀行方面を調べたのはお前か？　それともヒマそうにしてる誰かか？」

「ええ、光田係長が」

アイツにしては気が利くじゃねえかと言いながら、佐脇はカレーの残りを一気食いした。


「ええっ！　千春さんが、私のお金を勝手に下ろしたって、それはどういうことですか？」

初めて聞いたと、吉井和枝は驚いた表情を見せた。

「西山千春さんが、銀行のＡＴＭであなた名義の口座から預金の一部を自分の口座に移したことは判ってるんです。記録が残ってます。一昨日の午後四時二十五分、うず潮銀行鳴海東支店のＡＴＭで、五百万円」

水野は吉井和枝に告げた。

女性二人の取り調べには時間差をつけた。西山千春も呼んであるが、事情聴取は後回しにし、吉井和枝への質問は水野に任せ、佐脇は黙って聞いている。

「知りません。全然知りません」

和枝は首を横に振った。

「千春さんは、あなたに頼まれて銀行に行ったんじゃないんですか？　あなたの指示があったから引き出したのでは？」

「違います！　だいいち、五千万もお金の入った口座があるとか、それが私名義だとか、たった今聞いた話です」

「口座間の預金の移動を頼んだ覚えがないどころか、あなた名義の預金口座があること自体知らなかった、とおっしゃるんですね？」

ハイ、と和枝は大きく頷き、目を見開いて恐怖の表情を浮かべた。

「なぜ千春さんがそんなことを。大金の口座を勝手に私名義で作って、しかも私名義の口座のお金を勝手に引き出すなんて……私、千春さんが怖くなってきました。これじゃまるで、私が犯人じゃないですか？　千春さん、私に罪をなすりつけようとしてませんか？」

ああ怖い、と和枝は肩を抱いて見せた。

「あることないことでっち上げられて、まるで、私がお金のために何かをやったみたいに……どういうことですか、これ？　……ああ、でもそう言えば」

「そう言えば、何ですか？　何か思い出されましたか」

すかさず水野が訊き、和枝が、はい、と深く頷いた。

「今思い出したんですけど、西山先生が病院の中で殺された時、その直前に、私、病院の中で千春さんの姿を見たんです。あの人、滅多に病院には来ないのに……まあ、来る用事もないんですけど……あの時に限ってどうして来たのかな、と思ったんです。そのあと、あまりいろいろなことがあったので忘れていましたけど」

それにその時、と声をひそめて付け加えた。

「千春さんは西山先生と、廊下を歩きながら言い争ってたんです」

「本当ですか？　なぜそれを……」

「おい、ちょっと待て。水野」

なおも質問を続けようとした水野を、そこで佐脇は取調室の外に連れて出た。

「千春は、まったく違うことを言ってる。西山恒夫が借りていた銀行の貸金庫には、複数の預金通帳が保管されていたと。その管理は西山恒夫がやっていたので、妻である千春に預金の総額や金の出し入れはまったく判らなかったと。で、西山恒夫が死んでから、吉井和枝が代理人として貸金庫の中身を全部持ち帰ってきたと。その中から和枝は自分名義の通帳を取り出して千春に渡し、これはあなたのお金だから、あなたの口座に移すようにと、預金の移動を依頼したと」

「それは……隠し預金ですか？　西山恒夫の」

「たぶんな。おそらくは表に出せないカネだろう」

「ならば、吉井和枝は名義を勝手に使われただけで、むしろ被害者では？」

「それなら、吉井和枝はどうして西山千春を銀行に行かせた？」

「それは西山千春の言うことを信じれば、ということになりますね。本来あなたのお金だからと、西山恒夫の唯一の相続人である千春に隠し預金を渡そうとしただけ、ということであれば筋は通ります」

「なら、吉井和枝はなぜ今になって、預金の存在自体知らない、などと否定する?」

「ですから吉井和枝の言っていることが本当で、西山千春が嘘をついているんです。千春は殺された西山恒夫からの暴力を日常的に受けていたんでしょう?」

「まあ裁判員を入れれば、心証としては、千春がクロということになりそうだな。いずれにせよ二人のうちのどちらかが嘘をついていることは確かだ。吉井和枝がレズの相手に罪を被せようとしている可能性、もしくは千春が夫である西山を殺して裏金を確保しようとした……可能性としては五分五分だ」

佐脇のカンは、西山千春は嘘をついていない、と告げていたが、それが願望ではない、という保証はない。霧島響子といい、自分と寝た女だから犯人だとは信じたくないという、それだけのことかもしれなかった。

・

廊下で話していると、佐脇の携帯電話が鳴った。相手は磯部ひかるだった。

『あのね、うず潮テレビ報道部に、また匿名の情報提供があって。今度はほら、上も慎重になってて、お前刑事と親しいんだからウラを取れって言われて』

「うず潮テレビも少しは学習したか。で、今度はどんなタレコミだ?」

『新たな「疑惑の女」情報。ただし今度は「殺人看護師」じゃなくて「夫殺しの美人妻」。巨額のカネに目が眩《くら》んで夫を殺した女がいる、夫の口座にある巨額の金を引き出して、高飛びしようとしてるって』

なるほど、と佐脇はニヤニヤした。

「それは、ニュースで容疑者と決めつけるのは、ちょっと待ったほうがいいな」

『でも、その「疑惑の美人妻」がATMを操作している映像が、夕方のローカル・ニュースで流れると思うけど?』

映像の提供が異様に早いのは、国見病院から県警に「内々の強い要望」があったのかもしれない。

「そうか。マスコミ的に美味しい映像をオンエアするのはいいが、その美人妻を容疑者と匂わせるのは慎重に、あとあと名誉毀損の訴訟を抱え込みたくなかったら、と上には伝えとけ。で、タレ込んだ奴が誰かは、今回も判らないんだよな?」

『今度はメールだったからね。送信元は使い捨てアドレスなので正体不明』

「判った。いいことを知らせてくれた。今度美味いモノを奢《おご》る」

通話を切った佐脇は、水野に言った。

「とりあえず吉井和枝への事情聴取を続けろ。そのうちボロが出るかもしれん。おれは千春から供述《きょうじゅつ》を取る」

佐脇は千春が居るほうの取調室に入った。

「あの……ここで調べられるということは、私、犯人か何かで逮捕されたってことですか？」

千春は不安そうに聞いた。

「いいえ、違いますよ。ウチは貧乏警察署なんで、話を聞く場所というと、こういう部屋しかないので。窓に鉄格子が入ってたりするのが嫌ですよね。その点はお詫びします」

佐脇はお茶を淹れて湯飲みを千春の前に置いた。

「で、ですね。通帳の件について、吉井和枝さんは完全に否定してるんですが……そんな通帳の存在自体知らないし、あなたに銀行に行くよう指示した覚えもないって」

「どうしてそんなウソをつくんでしょう！　私、全然判りません」

「その一方で、あなたが吉井和枝名義の預金を、あなたの口座に移したことは記録に残ってます」

「それはそうでしょう。私は、和枝さんから言われた通りにしたんですから」

「その『和枝さんから言われた』が違うと彼女は言ってるんです。あなたに指示した覚えもないし、預金があったことすら知らなかったと」

「信じられない……和枝さんがどうしてそんなウソをつくのか。あの人を怒らせてしまったのかしら……」

千春は途方に暮れた顔になり、佐脇を見た。その目からは、『あなたと男女の関係になったことが、和枝さんを怒らせたんだわ』という、恨みがましい表情が読み取れる。居心地が悪くなった佐脇は、咳払いをして続けた。

「あなたと吉井和枝さんとの間で、なにか揉め事はありませんでしたか？」

だから……と千春は言いかけたが、さすがにその先を続けることはできない。和枝と千春と佐脇の三角関係、ただし世間で考えるようなものではない……が原因かもしれない、などと供述するわけにはいかないのだろう。

「いえ……特には」

「それでは、あなたは、亡くなったご主人の財産、特に預貯金に関して、どの辺まで管理していました？」

「主人は、お金のことはほとんど全部自分で管理してましたので……私は生活費というか毎月不自由のない金額を渡されていたので」

続いて千春は、西山恒夫との間に、あれから離婚の話は出ておらず、問題の時刻に国見病院に来た事実もなく、もちろんその際恒夫と口論したこともない、と断言し、不安そうな様子で言った。

「あれですよね。刑事さんは、いくら本人から許可されたとは言え、そんな大金を、和枝さんの口座から私の口座にほいほいと移すか、って、そこが疑問なんですよね？」

「普通の感覚では、誰もがそう思うでしょうな」

佐脇の返事に、千春も「そうですよねえ……」と応じた。

「私も、通帳の残高の数字を見てびっくりしたんですけど……これは夫が生前、和枝さんに預けていたお金で、自分に何かあったら渡すよう頼んでいた、とのことだったので……」

和枝は、妻である千春以上に、西山医師から信頼されていたのだろうか？

夫公認の同性愛といい、いろいろ判らないところの多い人間関係だ、と佐脇は思った。

「あの、私、思うんですけど、あのお金は、前の病院の時代からの隠し預金だったんじゃないかって……」

ぽつりと千春が言った言葉に佐脇は食いついた。

「ほう。それはどうして？」

「和枝さんは、主人と東京からずっと同じ病院でしたから。出張に同行したことだって、何度もありました。和枝さんは……ああいう嗜好《しこう》の人ですから、主人と男女の関係？　みたいに思ったことは、私は一度もないんですが。少なくとも、主人の仕事については、和枝さんの方が詳しいんじゃないかと。つまり、私の知らないようなことについても……」

「たとえば、あなたの知らない仕事を西山先生がしていて、その報酬は吉井和枝さんの口座に入れ、隠し預金にしていたものだったと？」

「そう……かもしれません」

千春は自信なさげに答えた。

質問を続けようとしたところに、佐脇の携帯電話が鳴った。

失礼、と取調室の外に出て応答すると、今度の相手は入江だった。

『お忙しいところすみませんね。先ほどの件、佐脇さんが特別室で目撃した患者ですが、該当しそうな人物についてメールしときましたので、時間のある時に確認してください』

「あ、今見ます」

入江からのメールには、顔写真が添付されていた。

眉毛が妙に太くて、人を揶揄《からか》っているように見える目。そして何より目立つ、片頬のホクロ。

往年の悪役スターのようなアクの強い顔で、何処かで見覚えがあった。

『阿久根健吾《けんご》という名前に心当たりはありませんか？』

その名前を聞いて、佐脇は思わず、「あっ！」と叫んだ。

「あの、関西財界の重鎮ですか……というより、財界と反社会勢力とのパイプ役。鳴海と関西は昔から金と人間の動きで関係が深いんで、我々もその方面なら少しは知ってます。顔を見た時に気がつかなきゃいけなかった」

『阿久根氏は表に出ることを極端に嫌いますからね。ことにここ十年ほどは、病気のせいで、マスコミそのほかに露出することはまったくなかった』

佐脇の知るかぎりでは、阿久根という人物は一種のキーマンだ。思想団体の代表、宗教法人のトップ、小さな出版社の社長など、さまざまな顔を持つが、いずれも実体はない。だが関西の財界人が反社会勢力に接触し、その力を借りたいと思う時に、ほぼ必ず、と言って良いほど仲介を依頼されるのが、彼、阿久根健吾だった。

「財界のお偉方が直接、ヤクザに接触するわけにはいかない。だが、その必要が生じた時はこの人物を介すればなんとかなる、というね」

『そのようですね。いわゆるフィクサーというヤツですな』

電話の向こうで、入江も認めた。

「そうか。あの阿久根健吾か……なぜ判らなかったかなあ。なにしろベッドで寝ていた顔が、あまりにも悴《やつ》れていて、とても本人とは思えなかったから……」

『人間、死期が迫ると顔も変わるでしょう。ところで、この先、聞きたいですか？』

入江は、彼独特の皮肉な口調で聞いてきた。

「もちろん！　知ってることは全部教えてくださいよ」

では、と入江は話し始めた。

『阿久根健吾は重度の糖尿病でしてね。周囲には秘密にしていましたが、ここ十年ほど透析を続けています。ところがそれにも限界が来た。透析では現状を維持するのが困難になってきて、腎臓移植をしなければ余命半年と宣告されました。しかし、国内の臓器移植ネットワーク経由では、まず順番が回ってきません。金と権力があっても特例が認められるわけではありませんから。順番待ちしている重篤な患者が多く、一方、臓器の提供は決定的に不足している、さりとて海外で移植を受けようにも、おりあしく各国で臓器売買が問題となり、外国人への臓器提供が立て続けに禁止されてしまいました。残るは、非合法臓器ブローカーの世話になるしかない。それほど阿久根の病状は深刻になっていたんです』

「もはや手段を選んではいられなくなった、というわけですな」

『ええ。実際問題、非合法な手段を取れば莫大な金もかかりますが、命には代えられませんから』

「その、阿久根がかかわったという非合法臓器ブローカーですが、入江さんたちは、どこまで摑んでるんですか？」

『東京の田畑組の動きについては、ある程度ね。でも、そちらに出張中の殿山サンと五十歩百歩の知識しかありませんよ。あまりお役に立てなくてすみませんね』

佐脇が改めて入江に確認したところによれば、伊草から聞いたとおり、田畑組に属する君塚剛と安東健也という鳴海出身の二人が、この非合法ビジネスに手を染めている可能性があるということだった。

阿久根の依頼を受けて、二人はどうやらドナー候補を見つけ、各種検査を、東京の病院で行った形跡がある。

「それが歌舞伎町新宿総合病院ですね」

『殿山さんからの情報ですね。そのとおりです。歌舞伎町新宿総合病院は、以前から、死期が間近い患者の情報を田畑組に流していました』

組対の知人から聞いた話なのだが、と入江は解説した。

『近々亡くなりそうな患者の情報を病院職員がヤクザに流せば、フロント企業である葬儀社がすぐに遺族のところにやって来ます。また、身寄りのない末期癌の患者さんの個人情報なども、暴力団関係者には宝の山ですね』

事情があってそれまでの身元を捨てたい人間に、そういう患者と勝手に養子縁組をさせ、新しい戸籍を用意してやるビジネスがあるのだという。

『戸籍ロンダリングです。これをやれば、たとえ殺人犯の子供であっても、親の前科をたどられることもなく、安心して結婚や就職ができるようになります』

最初はそのようなつながりから、田畑組は歌舞伎町新宿総合病院に食い込んで行ったのだろう。そして入院させて各種検査を行ったドナー候補に関しては、あらゆる検査をして問題なしとの結果を得た。だが、そのまま歌舞伎町新宿総合病院で移植手術を行うことはできない。病院丸ごとを買収したわけではなかったからだ。レシピエントである阿久根と、執刀医となる西山双方からの強い希望もあって移植手術は、どこか田舎の病院でひっそりとやることになった。

『非合法の移植手術そのものに関しては噂だけですが、北関東のさる病院で、これまで極秘裏に何度も実行されてきたようです。けれども、私の耳にも入るくらいですから、繰返すうちに噂になり、そこが使えなくなってしまった。阿久根のような重要人物が鳴海のような田舎で腎臓移植を受けたのは、大阪や京都、神戸といった大都市の大病院ではいろいろと都合が悪かったからでしょう。西山も、非合法スレスレ、あるいは非合法そのものの移植手術を手がけているという噂が広まりかけていたので、それを気にしたのでしょう』

「そのようですね」

執刀医に西山を迎え、片田舎の鳴海の、しかも警察も厳しくチェックをしない国見病院で行われた阿久根の腎臓移植手術の段取りは完璧だった。成功するはずだったのだ。

しかし、移植手術は失敗した。せっかくの生体腎が生着しなかったのだ。滅多にないことで、執刀した西山は名医だったが、やはり設備や薬剤など、病院全体としての経験値が必要だった。腎臓移植手術が初めての国見病院には、それが欠けていたのだろう。

『阿久根健吾は現在も国見病院の特別室に入院しているのですね？　このままでは帰れないということでしょうか。活きの良い腎臓を移植して帰らねば、と』

警察庁の高級官僚である入江には、関西財界で暗躍するフィクサーの今後は、やはり気になるようだ。

「しかし、執刀医の西山が殺されてしまった。これからどうするつもりでしょう？」

『生きるか死ぬかの阿久根健吾も、大金がかかっている田畑組も、諦めるつもりはないでしょう。執刀医なら手配できます。阿久根の病状が転院に耐えられないのであれば、そのまま国見病院で第二の移植手術をすることになるのではありませんか？』

「捜査令状を取って踏み込みたいのですが、圧力がかかっていて県警上層部は及び腰です。しかも、証拠もないときている」

『と、なるとですよ。阿久根に移植する第二の腎臓はどこから提供されるのかという疑問が生じますよね。事は案外、急を要するのではありませんか？　伝えられる阿久根の病状もありますが、一回目の手術の、生着しなかった腎臓のドナーも、現在行方不明なのでしょう？』

霧島響子が殿山に、ドナーだった可能性の高い青年の行方を捜させようと、そのために国見病院の内部資料を送りつけてきたことは、入江も承知しているようだった。

『阿久根は関西財界にいろいろな人脈と情報網を持っています。当然、利権に絡む土地の売買もたくさんやっている。そういう土地にある物件に、あるいは新たなドナーを用意しているかもしれませんよ』

入江のその言葉に、佐脇はぞっとするものを感じた。

「その……臓器提供者を、ですか。臓器を提供させるために飼っていると。あたかも牧場のように」

そのグロテスクな比喩《ひゆ》に、入江もしばらく絶句した。

『……ちょっと調べさせましょう』

入江の口調が変わった。世間話風だったゆるい口調から、厳しいものに変わったのだ。

『そちら方面を中心に、阿久根に関係のある企業が所有している不動産を調べます。結果は追って知らせます』

「お願いします。この件、殿山さんにも知らせた方がいいかもしれませんね。あの人も、自分のネタを囲い込んでおくクセがあるみたいですから……」

『この件は、日本の治安に対する、いえ、人間の尊厳に対する、いわば大きな挑戦ですね。こんなことが罷《まか》り通っては先進国の看板が泣くというものです。こちらもきちっとやりますよ』

そう言って、入江は電話を切った。

どうやら事は動き始めた。

響子が切実に気にしていたこと、ドナーだったらしい宮路悟の安否が、佐脇にもようやく現実の危機として肌に感じられるようになってきたのだ。

「あ、佐脇さん」

そこに水野がやってきた。

「吉井和枝の供述は一貫していて、まったくぶれないですね。いわく自分名義の口座に大金があることなど知らなかった、西山千春に銀行に行くよう指示した事実はない、西山医師が殺害される直前、病院内で千春の姿を見た、千春は夫と離婚および財産分与をめぐって口論をしていた、と。さらにもう一つ、吉井和枝は千春から、西山が蓄財していた巨額の裏金について、なんとか出来ないかと相談を受けたことがあるそうです。その金が表に出ないまま離婚したら自分は大損だと、本当に悔しそうだったと」

「なるほど。妻による金目当ての夫殺しか。で、その巨額の裏金とやらは何処にある？」

「令状を取って、西山の家の、家宅捜索をすることになると思いますが」

「おれの予想では多分、もう何も出て来ないと思うぜ」

「佐脇さんが取り調べた西山千春はどうなんです？」

「こちらも全面否定だ。自分は吉井和枝に頼まれて銀行に行っただけ、誰も殺していない、問題の時刻に病院には行っていないし、西山と口論した事実もないと。吉井和枝がなぜそんな嘘をつくのか、本当に判らないそうだ。千春の方が和枝より役者が数枚上なのか、本当に知らないのか……」

「佐脇さんの眼力では、どうなんです？」

挑むような水野の目に、佐脇は自信たっぷりにニヤリと笑った。

「判らん」

「ハァッ?」

水野は思いっきり脱力した。

「五分五分ってとこだな。おれとしてはいかにも陰険そうな吉井和枝がクロと思いたいが、女は判らんからな。虫も殺さぬその顔で人は殺すし嘘もつく、ってやつだ。現状は千春と和枝の罪のなすり合いだろ。これを打開するには物証あるのみ。自白に頼ってるとナニも進まんぞ」

「それは判ってますけど……それだけですか? 逃亡した霧島響子の線は?」

「彼女は関与していない」

「どうして? なぜそう言い切れるんです? 少なくとも、君塚を殺害する前に拷問したのは霧島響子なのでは? しかも殿山さんの話では、君塚と西山医師は腎臓移植の件で繋がってるんじゃないですか? すると、霧島響子だけが二人を殺害する動機があるということになりますよね?」

「彼女の動機は、失踪したドナーを探し出すことだ。関係者を全部殺してしまえば、それが出来なくなる。しかも彼女はまだ宮路悟の居場所を掴んでいない」

「そんな話、聞いてませんよ。響子が君塚から求める情報を得ていないと、なぜ言い切れるんです？」

「お前にだけは言っておくが……」

佐脇は、昨日の夜、霧島響子と密かに会ったことを水野に話した。

「そうですか……しかし佐脇さんともあろう方が、霧島響子本人がそう言ったからって、まるまる信じちゃうんですか？」

「君塚を轢き逃げしたのが霧島響子だけに、殺人犯も彼女だと思ってしまうが、仮に犯人が別にいて、真のターゲットも君塚ではなくて、西山のほうだとしたらどうだ？」

「それは、千春と和枝が被疑者、という前提でのハナシですよね？　その場合の、君塚殺しの動機はなんです？」

「攪乱《かくらん》、だ。霧島響子の過去を知る女が国見病院に現れ、その直後に君塚と西山が殺され、同時に響子が怪しいという未確認情報がマスコミに流れた。誰かが響子に罪を着せようとした可能性がある」

その『誰か』こそ、響子とアリシアの口論を立ち聞きしていた可能性のある吉井和枝だ、と佐脇は思ったが、証拠とするには弱い。

「いずれにせよ、千春と和枝の供述が真っ向から食い違う以上、どちらかが嘘をついていて、どちらかが犯人だ。響子の線は捨てる」

うーん、と水野は腕組みをして考え込んだ。

「そうなんですかねえ……」

「とりあえず、千春は逮捕しろ。監視カメラの映像と、預金を自分の口座に移動したという物証が揃っている」

「ええまあ、そうしようと思いますが」

水野は釈然としない様子のまま、逮捕状を請求できる光田の許に足を運ぼうとしている。

西山千春を容疑者に仕立て上げようとしているのは、おそらく吉井和枝だ、と佐脇は確信していた。違法な臓器移植から捜査の目をそらしたい、国見病院もグルかもしれない。

佐脇は水野を呼びとめた。

「ああそれから、吉井和枝は適当に調べて釈放しろ。だが行確《こうかく》はつける」

いずれ本性を顕《あらわ》すだろう、と佐脇は思った。吉井和枝が、自分の口座にある金を千春に移させたのは、監視カメラに千春の姿を映させるためだ。映像があれば動かぬ証拠になる、と思ったのだろう。

「いいか。千春の逮捕状の請求と一緒に、吉井和枝の行動確認の手配も、間違いなく光田に伝えておいてくれ」

佐脇は水野の肩を叩き、携帯電話を取り出して、磯部ひかるの番号をプッシュした。

「ああおれだ。最新の捜査情報を教えてやる。たった今、西山千春の逮捕状が請求された。美味しい映像と一緒に『疑惑の美人妻』の線でガンガン報道してかまわないぞ」

『何それ？　どういう風の吹き回し？　さっきと話が違うじゃない』

ひかるはあからさまに警戒している。

「いや、ちょっと思うことがあってな。いずれにせよ逮捕状を請求したことは間違いない。思いっきり派手に報道してくれ」

『そう？　今から大急ぎで原稿を差し替えれば……夕方のニュースに間に合うわね。じゃあ』

スクープの誘惑には勝てないのか、ひかるは早々に電話を切った。

と、佐脇の携帯電話がまたも鳴った。

「今日はマジに忙しいな」

とぼやきつつ応答すると、相手は入江だった。

『判りましたよ、佐脇さん。阿久根健吾の所有不動産についてです。あの人物は、個人や自分の会社名義で、いろんな不動産を買ってます。鳴海にも複数の物件を持ってますよ。市内のビルとか住宅とか……山を一つ持ってるのは、将来、産廃かなんかにするつもりなんでしょうかね？　それと、海岸にも、ちょっとした岬全部を買ってます』

入江はなにかリストを参照しながら電話をしているようだ。

「岬全部ってのは、別荘にでもするつもりか、もしくはリゾート？」

『ご存じですか。そちらの県にも原発を建設する計画があったことを。人里離れた岬の突端に、立地のための調査が入った、という噂が一部では流れていたんです』

たとえば日本海にある某原発は荒涼たる砂丘のつらなる人跡まれな土地を、時の首相に関係の深い企業が買収し、転売を繰り返したあげく高値で電力会社に売却した、まさにその場所に建設されたのだと入江は教えてくれた。

『値上がりを当て込んで、岬全部を二束三文で買い占めたのでしょうね』

「それはどの辺です？」

『ええと、鴨志田《かもしだ》……鴨志田岬です。鳴海市のハズレ、漁港の先に突き出た八島《やしま》岬がありますが、その反対側にある小さな岬です。山が海に突き出していて……地図を見れば、実にまったく、見事に原発の立地に適した地形ですね』

佐脇は慌てて、壁に貼ってある大きな「鳴海市全図」を見た。

『でまあ、佐脇さんにお伝えする以上は曖昧な情報では怒られると思って、私なりに調べてみたんですけどね』

入江は不必要に回りくどい。

『たしかに原発の話はあったようです。しかし日本海に面したK崎のように、時の首相が出た土地でもないので結局、地元の猛反対に遭って頓挫《とんざ》して、火力発電所に用途が変わったり、工場を誘致しようとしたり、それも上手くいかなくて、それこそリゾートにというハナシもありましたが、高騰《こうとう》を見込んでの土地転がしも、バブルが過ぎて転売先が見つからなくなると、阿久根の関心も薄れたんじゃないでしょうか。ここ十年ほどはまったく何の動きもないようです』

佐脇の目は、この「鴨志田岬」に釘づけになっていた。

地図をよく見ると、この岬は、陸の孤島と言ってもいい場所だ。岬全体が阿久根の持ち物だとはいえ、昔からの集落がそのまま残っていて、ここ十年ほどは、立ち退《の》き騒ぎなども起きていない。

岬の根元には小さな漁港があるが、道路事情が悪いし零細な沿岸漁業の船が数隻しかないので、獲れた魚もほとんど自家消費だ。海のそばまで山が迫っているため、農地はほとんどない。道路も片側一車線ほどの細いものが一本だけ。岬の突端は断崖絶壁で、その下に三世帯しかない集落があるが、外界との交通手段は船を使うしかない。十メートル以上ある断崖には階段もないし取り付け道路もない。鳴海市としては、この三世帯に移転するよう申し入れているが、台風の時以外、この三世帯の住人は動こうとはしない。

「水野〜っ！」

佐脇は大声を張り上げた。

その声に驚いた水野は、光田のデスクから飛んできた。

「なんですか。逮捕状の請求も、行動確認の手配もきちんとやりましたよ」

「ここだ。ここが怪しい！」

佐脇は鴨志田岬を指で突つき、水野に示しながら入江に礼を言った。

「入江さん。感謝します。おおいに参考になりました」

『それは結構』

「お礼になにか、ウチの特産品を送りますよ」

『そういう官官接待みたいな真似はしないでください』

入江との通話を切ろうとしていた佐脇の携帯に、割り込み着信が入った。

礼もそこそこに通話を切り替えた彼の耳に、響子の声が飛び込んできた。

『佐脇さん？』

その声は切迫している。

「どうした？　いろいろ進展したぞ。ちょっと話がしたいんだが」

『急いで！　もう時間がないかもしれない！』

声の調子が普通ではない。かなり切迫している様子だ。

「……どうかしたのか？　今、何か起きてるのか？」

『宮路悟は生きてる。助けてほしいのよ！　何があっても諦めないで』

背後で怒号が聞こえ、響子の携帯電話から音が聞こえなくなった。電波状態が悪いのか、それとも……。

無音になったのではない。

よく聞くと、響子のものらしい息遣い、衣擦れなどが伝わってくる。言葉にならない怒号がしたが、それは響子のものではない。その直後、揉み合うような荒々しい音が伝わってきた。

佐脇は通話口を押さえて、傍らの水野に「この通話を逆探知しろ！」と命じた。

「おい！　大丈夫か！　もしもし」

どすどす、と服の上から殴るような鈍い音がし、その次に、拳で肉体を直に殴る、湿った音が響いた。

「おいっ！」

佐脇の呼びかけに、返事はなかった。

水野は近くの電話で携帯電話会社とやりとりしているが、佐脇は指をくるくる回して、「マキ」を入れた。早くしろという意味だ。

やがて、携帯電話を取り上げるがさごそという音がした。

『お前が佐脇だな』

「そうだが。お前は誰だ」

『お前さ、いい加減、手を引け』

名乗りもしない相手は、一方的に命令した。

「馬鹿野郎。その前に、今電話でおれと喋っていた女性をどうした」

『おれの目の前でぶっ倒れてるよ』

電話の相手は含み笑いをした。

『おれが言ったとおりに喋らなかったからな。このままぶっ殺してやってもいいんだぜ』

「何を言ってる。お前は何者だ？」

佐脇は応答しながら、水野に手振りで、鴨志田岬を指さして、注意を喚起《かんき》した。

『とにかく、お前が首を突っ込んでいることから、きっぱりと手を引け。余計な詮索はヤメロ。田舎刑事なら田舎刑事らしく、コソ泥の捜査とかしてろ』

「何のことだかさっぱり判らんね。ヤメロと言われても、ナニをやめればいいんだか」

『だから判るだろう？　東京から妙な刑事も来てるらしいが、そいつを東京に追い返して、お前も調べるのをヤメロ。言うことを聞かないと、この女をぶっ殺す』

この男は、もしかすると、君塚と組んでいた安東という男か？

『聞こえたか？　お前が惚れている「死の天使」こと、霧島響子の身柄を押さえた。ゆうべ、お前のボロアパートから出てきたところを攫《さら》ったんだ。で、この件から手を引け、引かないと殺される、とお前に言うように命令したんだが、逆らいやがって……』

肉を蹴る、ぼすっという鈍い音がして、呻き声が聞こえた。

『いいか、この件から手を引けば、こちらの仕事が済み次第、この女は無事に解放してやるって言ってるんだよ!』

「なんのことだ? どの件から、おれは手を引けばいいんだ?」

『お前……』

安東らしい男は苛立ったようだ。

『何を白々しい。おれを怒らせるつもりか? 今さら判らないフリをするんじゃねえぞ!』

「判ってほしければ判るように言え!」

佐脇は怒鳴った。

「どうやらお前は何か要求してるようだが、それならハッキリと言え。それともお前は信じられないほどの馬鹿だから、自分でもナニを要求したのかハッキリ判ってないのか?」

どうなんだ、と佐脇が挑発すると、相手はいきなり逆上した。

『じゃあ言ってやる。腎臓移植手術の件から、手を引けと言ってるんだ。ウチウチで話が付いてることを、外の人間が、事情も判ってないくせに首を突っ込んで引っかき回すなってことだ。判ったか!』

「判らんね。腎臓移植、と一般的に言われてもな。世の中には、きちんと手続きを踏んだ合法的な腎臓移植もたくさん行われる。お前が扱うような、表に出せない裏の、非合法なやつばかりじゃないんだ」

水野が、両手を左右に広げるジェスチャーを繰り返した。通話を引き延ばせという合図だ。

「お前が絡んでるのは、西山医師がやってた一連の非合法腎臓移植だろ？　親子でもない、夫婦でもない、赤の他人の腎臓をカネで買い取って移植するのは完全に違法なんだぜ」

『そういう説教を、今やる意味はあるのか？』

安東は嘲笑った。

『とにかく、この件はいろいろ上の方とも話が付いてるんだ。お前みたいな田舎刑事じゃ思いもつかないような雲の上のヒトとな。だから、黙って手を引いて指を咥《くわ》えて大人しくしてな。そうすれば、この女は無事に解放してやる』

電話をしていた水野が、佐脇に振り返ってＯＫサインを出し、地図上の鴨志田岬を指さした。

「そうか……おれも、いわゆる『上からの圧力』ってやつには滅法弱いんでな。組織の人間としては、お偉いさんには逆らえねえ」

佐脇はそう応じた。

「お前の言う通り、手を引く。だから、その女は無事に戻してくれ」

『意外に話が判るじゃねえか。じゃあ、いずれ解放してやる。それまで待ってろ』

相手はそう言い終わると、一方的に通話を切った。

「手を引くわけねーだろ、このバカ！」

佐脇は携帯電話に向かって毒づいた。日本中の警察から一切の裏金が消え、検察がフェアな捜査をする日が来ようとも、こういうムカつく相手の言いなりになることは絶対にない。

「水野！　今の電話は鴨志田岬のどの辺からかけて来たんだ？」

地図の前に駆け寄った佐脇は顔を近づけ、鴨志田岬周辺の地理を頭に叩き込もうとした。

「このへんは基地局の密度が粗いので、あまり絞り込めませんでしたが……」

鴨志田岬全体が入る円を、水野の指先は描いた。

「……モロだな。まさに阿久根が所有している土地だ」

「この辺、道路が途切れてますね」

佐脇は光田のところに駆け寄った。

「おい。拳銃の使用許可を出せ。それと、西山千春は予定どおり逮捕、吉井和枝についてもさっき頼んだとおりだ。よろしく頼む。おれは急ぎの用が出来た」

「……判った」

光田も今までの話の流れを理解していた。

「どうする？　あの現場じゃ車より船の方が早いんじゃないか？　海保に言って船を出し

て貰うか？」

「いや、それじゃあ目立っちまう。地元の漁師に舟を借りる。漁協かなんかを通して、話をつけといてくれ」

銃を収めたロッカーから二人分の拳銃、シグザウエルＰ２３０と、交換用の弾倉をごっそり取り出すと、佐脇は水野に行くぞ、と叫んだ。

「それと光田センセイよ！　東京から来てる殿山さんにも連絡をつけて、現場で落ち合えるよう手配してくれ！」

二人の田舎刑事は、刑事部屋を飛び出した。

第七章　夢の果《は》て

「さあ、必要なモノはこれでだいたい揃った」

一仕事終えた安東は、ほくそ笑んだ。

朝から細い悪路を細心の注意を払って何度も往復し、点滴スタンドやバイタル・チェック機器、煮沸器や無影ライトなど、さまざまな医療機器を隠れ家に運び込んだのだ。

手術を実行しようとしているこの場所は、宮路悟がほぼ監禁と言える状態で暮らしている、海に面した断崖絶壁の上にある小屋だ。

それが建っている岬の付け根までは県道が来ているが、そこから左に折れて岬の突端に向かう道は、どんどん細くなっていき、最後は人がやっと通れるだけの細い道になってしまう。しかも、岬を横切るように二メートル弱の地割れがあり、遥《はる》か下には海面が見える。それを渡るには、木の橋をロープで補強した簡単な吊り橋しかない。助走をつければ跳び越えられるかどうか、という幅の亀裂だが、普通の人間なら怖くてそんな気にはならないだろう。

こんな道しかないということは、この岬がいかにうち捨てられた場所かということを物語っている。

そして安東は、悟を小屋に監禁した際にナタを振るい、この吊り橋を落としてしまった。

橋がなくなれば、ここを出るには、下が海と岩場になっているこの裂け目を跳び越えるか、あるいは小屋の下の断崖絶壁を降りるしかない。それが出来る体力は悟にはない、と踏んだのだ。

しかし、実際には、もう一つ、抜け道があった。かなりの距離を迂回《うかい》することになるが、大昔、たぶん戦時中に掘られたような百メートルほどのトンネルがある。戦前は、この岬を陸軍か海軍が陣地にしていたらしい。その連絡道としてひそかに掘削《くっさく》され、忘れ去られたものなのだろう。地図には載っていないが、安東は道に迷った時に偶然に発見した。

小型車が一台、なんとか通れる幅の道だが、トンネルの出入り口は藪《やぶ》と雑木で覆われていて、トンネルがあること自体、判らない状態だ。

無理をすれば車で通れないことはないが、藪や雑木をなぎ倒さなければならない。それでは、「秘密の通路」を失うことになってしまう。

慎重な安東は、トンネルから先の道は、荷物を手で運んだ。大きなものはパーツに分けて運んだので、数時間がかりの大仕事だった。

「なんですかこれは？」

ベッド以外に最小限のモノしかなかった小屋が、一気に病室みたいになっていくのを見て、悟は驚いた。

「ここで、何を始めるつもりなんです？」

今までおれを放っておいたのに、と悟は訝しんだ。

「だいたい、オレがここから出して貰えるのはいつなんです？　というか、どうしてオレはここに閉じ込められてなきゃいけないんですか？」

そして、一息入れて最後の質問を発した。

「それに、いつも来てくれてたあのヒト……君塚さんはどうして来ないんですか？」

「だからよ」

安東は面倒くさそうに返答した。

「君塚は、今ちょっと別件で忙しくてな。だから代わりにオレが来た。オレがアイツと一緒に仕事してるってことは知ってるよな？」

悟は安東とは東京で会っているから知らないわけではない。しかしずっと世話をしてくれていたのは君塚だった。その君塚が五日以上顔を見せないまま、急に安東が来るというのはおかしいではないか。

「それにだ、君は体調が悪いと言ってたんだって? 君塚からそう聞いてる。だから、点滴やそのほかの治療が出来るように、機材を揃えてきたんだ。君の体調不良なんか、病院に行っても栄養剤の点滴で終わってしまう程度のモノだ。だったらここでやればいいだろ?」

「でも、あなたが注射とかするんですか?」

悟の不審感は消えない。

「おれは出来ないよ。だから、専門の先生に来て貰った。往診というか、出張治療だ」

安心しろって、と大きな声で言い、悟の背中をどん、と叩いた安東は、外に向かって、

「先生、どうぞ」と呼びかけた。

小屋の外でタバコを吸っていた中年の男が、のそりと小屋に入ってきた。顔色の悪い、世の中の悩みを一身に背負ったような、冴えない表情の男だ。

この男こそ、西山恒夫の前に北関東の病院で違法な腎臓移植手術をしていた外科医の大庭だった。これ以上やるとバレる、もうイヤだと泣きを入れたので西山にスイッチした経緯があるから、安東は大庭の弱みを山ほど握っている。

「こちらは内臓外科の大庭先生だ。この方面の専門医で、わざわざ東京からお呼びした。前の西山先生以上のベテランで腕もいい、有名な先生なんだぞ」

「大庭です」

と頭を下げた中年男は、早速、悟の診察を始めた。

安東は腕を組んで、その様子を監視するように見ている。

大庭は悟の胸に聴診器を当て、脈を取り、眼窩《がんか》を見、舌を見、首筋を触診し、最後に血圧を測った。

当然カルテなどはないので、大庭はメモが出来る紙を探して、細々と書き入れた。

「多少疲れて貧血気味ですかね。心配事があって熟睡出来なかったりしたのかな？　栄養剤の点滴をするから、ゆっくりと、休んで。しばらく寝た方がいいね。ゆっくりとね」

そう言った大庭は、後ろを振り返って安東を見た。

「看護師も用意すると言ったが、それはどうなってるかね？」

あ、ただ今、と安東は小屋を出ると、外に建っている物置に入った。

そこには、猿轡をされて両手両足を縛られた響子が転がされている。顔には殴られた痕があり、紫色に変色している。

「いいな。さっき言ったようにやれ。言うことを聞かないんなら、それまでだ」

安東は胸元から拳銃をちらりと見せた。

「グアムで射撃の訓練を積んでるからな。頭を撃ち抜いてやる。そうすればついでに、お前の腎臓も二つ、売り物になるってわけだ。どうすればいいか、判るよな？」

響子は冷たい目で安東を見返した。が、小さく頷いたので、安東は猿轡を外した。

「お前も知っての通り、腎臓は死体から取っても使えるんだ。フレッシュな死体からならな」

その意味は判るな？　と再度訊いた安東に、響子は冷たく言い返した。

「違法な移植を受けたい患者さんがあと二人、すぐに飛んでくるってこと？　ずいぶん都合がいいのね。それともあなたたちのビジネスが千客万来？」

「うるさい！　人の揚げ足を取るな。とにかくお前を殺そうと思えば簡単だってことだ」

ムカついた安東は響子の口元を軽く殴りつけた。唇が切れ、血が流れた。

「今、医者が悟を診察した。医者がメモを取ってた。そのメモを見て、手術に必要なあれこれを、お前が準備しろ。必要だろうと思えるものはだいたい揃えてある。いいな？」

「いいな、も何も、やらなければ拳銃で私の頭を撃つんでしょう？」

「そういうことだ。医者の野郎はまだ腰が据わってないから、お前は何も言うな。アイツには、看護師もいるってことで安心させたいんだ。必要な処置をしますと言うだけにしろ」

響子の目は、安東のジャケットの内側に隠れている拳銃に注がれている。

「判った。余計なことは言わない」

「点滴をしてやれ。その中に睡眠薬も入れて、眠らせてしまえ。アイツが寝ている間に、すべてが終わるようにな。一人、面倒な刑事がいて、しつこく嗅ぎ回っている」

安東は、響子の縛《いまし》めを解きながら囁くように言った。

「とは言っても今から場所替えするあてもない。ここでやってしまって逃げるしかない。だから、とっととやるんだよ。判ったな？」

「ねえ、本当にこんなことがうまく行くと思ってるの？　何の設備もないのに」

「うまくやるしかない。失敗すればおれは追い込みをかけられて命がない。それに、どうせここでやるのは腎臓の抜き取りだけだ。難しくはない。言っておくが、執刀する医者もお前も立派な共犯者だ。自分が可愛ければ、何をやったか秘密にしろ。その秘密は墓まで持っていけ。判ってるよな？」

「それは、よく判ってる」

それならいい、と安東は足の縛めも解いて、響子を自由にした。

「その顔、ちょっと化粧でなんとかしろ」

「じゃあ、私のバッグはどこ？」

安東は隅に転がっていたバッグを取ってやった。

「ここはどこなの？」

化粧をしながら響子は訊いた。

「目隠しされて歩いたけど、ずいぶん草や木の茂った道を歩いたみたい。トンネルも抜けたわよね。足音が反響したから判った」

「まあな」

安東は言葉を濁した。

「悟君は、どうやって運んだの？　手術直後で歩くのは無理だったはず」

「あの時は担架で運んだんだ。君塚がまだ居たからな」

化粧を終えた響子に、安東はハッキリと言った。

「ヘンな気を起こすなよ。おれは後ろからずっと見張ってる。妙な真似をしたら、コイツが火を噴く……さっき言ったとおり、本気でお前を撃つ。いいか、これが失敗したら、おれにも後がない。もう、失うものはないんだ」

響子は硬い顔で「判った」と言った。

「逃げても無駄だ。目の前は海で断崖絶壁だ。後ろの道は、途中の橋を落としてきた」

「じゃあ、どうしようもないんじゃないの？　手術が成功したとして、その後どうする気？　どうやって腎臓を運ぶの？」

「それは、秘密だ。現にお前をここに連れてきたわけだから、大丈夫だ」

秘密のトンネルのことは言わないほうがいい、と安東は思った。

「ねえ、アナタ。そうやって私に言うことを聞かせようと必死になってるけど、私を仲間にしようという発想はないの？」

いきなり響子が思いがけないことを言い出したので、安東は目が点になった。

「あ？」

「どう？　私と取り引きしない？　アナタは判ってないと思うけど、看護師が手術の時に出来ることって多いのよ。その気になったら私、手術を台無しにするくらい簡単なんだけど？　たとえば取り出した大事な腎臓に、私がメスで切りつけたらどう？　使い物にならなくなるわよ」

「お前……」

安東は憤然としたが、響子は至って冷静だ。肝が据わって真っ直ぐ相手を見据えている。

「ほかにも薬剤の量を『うっかり』間違えるとか、『思わず』よろけて手術の大事なところで先生を突き飛ばしてしまうとか、方法はいくらでもあるわ。シロウトのあなたがいくら見張ってても、銃で脅したりしても無駄なのよ」

「そ、そんなことをしてお前……宮路悟がどうなるか」

と言いかけて安東は響子の冷たい目に気がついた。そうか、宮路悟はどの道殺すつもりなのだ。

安東は咳払いをして凄んだ。

「い、いや、もしも手術が失敗したら、おれはお前を殺すぞ」

「どうぞ。成功したって、どうせ口封じのために殺すくせに」

思惑を全部読まれていると絶句した安東に、響子は一歩近づいた。

「ねえ、あなた、私を脅すんじゃなくて、分け前をやるからきっちり協力しろって、なぜ言えないの？　このビジネスを続けるつもりなら、君塚みたいなチンピラより、プロである私と組んだ方が絶対、うまく行くわよ」

どう、そんなことも判らないの、と挑戦的に言ってくる響子の迫力に、安東は呑まれそうになっていた。

「じょ……条件は？」

「半分半分、なんてことは言わないから安心して。そうね。この手術では一割貰おうかな。まずはそこから始めるってので、どう？」

「そうしたら……今回はキッチリ協力するって言うんだな？」

「もちろん、ベストを尽くすわよ。これは手付け」

響子はいきなり安東を抱き寄せると、唇を合わせてきた。彼女の舌がするりと入り込んできて、ねっとりと熱く絡んだ。

あまりに思いがけなかったので、安東は咄嗟《とっさ》に反応できず、頭が真っ白になった。

熟成した女の髪の匂いと、巨乳の柔らかい感触。響子の腿が安東の両脚を割り、股間にこすりつけられる。まさに男のツボを心得た全身の動きと、舌遣い……。

こんな時なのに、安東の股間は熱く火照《ほて》り、俄《にわか》に膨張を始めてしまった。

今すぐにでもこの女を押し倒し、この場で犯《や》ってしまいたい。

「ね？　コトを済ませてここから出て行くのに、どういうルートがあるわけ？」

熱いディープキスの合間に、響子は熟女の魅力を最大限に発揮して訊いた。

「ルートは二つある。手っ取り早いのは、海側だな。目印は赤い旗だ。そこに縄梯子《なわばしご》が括《くく》り付けてある。アレを降りるのにはちょっと度胸がいるが、確実だ。船がないと駄目だが」

気がついたら安東は訊かれたことに答えてしまっていた。

「私がここに来た時の道は？」

「まあ、アレでもいいが、かなり遠回りになるから、急いだ時には間に合わないかも……赤い旗の側の道をずっと行くと、その先にトンネルがある。草と木で隠してあるから場所は判らないだろうがな」

「なるほどね」

響子はそう言って安東から躰を離した。

「続きは、すべてが終わってからね。これからは、私をパートナーだと思って」

「ああ、判った」

安東にとっては思いがけない収穫だった。

この女の腎臓を取るよりも、働かせる方がずっと役に立つかもしれない。いや、仕事だけじゃない。何よりも、こうなったらこの女とのセックスを味わい尽くさないと気が済まない。

災い転じて福となすとはこのことだ、と安東は思った。

響子は、言われるままに青痣《あおあざ》を化粧で隠し、小屋に入っていった。

そんな彼女を見て、悟は声を上げた。

「響子さん！　響子さんなんだね？　まさか、本当に助けに来てくれるなんて！」

悟は彼女に抱きついて、再会を喜んだ。

「新宿で響子さんにいろいろ忠告されて、それでもオレは聞く耳を持てなくて、こっちに来て、結局こんなことになったから……あなたの言うことを聞いておけばよかったって、本当に後悔したんだ。もうダメかもしれないとか、いろんなこと考えてしまって」

「心細いのは判るわ」

響子は落ち着いた声で言った。聞きようによっては冷たい感じでもある。

「……先生の診察は終わったのね？」

響子は、後ろに居る大庭と安東に振り返って確認を取った。

「ああ終わった。君が手術に協力してくれる看護師か。このメモを見て処置を頼む」

大庭は走り書きしたメモを見せた。

「了解しました」

響子は悟をベッドに寝かせると、点滴の準備を始めた。安東が買い込んできた点滴バッグの中から栄養剤を選ぶと、注射器を用意してアンプルから別の薬剤をバッグに注入した。

寝かせた悟の腕の静脈に注射針を入れテープで固定して点滴を始める様子を見ながら、安東は心底ホッとしていた。

これで、なんとかなる。組への上納金もできるし、阿久根に対しても、約束を果たせる。これで、なんとかなる。

今のこの状況は、まだ少年だった彼と君塚が陥った、過去の最悪の窮地と完全に重なって、安東の額には脂汗が滲《にじ》んだ。

あの時も組への上納金を滞納し、何としても金をつくらなければ指の二本や三本、いや、見せしめとして殺されて産廃に埋められると、心底恐ろしくて堪らなかったのだ。だから、あの絶体絶命の状況を切り抜けるためには、多少ひどいことをするのも仕方がなかった。

自分が傷つけた幼女の悲鳴と、祖母である老婆の哀願の嗚咽《おえつ》がフラッシュバックし、安東は激しく首を振って、過去から響いてくる音を消そうとした。

自分以外の誰が死んでもかまわない。そう思わなければやっていけないのだ。

君塚は考えが甘いから、あの時も腰を抜かしたが、今回も、ここにいたら血相を変えて反対しただろう。だが、他にどんな方法がある？　阿久根のバックには関西の巨大暴力団が控えている。これをしくじったら、間違いなく二人とも大阪湾に浮いただろう。

今回だって、こんなに事態がこじれてしまったのは、アイツが易々《やすやす》と誰かに狙われて、轢き逃げなんかされたからだ。

所詮、あいつには小悪党が似合っていて、大きなビジネスが出来るタイプではなかった。そんなヤツと組んだおれの選択が間違っていた。だが、この仕事は、絶対に信用出来るパートナーが居なければ出来ない。アイツはバカで意気地《いくじ》はないが、おれの言うことはきちんと聞いて、約束は守るヤツだった。なんせ中学を出た途端、のっけに人生を一緒に踏み外した、いわば腐れ縁で結ばれた関係なのだから。

世の中は、強いヤツか弱いヤツか、騙すヤツか騙されるヤツか、金で買うヤツか買われるヤツか、殺すヤツか殺されるヤツかの二種類しか居ない。可哀想だが、宮路悟は、常に後者の側にしかいられない人間だ。

世話をしていた君塚からは、コイツの様子はいろいろと聞いていた。体調がすぐれないとか東京に帰りたいとか、ずっと泣き言を言っていたそうだ。

アイツはおれと違って気が弱いから、ついつい相手の言い分を聞いてイイ顔をしたがる。ヤクザのくせに本気で相手を脅してビビらせることをしなかった。

「ここでしばらく療養して。金は心配ない。お前の手術をしてくれた先生も、今はこの町の、ここからすぐ近くの病院にいるから安心だ。何かあったらすぐ来て貰うから」などと適当なことを言って安心させておいて、突然轢き逃げされて世話を放棄したから、宮路悟が疑心暗鬼になってしまったのだ。

なんとか誤魔化して点滴を受けることを了承させたが、君塚のヤツが、この辺しっかりやっておいてくれたら、おれが全部の後始末を背負い込むこともなかったのに。

そう思うと腹が立つが、死んでしまったモノは仕方がない。だが良いこともある。今後は儲けのうち、君塚の取り分も自分のものになるのだ。

この世は弱肉強食だ。上には上が居るのだから、下のモノは『より下』を食わないと生きていけない。

宮路悟の二つ目の腎臓を取ると決めてから、安東の作戦は大きく変わった。

それは殺すのと同じことだから、病院での手術は出来ない。阿久根への移植が非合法で、最初からウラで行ってきたものとは言え、さすがに二つ目の腎臓をドナーから取り出すという、露骨な殺人行為を許す病院はない。いくら無理がきき、警察にもコネのある国見病院とはいえ、医療に対する、ここまでの重大な背信行為に手は出せないだろう。

だから、ここで抜いてしまうのだ。取り出した腎臓が衛生的に管理さえ出来れば、問題はない。悟はどうせ死ぬのだから、予後について考慮する必要もない。

そう割り切って、安東は必要なものを揃えてきた。その上、半《なか》ば偶然だが、看護師まで生け捕りに出来たのだ。刑事とつるんで、いろいろ嗅ぎ回る女を口封じのために掠《さら》ったら思いがけない拾い物だった。おれは何という強運の持ち主なのだろうか、と安東のテンションは高まった。

万が一、あの看護師が使えなくても、その時は腎臓を取ればいい。一個三百万はくだらない値が付く貴重品だ。金に糸目をつけないレシピエントなら今までのルートでいくらでも探せる。こうなったら一人殺すも二人殺すも同じ……そう割り切りさえすれば、臓器移植は何と簡単なシノギなのだろうか。

気がかりなことといえばこの女とよろしくやっていた、あの田舎刑事が首を突っ込んでくることだが、阿久根は警察に睨みが利くし、国見病院だって必死に抵抗するだろう。下っ端の刑事など恐れることはない。何より、少なくとも臓器移植に関しては、現時点では証拠も何も、警察が動ける材料がないじゃないか。

つまり、おれは勝ったのだ!

いい気分でそんなことを考えつつ、安東は響子が処置を続ける後ろ姿を眺めていた。

「ちょっと、いいかな」

大庭が話しかけてきた。

「……外で話そう」

相手の声は暗い。

二人は外に出た。断崖の下に波が打ち寄せる音が聞こえ、潮を含んだ風が、髪を乱して吹き過ぎてゆく。

「先生。もしかして怖じ気づいた？」

「……ああ。やっぱり私には」

「先生せんせいセンセイっ！　今さら何言ってるの！　ここまで来て！」

冗談じゃねえ、アンタのイジイジに付き合ってる時間はないんだ！

そう叫び出したいのを、安東は必死に堪《こら》えた。

何と言ってもこの外科医は、西山の前任者だ。非合法な腎臓移植手術を山ほど手がけている。それだけでも警察に知れたら大変なことになるが、この大庭には、それに加えて、表沙汰に出来ない借金もあるしヤバい女関係もある。さらに一番致命的なのが、非合法な手術に手を染めるにつれてパイプが太くなったヤクザとの交友関係だ。

このご時世、ヤクザと昵懇《じっこん》な医者ということになると事実上パージされてしまう。個人医院であっても患者が寄りつかなくなる。だから、安東はこの大庭に因果を含めて、医者としては絶対にやってはいけない殺人行為を実行させようとしているのだ。

「センセイだって、手術に失敗して患者を殺したこと、あるでしょ？　医者なんてモノは患者を百人殺して一人前だとか豪語してたじゃないですか。それと同じでしょ」

焦りを懸命に隠して、安東は説得にかかった。

「同じじゃないよ。結果的に死んでしまうのと、死ぬのが判っていることをするのじゃあ」

「バレなきゃ同じじゃないですか。バレませんよ、絶対に。その意味じゃ、おれもセンセイと一蓮托生《いちれんたくしょう》ですからね。自分の身が可愛いから、絶対にバレるような真似は致しません！」

安東は語調はキツイが小さな声で断言してから、建物の中を気にした。いやしかし、悟はもう睡眠薬で眠っているだろうし、聞こえていたとしても同じことだ。可哀想だがヤツにはもう、これからの人生はないのだ。

「センセイ、どうするの？　もう準備万端だよ。手っ取り早く済ませようじゃないの」

あの刑事が嗅ぎつけてることは、この先生には秘密だ。知れば逃げ出す口実を与えてしまう。

「やっぱり……私には、無理だ」

「そうですか。じゃあこっちにも考えがありますよ。北関東の病院でセンセイが西山の前に手がけていた、違法な移植の件だけじゃない。おれらがセンセイの医療過誤を揉み消した件が三つありますよね。なんとか示談に持ち込んで表沙汰になってないのがね。つまり医者が医療ミスで患者を殺した不祥事を、ヤクザに頼んでカネで解決したんだよね」

他にもあるよね、と安東は畳みかけた。口調は自信満々で高圧的に、抑え込むように喋ってはいるが、内心はヒヤヒヤだ。この医者に断られたら、自分が阿久根側に追い込まれてしまうのだ。

「こっちにはこっちの段取りってものがあるんですよ。それを承知で進めてきた話でしょ？　処女がいざとなってイヤだと言うんじゃあるまいし、今さらナニ言ってるんですか。え？」

大庭は沈黙したまま口を開かない。

安東は窓から建物の中を見た。響子が悟の耳元で何やら囁きながら、脈を診ている。

無駄に時間が過ぎていく。

安東は焦り、猛烈に腹が立ち、ついに吠えた。感情を抑えることが出来なくなっていた。

「おい。アンタもオトナなら、一度ＯＫしたことを今さらひっくり返すんじゃねえぞコラ」

大庭の前では初めて剝き出しにするヤクザの本性だ。ひ弱なインテリの震え上がる様子が、面白いほどよく判った。

「……判った。判りました。アンタの言う通りやるよ。ただ、ちょっと気持ちを落ち着けたい。このままじゃ出血させて、大事な腎臓が使い物にならなくなるかもしれない」

「だからここまで来て、何を言ってるんだ！　いい加減、覚悟を決めろ！」

怒鳴られた大庭はムッとして安東を睨んだ。だが構わずに怒鳴りつける。

「逃げようったって、それは無理だぞ先生。ここまで来る道は、通ってきたから判るだろうが……あんたには目隠しをしてたから、元の道に行けないだろ？　海側は断崖絶壁で、降りても船がなけりゃ何処にも行けないぜ」

大庭は周囲を見渡して、流れる汗を拭った。万事休すと悟り、冷や汗がだらだらと噴き出したのだ。

ここからは絶対に逃げられない。だから安東と君塚は、見張りもつけずに悟を一人で放置しておいても安心だったのだ。安東は一転、語調を和《やわ》らげ、懐柔にかかった。

「どうです、先生？　あんたのいい加減な人生も、このへんできっちり始末をつけないとヤバいんじゃないの？　この件がうまく行けば、二度と先生を煩《わずら》わせたりしないよ」

もちろん嘘だ。だが大庭は信じたようだ。流れる汗を拭き、ため息混じりに頷いた。

「判った。違法な手術はこれが最後なんだな。ちゃんとやるよ。だがその前に、タバコを一本吸わせてくれ。手が震えてメスが握れない」

安東はどうぞ、と自分の洋モクを差し出し、ダンヒルで火もつけてやった。

震える手でタバコを吸う大庭を見ながら、安東は内心、涙が出るほどホッとしていた。

危機は孕《はら》んでいるものの、なんとかなりそうだ。

安堵したと同時に、猛烈に昂ぶってくるのが自分でも判った。

危機だったのが一転して自分の思い通りになった。これはすべて自分の機転と手腕によるものだ。まだまだ安心は出来ないが、おれの才覚があればなんとかなる。

その強い自信が、激しい性欲を呼び起こした。

安東は大庭と一緒に建物に入り、大庭と響子が手術の準備を始めるのを眺めた。

とにかく、宮路悟の腎臓を抜いたら、この女を腰が抜けるほど犯ってやる。

響子の胸の膨らみを見るうちに、これから始まる手術の残酷さから来る歪んだ興奮と、激しい性欲が相乗効果のように身内から突き上げてくる。

出来るものなら、この場で響子の腕を摑んで床に押し倒したい。しかし今は、何よりも腎臓を抜くことが先決だ。

この女は、たっぷり味わって、役に立って貰おう。そしてセックスにも飽きて、代わりが見つかれば、腹を割いて腎臓を戴けばいい……。

安東は自分の猟奇的な欲望に興奮して、勃起していた。

＊

一方佐脇と水野は、途中で呼び出した殿山と合流して鴨志田岬に向かっていた。

「おっしゃる通り、安東健也が、非合法生体腎移植と臓器売買に深く絡んでいると断定しても差し支《つか》えないでしょうなあ」

東京でも調べてみたが、決定的な証拠がなかったと言う殿山に、佐脇は言った。

「証拠がなければ現行犯逮捕しかない。こちらとしても万全の態勢で臨みます。と、言いたいところだが……残念ながら、圧力がかかりました。阿久根の側がウチの上層部に働きかけたようです。だから、海上保安庁には話が通じていない。海から逃げられたら万事休すだ」

「一応聞きますが、空は？　空から逃げるということは？」

殿山の質問に、佐脇は一瞬詰まった。

「いや、まさかそれはないでしょう。ヘリが来て安東を吊り下げて行きますか？」

そんな派手なドラマみたいなことハハハと笑った佐脇は、真顔に戻ると署に残っている光田に連絡を入れた。

「T空港の管制に連絡して、鴨志田岬方面を飛ぶヘリコプターをチェックさせてくれ。あと江之浦《えのうら》の漁協に頼んで漁船を一隻借りられるよう手配してほしい。それくらいは出来るだろ？　やれよ、それくらい。四の五の言うな、この野郎！」

警察無線を切った佐脇は、「まあこれでなんとか」と弁解がましく言った。

「東京も同じだと思いますが、カイシャは人死にが出るまでは本気で動かないでしょう？　しかも、この件では阿久根がいろいろ影響力を行使している……我々で動くしかない」

佐脇は、水野に向かって指示を出した。

「阿久根の所有物件は岬の突端にあるが、連中がそこに居るとは限らない。あるいはそこに居ると思わせて、別の場所に潜んでいるかもしれない。応援を頼んでローラー作戦なんかすると感づかれるから、その辺は慎重にな」

佐脇の指示に水野は首を傾げた。

「その心配はないです。応援は来ませんから。係長は、とりあえずお前らだけでやるならやれと」

「そうか。やっぱりな」

気落ちした様子の佐脇に殿山が言った。

「ヤマを解決するのは組織じゃありませんよ、佐脇さん。極端な話、一人でいいんだ。デカ一人の意地と粘《ねば》りがあれば、ホシは上げられる。私はいつも、そうしてきました」

「そりゃそうだ。お恥ずかしい。しかもおれたちは一人じゃない。三人もいるんだ！」

佐脇は気を取り直した。

「ともかく、何とかしなきゃしょうがないだろ。おれは岬の付け根にある漁村で、船を借りて海側から行く。言わば、挟み撃ちだ」

「私は、霧島響子とドナーの安全を最優先に確保しましょう」

と、殿山も言った。

三人の刑事を乗せた覆面パトカーは、鴨志田岬の付け根にある江之浦集落で、佐脇を下ろした。

「じゃあ、手筈通りに」

覆面パトカーを先に行かせた佐脇は、小さな漁港のそばの、一軒の民家に飛び込んだ。

「県警鳴海署の者です。漁協から聞いてると思いますが、船を貸していただきたいんです」

「ああ？　そんなことは何も聞いとらんよ」

家の中の広い土間では、日に焼けた老人が漁網を繕《つくろ》っている。

「あの、漁協から連絡が入ってるはずなんですが」

「だから知らん、ちゅうとるんじゃ」

老人はニべもない。

あの野郎、と佐脇は光田を呪った。

「ああ、では、改めてお願いします。私、今、重大事件の犯人を追っています。犯人は、この岬の突端に潜伏しているらしいんですが……知っての通り、道が悪いので、犯人は、海から逃げるかもしれません」

「で、わしに船を出せっちゅうこっちゃな」

老人は網から顔を上げて、佐脇を見た。目が笑っている。

「オモロイやないか。なにか、あんた、海の上を追いかけるのか？」

「いえいえ、そういうことにはならんとは思いますが」

「わしの船、この前エンジンを換えたばっかりでのう。三十年使うたのんがいかれてしもうてのう」

「では、後から警察から金一封を」

「そういうこっちゃないわ！　新しいエンジンを試したいんじゃ！」

老人は立ち上がった。

「ほな、行こか」

家から出た老人は、すぐ目の前の、コンクリートの防波堤で囲まれた公園の幼児プールのように小さな漁港まで出ると、船外機の付いた、小さくて簡単な木造船に飛び乗った。

「ほれ、これだ。ノレ」

佐脇がはい、と返事して乗り移ると、老人は艫綱《ともづな》をひょいと外し、船底に転がしてあった竹の棒で、岸壁のコンクリートを押して、すばやく船を出した。

「掴まってろ。騙されてデカいの買いすぎたんじゃ」

言われてみれば、小さな船なのに船外機のエンジンは不釣り合いにデカい。

「いくぞ」

老人がエンジンを掛けると、驚くほどのGが発生して、佐脇は後ろにひっくり返りそうになった。

「じゃから、摑まっとれと言うたじゃろうが！」

勢いよく走り出した船は、猫の額ほどの漁港を出ると、海岸線伝いに、岬の先を目指して一直線に走り始めた。

とにかく速いので、船首が持ち上がり、波頭が高く飛んで、佐脇はずぶ濡れになった。

「どうじゃ。ほれ、あの歌……兄弟船みたいじゃろうが！」

妙にノリのいい老人は有名な演歌を歌い始めた。

「おやじ。悪いがおれはそんな心境じゃねえんだ」

佐脇は、これから起きることを考えて、緊張していた。

挟み撃ちで援護ありとは言え、かなりの荒事になるに違いない。だが老人は、佐脇の様子を気にする風もなく、操舵《そうだ》の片手間に話を続けている。

「ワシの家とか港があった場所な、アレは昔は原発になるはずやったんや。周りが山に囲まれててな、今考えると最高の場所だったわな。けど、出来んでよかった」

老人は問わず語りでそんなことを言いながら船を操った。

沖へ出て行くと、さらに波は高くなった。海に向かって聳《そそ》り立つ断崖めがけて、時折ざっぱーんと大きな波が打ち上げる。

「鴨志田岬って、こうやって海から見たことなかったんだが」

「お前さん、釣りはせんのかね」

「ああいう退屈なことはしない」

「それは惜しいのう。このへんはチヌとかグレがよく釣れるんじゃがのう。あの時の県知事さんが釣り好きで、原発は止めようと言い出したんじゃ」

佐脇は短気だから、釣りは性に合わない。それに、こういう小舟で揺られるのも弱い。船酔いしてしまうのだ。

老人の手前、船に仁王立ちして腕組みして前を見据えているが、だんだんと胃から熱くて酸っぱいものが逆流してきた。

が、すぐに、そんな吐き気を吹き飛ばすものが目の前に現れた。

「なんだこれは！」

日本で言うなら東尋坊《とうじんぼう》か石廊崎《いろうざき》か、ヨーロッパで言うなら英国はドーバー海峡の切り立った崖か。物凄い断崖絶壁が、海に向かって聳《そび》え立っている。

さきほどまでは海岸線に多少の樹木や段々があったりしたが、岬の先端に近づくほどに、切り立った断崖が海面から垂直に上昇する地形になってきた。

海側から攻めると見得を切った佐脇だったが、どうやって岬の上まで行けばいいのだ？

「あんた、崖の上の、あの家に行きなさるんか？」

老人はニヤニヤした。

「はい……容疑者がそこに潜伏していると思われるので」

「こんな断崖絶壁、どうするんだって思っとるんじゃろう？」

「ここまで来ればなんとかなると甘く見ていましたが……これでは、とても」

「一人で悩んでないで、ワシに訊け。あそこの崖を、よーく見てみんしゃい」

老人が指さした。目を細めてよく見ると、老人が指したその先には、絶壁を刻んでつくった、ごくごく細い道と狭い階段がある。しかも、岩が硬くて掘れなかったものか、道が途切れている箇所には縄梯子が下がっているだけという、恐ろしげなルートだ。

「まるで、黒部《くろべ》のダムに向かう道だ……」

「おうよ！　波に掠《さら》われることもあるぞ！」

老人には佐脇の声が聞こえていないらしい。

「今日は海は静かだがな」

そう言いつつ、時折り、二十回に一回くらいは、物凄い大波が岩肌を洗っている。

「こんな道、無理だろ！」

「そう言われてもワシが作った道ではないんでの」

佐脇は目を凝《こ》らしてよく見ると、一応、手すりのようなロープが道に沿って渡してある。それを摑んで上っていけば、なんとかなるか。

「ま、頑張ってきんしゃい」

老人は船を断崖に寄せた。

この岩場は、漁場というか釣り場にもなっているようで、岩を重ねて簡単な船着き場のようなものが設《しつら》えてあった。

船を降りた佐脇は、老人に頼み事をした。

「な、じいさん。ここでしばらく待っててくれないか」

「あんたの帰りを待つんじゃろ。お安い御用じゃ」

老人は簡単に引き受けた。

「おれじゃないかもしれない。女と男の二人だけかもしれない。その時は、何も聞かずに黙って乗せてやってくれ。で、元の港まで連れて行ってくれ。礼は後からきちっとするから」

「ああ、ええよ。気をつけての」

老人はエンジンを切って艫綱を近くの岩に引っかけると、船縁に腰掛け、タバコに火をつけながら訊いた。

「どのくらいかかるんじゃ？　ワシは日が暮れたら帰るぞ」

「そんなに時間はかからない」

佐脇は自分の財布から、ありったけの金を出して「手付けだ」と老人に握らせると、断崖絶壁を掘って作られた階段を上り始めた。

足元の階段は左右の幅が五十センチあるかないかだ。岩を掘った部分もあるし、腐りかけた板が渡してある部分も混じっている。撓《たわ》んだロープが張られているが、風に煽《あお》られたり波を被ったりした時にこれにすがっても、命を守ってくれる保証はない。あっさり切れてしまうかもしれない。

佐脇は断崖を登りながら行く手を見た。高さは二十メートルほどか。

この調子だと、あと、どれくらいで登り切れるだろうか。

佐脇は、携帯電話を出して水野側の様子を訊こうとした。しかし、この断崖が電波を阻《はば》むのか、他の基地局から遠いのか、携帯は繋がらない。

こういう時は警察無線が強力で重宝するのだが、他の刑事はいざ知らず、佐脇は基本的に持ち歩かない。強力な分、重くてかさばるのだ。普段なら携帯電話で充分間に合うし、パトカーに行けば用は足りる。しかしこの時ばかりは後悔した。かさばると言ってもトランシーバーくらいの大きさだ。ズボンに挿しておけば良かった……。

と思ったところで、ざぶり、といきなり頭の上から海水を被った。時折やってくる大波をまともに食らったのだ。

佐脇は慌ててスーツの中に下げたホルスターからシグザウエルを取り出した。濡れてはいるが、この程度なら大丈夫だろう。試し撃ちは出来ないから、信頼するしかない。

安物スーツの袖で顔を拭いながら、懸命に登った。

何回も足を滑らせ、あわや、という瞬間もあったが、次第に慣れてきた。ただし、絶対に下を見てはいけない。遥か下では、波が渦を巻いて岩に砕け散っている。

が。

さすがの佐脇も、覚悟を決めざるを得ない状況に出くわした。

必死の思いで這い登るようにしてたどってきた階段が突然、終わってしまったのだ。

岩を掘ることが出来なかったのだろう、あと七メートルで断崖の上という辺りで、ぷっりと階段が途切れている。

目の前には、縄梯子がぶらぶらと揺れているばかりだ。

この先は、縄梯子を昇っていけ、ということだ。

縄梯子は、首吊りの縄が木の枝から垂れ下がって不気味に揺れているようにも見えた。

さながら、死を誘っているかのように……。

しかし、これを昇るしか他に方法はない。

死ぬ思いで恐怖を克服し、佐脇が縄を摑んで足を掛けた、その時。

さっきまで使えなかった携帯電話が鳴った。断崖を半分くらい登ったので、電波状態がよくなったものか。

『水野です。お疲れ様です』

「こんな時にパターンの会話をするな！　こっちは大変なんだ」

怒鳴ろうにも怖くて大声が出せない。

『どうしたんですか佐脇さん、声が震えてますけど？　……ああ、大丈夫なら良かったです。こちらは今、車を降りて歩いています。ここまで、沿道には人家はありませんでした。廃屋もないし、テントもありません。あ！』

水野が絶句している。しばらくしてから、また声が聞こえた。

『吊り橋があるんですが……いえ、正確には、あった、と言うべきでしょうか。細いロープで吊ってある粗末な橋、というか橋の残骸《ざんがい》が見えます。吊り橋のロープが切断されていて……下は物凄く深い谷で……飛び越えるのはちょっと』

「何ともならないのか？」

『私はなんとかなっても、殿山さんが……』

「迂回ルートはないのか？」

『あるのかもしれませんが、地図には載ってません。ＧＰＳにも出ていないので、探しているより、ここを何とかした方が早いんじゃないかと』

「じゃあ、何とかしてくれ。こっちも自力で何とかしてるんだからよ！」

通話しながら、佐脇は縄梯子を摑んで何度も引いてみた。この縄梯子も、陸側の吊り橋のように落ちてしまうのではないか、という不安に駆られたのだ。

幸いなことに、根元はどうやら固定されているようだ。

大波はこの間も何度か襲ってきたが、佐脇が登った高さにまでは達しなかった。

「どうだ、水野？　手こずりそうか？」

『なんとかロープを渡して、渡れるようにしてみます。ヘリの応援は……無理ですよね』

「当たり前だろ。だいいち、あんなのがバラバラ音を立てて空を飛んだら、連中が感づいちまう」

どうやら当初の計画である挟み撃ちは無理のようだ。一人でなんとかするしかない。

『一人でいいんだ。デカ一人の意地と粘りがあれば、ホシは上げられる。私はいつも、そうしてきました』

という殿山の声が耳に甦《よみがえ》る。

通話を切った佐脇は、大きく息を吸って、腹をくくった。

＊

建物の中では、手術の準備が始まっていた。

大きなビニールが壁や天井から張り渡されて、部屋の中にビニールの小部屋が出来ている。その中に手術用の無影燈やステンレスの手術道具を載せたテーブルなどが配置されている。

急ごしらえの手術室に入った大庭と響子は手術用の滅菌ガウンを着、帽子とマスクをし、手術用のゴーグルを装着して、完全に態勢を整えている。

「判ってると思うが」

大庭は医師として、落ち着いた声で言った。

「今回、もっとも留意すべきことは、取り出した腎臓の管理だ。ここに運搬用のアイスボックスがあるが、取り出してからボックスに入れるまでに、絶対に雑菌をつけないこと。これが最も重要だ。しかし、そもそもは、こんなにわか仕立ての手術室で摘出するなんて、無謀以外の何物でもないんだがな！」

大庭はビニールテントの外に立っている安東を睨んだ。

「もしも失敗したら、それは、こんな環境で臓器を摘出させたアンタのせいだ！」

「ですからそうならないように、煮沸とか、消毒とか、キッチリやってくださいよ」

安東の手には、これみよがしにグロック17が握られている。

「あっ！」

ガシャンと音がして、メスやピンセット、鉗子《かんし》などを入れたステンレスの皿が落ちた。

「何をしてるんだ！」

「すみません。すぐに消毒し直します」

響子が謝った。

「その必要はない。急ぐんだ。予備のがあるだろう」

大庭は煮沸器に入っているメスなどの一式を取り出させて消毒液に浸させた。

「……では、ドナーのバイタルは」

気を取り直した大庭が訊き、響子が数値を答えた。

「ドナーにはすでに睡眠薬が投与されてるんだね？」

「はい」

それを聞いて、大庭は頷いて次の指示を出した。

「全身麻酔の用意。人工呼吸器の確認。……麻酔医がいないのは困るな」

それを聞いた安東は笑った。

「先生。何が困るんです？　二度と醒《さ》めなくたっていいんですよ」

人工呼吸器だって要らないっちゃいらないんだが、と安東は吐き捨てるように言った。

「でもまあ、腎臓はなるだけいい状態にしたいんでね」

響子はまったく表情を変えないが、大庭の額には脂汗が滲んでいる。

「しかし、なるべくドナーには苦痛を与えないようにしよう……バルビツレートとフェンタニルを静注。患者入眠後はマスクにより気道確保、人工呼吸が可能であることを確認し、筋弛緩薬を投与。効果の確認後、気管挿管。いいね？」

「了解です」

手筈の確認が終わり、まず、全身麻酔が実施されようとした。が、響子にはバルビツレートとフェンタニルのアンプルが見つけられない。

「あれ？　たしか、ここにあったのに」

「どうしたんだ君！　困るじゃないか」

大庭も一緒になって、薬剤のアンプルを探し始めた。

「おいおい先生たちよ。何だそれは？　時間稼ぎか？　ここまで来てくだらない真似は止めろよ。いいな」

安東の怒気を含んだ言葉に、響子は「ありました」とアンプルを取り上げて注射の準備を開始した。

「では、ドナーを移動します」

ビニールの小部屋の外に寝かされていた悟を、ベッドごと動かして、ビニール部屋に入れた。悟は患者用の、前が全部開く手術着を着せられている。

「こういうの、どこかで見た気がすると思っていたが……思い出したよ。これは、野戦病院だ。M★A★S★Hだ。映画で見た、あの野戦病院だ」

突然、感に堪えぬように大庭が言った。緊張と罪悪感のあまり壊れかけているのだろうか、自分のジョークに力なく、ハハハ、と笑った。

「……不謹慎だな。自分でもそう思う。でもこんな手術、ジョークだとでも思わなければ、正気では……とても出来んよ」

響子は黙っている。大庭医師より彼女のほうが肝が据わっているということなのか？　いや、その蒼白な顔には、大庭以上の緊張の色がある。響子は意識を失ったらしい悟の腕に全身麻酔を施すべく静脈注射用のチューブを巻き、血管を浮き出させようとしている。

その時。

ガサッと外で大きな音がした。

建物の海に面した側の窓に人影が現れ、部屋に差し込む光が遮られた。

「なな、なんだ？」

安東がグロックを構え直した。

「お前たちは完全に包囲されている！」

外からの怒鳴り声が聞こえた。

「手を挙げて、出てこい！」

「なにを馬鹿なことを……誰だてめえ！」

安東がグロックの安全装置を外したのと、響子が大庭を突き飛ばし、滅菌ガウンの上から注射針を突き立てたのが同時だった。

「きっ君、何をする！」

悲鳴を上げた大庭が部屋中に張り巡らせたビニールを巻き込むように倒れた。半透明のビニールが壁からも天井からも、ぶつぶつと音を立てて外れ、一気に落下してきた。

それに気を取られた安東は、すぐ目の前に迫っている響子に気づくのが一瞬、遅れた。

「あ」

響子の手には、小さな別の注射器があった。

「て、てめえッ……なッ」

何をしやがるッ……そう言おうとした安東の腕にも、注射針が突き立った。

だが、響子が注射器のシリンダーを完全に押し切る前に、安東はかろうじてそれを抜き取り、放り投げた。

「お前、何を注射したんだ！」

「筋弛緩剤よ。死ぬかもね」

ニヤリと笑った響子は一気に滅菌ガウンを脱ぎ捨て、手術用のマスクもむしり取った。

「悟君！　逃げるわよ！　外にっ！」

と。それまでベッドに横たわり、睡眠薬により意識を失っていたはずの悟がむくりと起き上がった。響子が手を引くと、病み上がりとは思えない必死の足取りで、建物の外に逃れようとしている。

「お前……睡眠薬を打たれてたんじゃなかったのか！」

安東が叫んだ。

「打たれてないし。響子さんに言われて、ずっと寝たふりをしてたんだよ！」

悟も逃げ出しながら叫び返した。

てめえこの野郎逃がさねえぞ！　と安東は叫び天井に向けてグロックを一発、発射した。

「おれには筋弛緩剤なんか効かないぞ。この通りだ！　さあ、手術の続きをやる！　お前ら、戻ってこい！」

しかし、肝心の大庭は麻酔薬を打たれてひっくり返っている。

「てめえッこの使えないヤブ医者がッ！　起きろ！　起きねえとぶっ殺すぞッ」

安東が大庭の肩を摑み、激しく揺さぶっている、その時。

建物の外に逃れた悟と響子と入れ替わりに、シグザウエルを構えた佐脇が入ってきた。

「動くな！　神妙にお縄を頂戴しろ！」

「……お前、ふざけて言ってるのか？」

安東は顔を歪ませた。

「ほお。お前にはふざけてるように見えるのか」

冷笑した佐脇は振り返りざま、響子に怒鳴った。

「早く行け！　海の方だ！　赤い旗が目印だ。そこから崖を降りろ！　下に船が来てる」

銃を構えながら佐脇もじりじりと後退して、小屋の外に出た。

悟の腕を取った響子は、すでに赤い旗がなびく崖っぷちにまで到達している。

「ダメだよ……こんな」

崖の下を見て、怖じ気づいたのは悟だった。

「おれ、高所恐怖症かもしれない……」

「何言ってるの！　逃げなくちゃ。さあ、頑張って！」

響子は悟を励ました。

「生きていたいでしょう？　他に道はないでしょう！」

「裏に道があったんだけど……橋が落ちてたんだ。この前見に行ったら……」

悟が絶望的な表情で言った。佐脇がふたたび、二人に向けて怒鳴った。

「おい青年！　頑張るんだ。怖いが下を見なけりゃなんとかなる」

佐脇の言葉に、安東は笑った。

「無理だな。断崖絶壁だぜ！」

「だが、おれは登ってきたんだ」

大丈夫だから行け！　と佐脇は建物の入り口から悟を叱咤激励した。

私が先に降りるから、と縄梯子に取りついた響子に続き、ようやく悟も降り始めた。

「あの二人をどうにかするつもりなら、おれを倒してから行くんだな」

大時代なセリフを口にしつつ佐脇は内心冷や汗をかいていた。安東のグロックはぴたり、と佐脇を狙っている。橋が落ちている以上、応援がすぐに来るとも思えない。

どうする、先制で撃つか？　と佐脇が自問した瞬間、安東が立ち上がり、躊躇なく構えていた銃のトリガーを引いた。

ぱん、という乾いた音がして、佐脇の足元の土が吹き飛んだ。

すかさず佐脇も発砲しようとしたが、何ということか。弾が出ない。

何度もトリガーを引いたが、かちりかちり、と虚《むな》しく音がするだけで、撃てない。

しまった。さっき頭から波しぶきを浴びたせいか！

舌打ちしつつ装着していた弾倉《マガジン》を引き抜き、内ポケットから予備の弾倉を取り出そうとしたその時。

隙《すき》を突いて、安東が逃げ出した。ドアに向かって突進し、佐脇を突き飛ばして断崖に向かう。

「お前ら！　絶対に逃がさないからな！」

佐脇が撃ってこないと判った途端、ドナーと看護師を捕まえると決めたらしい。

「おい安東、往生際が悪いぞ！　諦めろ」

「うるせえッ！　アイツの腎臓を取れなきゃ、どの道おれはおしまいなんだ！」

叫びざま、縄梯子を必死で降りている二人めがけてグロックを撃った。

弾が断崖の岩肌に跳飛し、驚いた悟が縄から足を踏み外した。

「うわ！」

 必死にしがみついたが、そのままずるずると落ちて、悟は手だけで縄梯子にぶら下がる状態になってしまった。

「悟君！」

先に降りていた響子が慌ててよじ登った。踏み外した悟の足を、縄梯子に戻そうというのだ。だが悟という不安定な重りが出来た縄梯子は、風に吹かれて大きく揺れ始めた。

「悟君！　しっかり掴まってて！　大丈夫だから。今、私が行くから！」

響子の悲鳴に、安東は爆笑した。

「はははは
っ！　おれに逆らうからだ、馬鹿野郎め！」

佐脇が自分に向かってくるのを見た安東は、今度は佐脇めがけて二発撃った。

「おい、そこのバカ刑事！　お前がこっちに来るなら、おれはあいつらを撃つ！　この距離なら間違いなく頭に命中するぞ。このチンケな縄梯子の縄を撃ってもいいな。どっちにしても簡単に切れて、二人とも下の岩場に真っ逆《さか》さまだ！」

銃を構えた佐脇は、動けなくなった。

「どうした！　お前の銃は使い物にならないんだろ！　その役に立たない銃をこっちに寄越せ！」

仕方がない。

佐脇は言う通りにして、シグザウエルを地面に滑らせた。

「よし、次だ。お前は手錠を持ってるな？　それでテメエの腕を、そこのドアんところの南京錠を引っかける留め金に掛けろ」

「判った。言う通りにする」

佐脇は安東の命令に従って自分の左手首に手錠をかけ、その手錠の反対側を、ドアを施錠するための留め金に固定した。

「おい安東。今ならまだお前の罪は軽いぞ！　考え直せ！」

佐脇の呼びかけを理解したものかどうか安東は身を翻《ひるがえ》し、森の中に消えている小道から逃走を開始した。

とりあえず良かった。あいつにもまだ正気が残っていて、どうやら逃げることを優先するらしい、と佐脇は安堵した。

陸路の橋は落ちていた、と水野は言ったが……もしかして、別の抜け道があるのか？

断崖絶壁の縄梯子には、響子と悟がぶら下がったまま風に吹かれて翻弄《ほんろう》されている。自分は動けない。しかも安東は、悠々と逃げていく……。

怒りと苛立ちが戻ってきて、佐脇は唸った。

ところが。

このまま逃げおおせるかと思えた安東が、何故かじりじりと戻ってくるではないか。

後ずさりする安東がグロックを構えている先には、水野と殿山が居た。こちらも銃を構え、二人並んでじりじりと迫ってくる。

「遅いぞ！　おかげでこのザマだ」

佐脇に水野が叫び返す。

「すみません。こちらもいろいろと手間取りまして」

佐脇に謝る水野の目は、安東を捉えたまま離れない。

「橋が落ちてましたので……私が新渡戸稲造《にとべいなぞう》の如く、架け橋になりました」

「ナニ訳の判らんことを言ってるんだ！」

二人の刑事が、完全に森から出てきた。

逃げ場を失った安東は、身を翻して、海に向かった。

もはや逃げ道は海しかないが、響子と悟を人質にするのか？　それとも二人を殺して自分だけ逃げるのか？

「おい安東！　もう一度言う。今なら、お前は誰も殺してないんだから罪は軽い。しかし、頭に来てヤケを起こせば首吊り縄が巻き付くことになるぞ。判ってるな！」

「うるせえっ！」

安東は断崖の上で振り向き、グロックを水野と殿山に向けた。

「手錠でドアに釘付けになってるオッサンも知ってることだが、この崖下に、性悪女と馬鹿野郎がぶら下がってる。ここからなら簡単に狙えるし、縄梯子を撃って簡単に落とすことも出来る。二人を殺されたくないよな？　だったらお前らの銃も捨てろ！」

どうしましょう、と言うように水野が佐脇を見た。

「言う通りにしろ。仕方がない」

判りました、と水野は佐脇と同型のシグザウエルを背後の森の中にバックハンドで投げ捨てた。殿山はもともと銃を持っていない。

「よしそれでいい。お前らは、おれが逃げるまで手出しをするな」

「しかし安東。お前はどうするんだ。まだ抜け道から逃げる気か？　だが、こっちには水野と、殿山のオッサンがいるぞ。銃を捨てたとは言え、刑事を甘く見るな。撃たれても簡単には死なない強靭《きようじん》な肉体の持ち主なんだぞ。人質がいない分、水野も手加減しないしな」

佐脇の言葉に水野も「その通り！」と叫んだ。

「そして縄梯子を伝って下りようとしても、下は詰まってる。悟が宙吊りなんだろ？　どうしようもねえじゃねえか！」

安東は、進退窮《きわ》まった。

「くそ……じゃあ、もう、いい！　一人殺すも二人殺すも同じだ！　邪魔モノは殺す！」

安東はそう叫び、銃で縄梯子にしがみついている二人を狙おうとした。

が、その時。下から響子の叫び声がした。

「さっきの約束を忘れたの？　パートナーになろうって言ったでしょう？」

響子は縄梯子に摑まりながら必死に叫んでいるようだ。その声が崖から湧き上がって、辺りに響いた。

「私だって、こうなったらヤバい身の上よ。捕まったらただじゃ済まない。ほら、上からなら見えるでしょう？　船が待ってるのよ！　あれで一緒に逃げましょう！」

安東の表情がふと、緩んだ。

「しかし……じゃあ、どうすればいいんだ！」

「縄梯子を下りてきて、一緒に悟君を助けて。これが条件よ。悟君を助けてくれるんなら、なんだって協力するから！　上から引っ張り上げて貰わないと、どうにもならないの！」

安東はしばらく考えていたが、ほかに手はないと判断したのだろう、「判った！」と返事をした。

「お前の言う通りだ。じゃあ、手を貸す」

安東はかがみこみ、縄梯子に手を掛けて足をおろした。断崖の縁から、安東の身体が半分ほど消えようとした時。

「な、なんだ……なんだこれは……手に……力が入らねえ」

安東が悲鳴を上げた。全身から急速に力が抜けていく様子だ。まるで風船が萎《しぼ》んでいくように安東の身体は支えを失い、縄梯子に必死で取りつこうとしつつも、ヘナヘナと崩れ始めた。

「お前……効いてきたんだろ!」

佐脇は判っていた。響子が突き立てたシリンダーの中身が、全量ではなくても一部が安東の体内に入り、それが今になってようやく効いてきたのだ。

「おれも、あの美人の看護師サンにそれを打たれたことがあるんだが、けっこう効くぜ。ゆっくりお休みするしかない。とりあえず断崖絶壁の階段は無理だぜ」

「う、うるせえっ!」

安東は叫び必死に伸び上がって佐脇めがけて発砲した。が、それが最後のあがきだった。

「おい、無理するな。上がってくるんだ」

佐脇が叫んだ直後、安東の上半身がぐらり、と崩れた。

安東は、上半身を宙に預けてしまった。

「あーっ!」

次の瞬間、安東の姿が消えた。

物凄い絶叫が長く続いたが、はさみでぷつんと切るように、その声は突然、途絶えた。

同時に、鈍い音がした。肉が岩に叩きつけられる湿った音だった。

佐脇は何が起こったか理解したが、悪党に祈りを捧げているヒマはない。

「おい！　水野！」

水野はすでに断崖に駆け寄り下を見ている。

「二人は大丈夫です！」

佐脇も殿山に手錠のカギを外してもらい、断崖絶壁に駆け寄った。

縄梯子にぶら下がってもがいている悟をなんとかしようと響子が必死になっていた。

その脇の、はるか下の岩と海面には、真っ赤な色が広がって、安東がうつぶせに倒れている。

「しっかり摑まっているんだ、今助ける！」

佐脇は水野と殿山と力を合わせて、縄梯子を引っ張り上げながら、響子に叫んだ。

「あんたまで落ちると大変だ。絶対に手を離すな！」

佐脇は下に向かって声を掛けた。

「おいアンタ！　これを絶対離すんじゃねえぞ！」

縄梯子は撓んで、しかも傷んでいるが、なんとか持ち堪えそうだ。

佐脇たちは三人がかりで、縄梯子をゆっくりと引き上げた。

まず、真っ青になった悟が縄にすがった状態で引き上げられ、その後から、同じくらい顔面蒼白になった響子が登ってきた。

「……やれやれ。なんとかなったか」

で、どうする、と全員を見た佐脇に響子が言った。

「ここを出るなら、もう一度、崖を降りるしかないわ。安東がそう言ってた。陸路は橋が落ちているんでしょ？」

響子と悟、そして佐脇たち刑事三人は態勢を整え、改めて縄梯子を伝って、階段のあるところまで慎重に降りることになった。警察無線はなく携帯電話も通じなくなり、他に手段がないのだから仕方がない。

「いやあ、こんな凄いところが鳴海にあったとは」

全員がようやく下まで降り、水野は、絶壁を見上げて感心している。

「あんたら、無茶するね」

船のそばで待っていた船頭の老人は、呆れていた。

「待ってろって言うから待ってたら、上から誰かが降ってきて、岩にぶつかってそのまま動かなくなるし、イヤその前に拳銃の音がぱんぱんするし、いやもう……オモロかったけどな」

しかし……と船頭の老人は響子を見て目を剥いた。

「あんたは……恐ろしいヒトじゃな。あの仏サマを見て、あんた、笑ったろう？」

老人の皺ばんだ指は、磯の上の安東の死体をさしている。

「さあ……無事に下まで降りられたからホッとして、それが笑ってるように見えただけじゃないですか？」


「いや、あんたはやっぱり恐ろしい女だよ」

佐脇が言った。

「あんた、下から安東に叫んだよな？　降りてきて。船があるから一緒に逃げましょうって。筋弛緩剤を安東に打ったのは、あんたなのにな」

「刑事さんまで、甘いことを言わないで頂戴」

響子はキッとなって言い返した。

「私に言わせれば、誰も彼もワキが甘いのよ。一度は裏切って逃げた私の言うことよ？　普通素直に言いなりになる？　まあ、アイツが降りてくるかどうか、薬がきちんと効くかどうかは五分五分……どころか大博打《おおばくち》だと思ってたけど」

「それだよ、それ」

佐脇が言った。

「おれも打たれたけど、効き方って違うんだな」

「ヒトによって違うのよ。体内に入った量だって違うし」

「ま、アレだ」

ずっと引っ込んでいた殿山が口を出した。

「霧島響子さん。あんた、隙あらば今もこの船から逃げようと考えているだろう？　ほら、そうやって船端に近寄るんじゃない。新宿歌舞伎町総合病院の件で、いろいろとハッキリさせたいことがあるんだ。詳しいことは取調室で聞こうか」

殿山に腕をしっかりと摑まれ、響子は唇を嚙んだ。

全員が海路で江之浦漁港に向かった。

「で、水野。お前は架け橋がどうのと言ってたが」

船に揺られながら佐脇が思い出したように訊ねた。

「ああ、それそれ」

水野が殿山と顔を見合わせ、二人は同時に吹き出した。

「応急で橋を作ろうにも材料もないんで……私が身を投げ出して、思い切って、地割れみたいになった向こう岸にある、吊り橋の支柱を摑んだんです。で、私の上を殿山さんに渡って貰って」

「文字通り、身を挺《てい》してってやつですな」

「でも、その決断に至るまでに、けっこう時間がかかりまして」

ようやく解決した頃合いをまるで計ったように、上空をヘリが飛び始めた。

「今ごろ出動しやがって。あの漁港から県警に応援を頼まなくちゃならんな。安東の死体の回収と、それから、この看護師さんが麻酔を打った、あの医者も助けてやらないと」

了解しました、到着次第すぐに手配します、と水野が答えるうちに、船は小さな漁港に到着した。そこには、満面の笑みを湛えた光田が出迎えていた。

「いやあスマン！　何も力になれなくて。しかしお前らは自力で何とかしたじゃないか！」

まあ、バックアップが光田、お前じゃ期待しても仕方がなかったか、とぶつぶつ言いながら、佐脇は一同とともに迎えのパトカーに乗り込んだ。

エピローグ

「説教臭いことは言いたくないし、言う権利も資格もないと判ってるんだが」

佐脇は宮路悟を前にして、一言言わずにはいられなかった。

「一つだけ言わせてくれ。人生大逆転なんて、宝くじが当たってもあり得ないんだからな。借金で苦しんでたヤツなら大金を手にしてもすぐに使っちまうだろうし、逆にコツコツ貯めてたヒトなら生活のペースは変わらないだろうし……えーと、何が言いたかったのか忘れちまったが」

鳴海のバスターミナルから、東京行きの深夜直行バスが走るようになっている。

そのバスに、宮路悟は乗る予定だった。同乗者は、鳴海出張を終えた殿山だ。

佐脇と水野は二人のために、送別会というわけでもないが、鳴海バスターミナル近くの居酒屋で一席設けていた。お世話係を磯部ひかるが買って出てくれた。彼女は二人の客人に酌をしたりして大サービスだ。

「トノさん。車中でも、しっかりこの野郎に説教してやってください」

「いやいや」

佐脇の言葉に殿山は手を横に振った。

「悟くんだって、身に染みて判ってるでしょうよ。なあ君」

東京下町の警察署で人情刑事として鳴らしているらしい殿山は、まさに本領発揮とばかりに宮路悟の顔を覗きこんだ。

「東京に帰ったら、地道に何とかして生きていけよ。君は腎臓が片方ないんだから、無理は禁物だがな。困ったことがあったら、この台東署の古ダヌキが相談に乗る。いいか。君は一人じゃない。それだけは覚えておいてくれ」

ありがとうございます、と悟は頭を下げつつ、目のあたりを拭っている。

「君は天涯孤独だと思ったから自分で何もかも考えて決めて、一発逆転を計った。でも、君は一人ではなかったんだ。一人ぼっちの人間なんていないし、いてはならないんだ。たとえば霧島響子。彼女は悟くん、君を助けるために、危険を冒したんだぞ。この殿山に逮捕されるかもしれない、という危険をな」

と言う殿山の声には悔しさが滲んでいる。

水野がいきなりテーブルに両手を突き、がば、と殿山に頭を下げた。

「本当に……面目次第もございません！」

「まあまあ、そのことはもういいんだ。水野君」

「いえ、ウチの福田が本当にドジな野郎でして」

身内の恥を本当に恥じているらしい水野は、福田という名前を発音する時に顔を歪めた。

「あの野郎……」

鴨志田岬から生還した悟は鳴海の隣町の病院に入院し、霧島響子はまず違法な臓器移植と売買、そして西山恒夫と君塚剛殺しについての取り調べを受けることになっていたが、体調不良を訴えたので、署内の医務室で休ませた。その監視を、名誉挽回の機会ということもあって、福田純一巡査に当たらせるよう佐脇が指示したのだが、その肝心の福田巡査は殴られて昏倒《こんとう》しているのを発見され、響子はまたもや忽然《こつぜん》と消えてしまった。

「ねえ佐脇さん。やっぱり霧島響子を暴行傷害、並びに公務執行妨害で指名手配しましょうよ。福田を殴り倒して逃げたんですよ？　これじゃあ警察としてメンツが立ちません」

「バカかお前！」

佐脇は水野を一喝してビールを呷った。

「おまわりが看護婦に殴り倒されて失神したなんて話を本気で世間に広める気か？　余計に警察のメンツを潰すだろ！　ともかくあの福田巡査は名誉挽回汚名返上の機会を逸《いっ》したわけだ。しばらくはド田舎で頑張って貰うかな？」

まあ鳴海もド田舎だけどな、と付け加えた。

「しかし、西山殺しと君塚殺しの犯人は、霧島響子ではなく、吉井和枝で間違いないんでしょうかね？」

殿山が確かめるように訊いた。

「この点は、東京に戻ってきちっと処理しなきゃならんところで」

「西山千春の供述のウラを取りました。たぶん間違いはないでしょう」

水野も脇から佐脇を補足する。

「つまり西山恒夫殺しは、計画も実行も、吉井和枝の仕業だったと。アリシアと霧島響子の言い争いを立ち聞きした和枝が響子の正体を知り罪を着せようとした。君塚を拷問した響子の犯行に便乗して西山恒夫殺害を企てた上、さらに西山殺しの捜査を撹乱し、響子の犯行に見せかけるために君塚も殺した、と。何より吉井和枝は取り調べの終了後すぐに姿を消しています。おそらくは、せしめた大金と一緒に。心証としてはそれが一番です」

「なぜこのタイミングで吉井和枝が西山を殺したかと問われれば、阿久根への腎臓移植が失敗し、西山のボロ儲けが難しくなるだろうと危機感を抱いたからじゃないですかね？もしくは、千春とのレズ関係がうまくいかなくなっていたか。どっちにしてもカネですよ」

と、佐脇は言い添えた。

「敢えて身柄を拘束せず、行確をつけるように光田に言ったんだが、最近の鳴海署には、どうもドジなやつが多くて……まんまと逃げられちまった」

「それはご心配ですなあ」

水野とおれが鴨志田岬に行ってさえいなければと悔しそうな佐脇に、殿山はどちらかと言えば他人事丸出しな返事をしている。響子に逃げられたことの方が残念なのかもしれない。

「ああ、そろそろバスの時間ですな。いろいろとお世話になりました」

殿山は酔いの回った真っ赤な顔で礼を言った。

佐脇たち三人は、バス乗り場まで悟と殿山を見送りに行った。

「トノさんにとってはスッキリしない出張でしたね」

「いやまあ、すべての事件がスッキリするわけもないんでね。特に、闇の臓器移植は手をつけたばかりで、暗中模索ですわ」

バスのトランクに荷物を入れながら、殿山はぼやいた。

「おい青年。東京に帰ったら、まず入院して身体をしっかり治すんだぞ」

彼には佐脇がポケットマネーを渡した。ヤクザから巻き上げた金も、いいことに使えば浄化されるという理屈だ。

深々と頭を下げた悟は、殿山に付き添われ、バスに乗り込んでいった。

「彼、結構ショックを受けてるみたいだけど……立ち直れればいいわね」

ひかるの言葉に、佐脇はまあな、と応えた。

「さすがに、身体の一部をもぎ取られたわけだからな」

佐脇たちが発車間際のバスを見送っていると、大きなキャスター付きトランクを引いて足早にやってくる女が目に付いた。帽子を目深に被り、大きなマスクまでしている。

その女は佐脇と水野が立っているのに目をとめ、なぜか慌てて方向転換して足を速めた。いや、むしろ、走り出したというのに近い。

おい、と佐脇が水野に目配せして女を追いかけようとした時。女のトランクが段差に引っかかって激しく揺さぶられ、バタンと倒れた。

その衝撃で蓋が開き、中身がぱあっと散った。

「お金よ！」

思わず叫んだひかるの声に、バスターミナルにいた人たちが一斉に振り向いた。

ターミナルの水銀燈に白く照らし出されたのは、一陣の風に乗って舞い上がる大量の万札だった。

「金だ！」

人々は口々に叫ぶと、宙に舞い散る金に群がって奪い合いが始まった。

その脇では、トランクの持ち主の女が放心したように立ちすくんでいる。

「……吉井和枝、だね？」

顔を背けた女の腕を、すでに佐脇はがっちりと掴んでいた。

参考文献

『日本「地下マーケット」』別冊宝島編　宝島文庫（宝島社）
『臓器売買事件の深層／腎移植患者が見た光と闇』山下鈴夫　元就出版社
「人工透析で荒稼ぎ・移植を勧めない『日本の病院』」週刊文春二〇一一年八月四日号

この作品はフィクションであり、登場する人物および
団体は、すべて実在するものと一切関係ありません。

黒い天使

一〇〇字書評

切り取り線

購買動機（新聞、雑誌名を記入するか、あるいは○をつけてください）	
□（　　　　　　　　　　　　）の広告を見て	
□（　　　　　　　　　　　　）の書評を見て	
□ 知人のすすめで	□ タイトルに惹かれて
□ カバーが良かったから	□ 内容が面白そうだから
□ 好きな作家だから	□ 好きな分野の本だから

・最近、最も感銘を受けた作品名をお書き下さい

・あなたのお好きな作家名をお書き下さい

・その他、ご要望がありましたらお書き下さい

住所	〒				
氏名		職業		年齢	
Eメール	※携帯には配信できません		新刊情報等のメール配信を 希望する・しない		

この本の感想を、編集部までお寄せいただけたらありがたく存じます。今後の企画の参考にさせていただきます。Eメールでも結構です。

いただいた「一〇〇字書評」は、新聞・雑誌等に紹介させていただくことがあります。その場合はお礼として特製図書カードを差し上げます。

前ページの原稿用紙に書評をお書きの上、切り取り、左記までお送り下さい。宛先の住所は不要です。

なお、ご記入いただいたお名前、ご住所等は、書評紹介の事前了解、謝礼のお届けのためだけに利用し、そのほかの目的のために利用することはありません。

〒一〇一‐八七〇一
祥伝社文庫編集長　坂口芳和
電話　〇三（三二六五）二〇八〇

祥伝社ホームページの「ブックレビュー」からも、書き込めます。
http://www.shodensha.co.jp/bookreview/

祥伝社文庫

黒《くろ》い天使《てんし》 悪漢刑事《わるデカ》

平成23年12月20日　初版第1刷発行

著　者　安達《あだち》　瑶《よう》

発行者　竹内和芳

発行所　祥伝社《しょうでんしゃ》

東京都千代田区神田神保町3-3

〒101-8701

電話　03（3265）2081（販売部）

電話　03（3265）2080（編集部）

電話　03（3265）3622（業務部）

http://www.shodensha.co.jp/

印刷所　萩原印刷

製本所　関川製本

本書の無断複写は著作権法上での例外を除き禁じられています。また、代行業者など購入者以外の第三者による電子データ化及び電子書籍化は、たとえ個人や家庭内での利用でも著作権法違反です。

造本には十分注意しておりますが、万一、落丁・乱丁などの不良品がありましたら、「業務部」あてにお送り下さい。送料小社負担にてお取り替えいたします。ただし、古書店で購入されたものについてはお取り替え出来ません。

Printed in Japan ©2011, Yo Adachi ISBN978-4-396-33721-6 C0193

祥伝社文庫・黄金文庫　今月の新刊

安達　瑶
黒い天使　悪漢刑事《わるデカ》
病院で起きた連続殺人事件!? その裏に潜む医療の闇とは…

篠田真由美
龍の黙示録 **永遠なる神の都**　神聖都市ローマ（上・下）
龍と邪神の最終決戦へ。大河吸血鬼伝説、ついに終幕。

菊池幸見
翔《か》けろ、唐獅子《からじし》牡丹《ぼたん》
岩手の若手ヤクザが、モンゴルの地で本物の男気を見せる！

豊田行二
野望街道　奔放編　新装版
教え子、美人講師、教授秘書…女を利用し、狙うは学長の座！

浦山明俊
夢魔の街　陰陽師・石田千尋の事件簿
不吉な夢が現実に!? 悩めるOLの心と東京を救えるのか。

佐伯泰英
晩節　密命・終《つい》の一刀〈巻之二十六〉
シリーズ堂々完結。金杉惣三郎、最後の戦い！

岡本さとる
茶漬け一膳　取次屋栄三
絆を繋ぐ取次屋の活躍を描く、心はずませる人情物語。

今井絵美子
なごり月　便り屋お葉日月抄
元辰巳芸者・お葉の鉄火な魅力が弾ける痛快時代小説！

竹内正浩
江戸・東京の「謎」を歩く
東京には「江戸」を感じるタイムカプセルのような空間がある。

安田　登
ゆるめてリセット ロルフィング教室
「この方法で不思議なくらい腰痛が消えた！」林望さん推薦。

齋藤　孝
齋藤孝のざっくり！世界史
世界史を動かしてきた「5つのパワー」とは。